KB216825

퍼니 사이코 픽션

퍼니 사이코 픽션

박혜진 엮고 풀다

클레이하우스
CLAYHOUSE

일러두기

• 수록된 작품의 맞춤법은 현행 국립국어원 규정을 원칙으로 하되, 작품의 시대 분위기에
 영향을 준다고 판단되는 옛말, 구어체 표현 등은 그대로 살려두었다.
• 책은 『 』로, 영화·드라마·사진 등은 〈 〉로 표시했다.

차례

'다채로운 사이코들을 한 권의 책에 모아야겠어.' 불시에 이런 생각에 사로잡혔다. 이성진 감독이 연출한 넷플릭스 오리지널 드라마 〈성난 사람들〉을 본 직후였다. 〈성난 사람들〉은 착실하지만 좀처럼 일이 안 풀리는 남자와 출세했지만 삶에 영 만족하지 못하는 여자가 어느 날의 난폭 운전을 계기로 서로에게 맹목적인 화풀이를 해대는 코미디극이다. 쌍방으로 뿜어내는 막장 분노는 그들 각자의 조미調味된 사회성과 달리 역대급 병맛에다 급발진의 연속이라 회차가 거듭될수록 내 안의 광기를 자극했다. 급기야 이런 대사가 나올 땐 급소가 찔린 것처럼 움찔했다.

"그거 알아? 80년대생들은 죄다 맛이 간 거?"

나는 1986년생이다. 누군가는 흘려들었을 테고 누군가는 있는 줄도 몰랐을 저 대사가 내게만은 정면으로 날아와 가슴에 꽂혔다. 그것이 비수匕首인지 사랑의 화살인지는 모르겠으되, 무죄 선고를 받은 것처럼 크게 안도했던 것만은 사실이다. 그 해방감이 뜻하는 바가 무엇인지는 자명했다. 나는 내내 갇혀 있었던 것이다. 표출하지 못하는 분노에, 그런 분노 따위 모르는 척, 혹은 의연하게 다스리는 척, 스스로를 가스라이팅하며 자신에게마저 위화감을 조성했던 나에게. 요컨대 나는 나의 일진이었다. 강한 내가 약한 나를 따돌리고 괴롭히고 겁박했다. 대체로 멀쩡해 보이던 두 사람이 한순간 내일이 없는 것처럼 공격하고 뒤틀리며 망가지는 모습에서 나를 발견하는 것도 무리는 아니었다. 나는 차라리 고백하고 싶었다. "알아. 죄다 맛이 갔지."

사람으로부터 상처받는 일은 흔하고 사람에게 상처 주는 일은 그보다 더 흔하다. 흔한 일들 속에서 삼십대를 보냈다. 만남과 이별, 기대와 낙담, 불안과 강박, 상처와 트라우마. 진부한 테마인 걸 모르지 않지만 만만한 플롯은 하나도 없었다. 특히 내 경우엔 강박과 이기심이 뒤섞여 곁에 있는 사람들을 줄곧 소외시켰는데, 보이는 곳에서 상승하는 동안 보이지 않는 곳에서 하강하고 있는 걸 그때는 알지 못했다. 나만이 아니었다. 돌아보니 주변엔 성난 사람들이 그렇지 않은 사람보다 더 많았다. 알고 보면 다 아팠다. 모두가 깨진 조각을 손에 쥐고 피 흘리고 있다고 느낄 때 이 '나쁜 소설'들이 떠올랐다. 다시 읽고 싶었다. 절망, 폭력, 거짓, 기만, 회피, 중독……. 통제할 수 없는 삶의 현장에서 드러나는 왜곡된 욕망 앞에서 나는 내가 갖고 있던 인간에 대한 기대를 거의 다 철회했더랬다. 다시 읽자 달리 보였다. 그들의 실패한 욕망이야말로 인간에 대한 살아 있는 정의였다. 인간이란 모순, 무질서, 혼돈, 그리고 느닷없음의 동의어였다.

이제 나는 사람은 변하지 못한다는 말을 믿는 동시에 사람이 변할 수 있다는 말도 믿는다. 모래알 같은 희망과 절벽 같은 낙담 속에서 스스로를 파괴해버리는 폐쇄된 마음을 이해할 것 같고, 진실보다 거짓에 더 쉽게 기우는 폐색된 마음도 저항이나 의심 없이 받아들이는 편이다. 분노하는 목소리 아래 묻혀 있는 두려워하는 목소리를 상상하는 것도 별로 어렵지 않다. 하나같이 참혹한 풍경이 맞지만, 몰랐던 시절로 돌아가고 싶지는 않다. 슬픔을 겪는 일이 인간의 의무일 리는 없다. 그러나 슬픔에 무지한 인간의 미래에 타인의 슬픔을 이해하지 못하는 열등한 존재가 기다리고 있을 거라는 데에 증명 같은 건 필요치 않을 것이다. 나는 내 상처를 방기했던 것과 마찬가지로 타인의 상처를 이해하는 데 있어서도 오랜 시간 낙제생이었지만 인간이라는 거대한 질문과 씨름하며 나만의 풀이를 생각해내는 것으로 삼십대의 마지막 구간을 통과한다는 사실에 작은 보람을 느낀다.

소설을 읽는 것은 내 직업이다. 직장에서도 읽고 집에서도 읽는

다. 별일 없을 때도 물론 읽지만 글자 따위 눈에 안 들어오는 심란한 순간에도 읽는다. 그렇게 읽은 것들로 비평을 한다. 이런저런 글을 쓰고 심사에 참여해 작품을 평가하며 아직 출간되지 않은 작품의 출간 여부를 판단하기도 한다. 원고 중에서 작품이 될 만한 것을, 작품 중에서 더 뛰어난 작품을, 가리고 가리고 또 가린다. 그렇게 살아온 시간들 속에서 알게 된 진실 중 하나는, 좋은 작품들도 쉽게 사라질 수 있다는 것, 좋으면서 아예 드러나지 못하는 작품들도 그만큼 많다는 것이다. 그런 작품들은 당연히 문학사라는 기억의 전당에서 제외된다.

독일의 소설가 프란츠 카프카의 작품이 그가 죽고 난 뒤 친구이자 편집자에 의해 다시 발굴된 이야기는 유명하다. 내가 죽으면 원고를 다 불태우라는 유언을 거스르고 출간을 강행해 신화가 된 예외적 사례가 아니더라도 내내 불우하게 살던 작가가 훗날 눈 밝은 독자들에 의해 발견되어 문학사에 기입되고 소위 세계문학전집의 구성원이 되어 오래도록 읽히는 일은 늘 있어왔다. 그러나 정작 문학의 현장에 있는 나는 그런 이야기들이 좀처럼 믿기지 않는다. 그런 소설 같은 얘기들이 정말로 가능한 건지도 의심스럽다. 작품의 시효는 점점 더 짧아지고 있고, 그런 짧은 시간조차 허락되지 않는 작품들도 너무 많다. 이 일을 할수록 마음 한구석에는 쓸쓸함과 회의감도 쌓였다.

한 번쯤 거스르고 싶었다. 지난 시간과 지난 선택을. 이 책에

수록된 일곱 편은 물론 내가 손꼽는 가장 재미있는 소설이다. 그러나 동시에 문학적으로도 의미 있는 소설을 뽑고자 했다. 일곱 편의 소설은 공통적으로 1990년대 말과 2000년대 초중반, 소위 세기말적 감수성 아래 창작된 작품들이다. 증폭된 불안과 우울이 시대 감성을 점유할 때 포착된 인간의 폐부란 그 시대의 눈에는 현실과 거리를 둔 징후적, 환상적 상징으로 읽히는 데 그쳤을지 모른다. 그러나 한 세대가 지난 오늘의 눈으로 바라볼 때 이 소설들은 더할 나위 없는 현실의 재현으로 다시, 그리고 다르게 읽힌다. 소설은 현실을 반영할 뿐만 아니라 현실을 예견한다. 불안과 우울이 더는 이례적 현상으로 인식되지 못하는 오늘, 과거에서 온 이 소설들은 현재에 쓰인 어떤 소설보다 더 현재적으로 인간의 심연을 증언한다.

감히 발굴이라고는 생각하지 않는다. 차라리 도굴꾼의 마음으로 땅속에 묻힌 소설들을 훔친 것 같은 기분이다. 이제 이 보물들을 독자들에게 팔고자 한다. 사람은 책을 만들고 책은 사람을 만든다는 유명하고도 탁월한 말이 있다. 흉내 내서 말해보자면, 재미있는 사람은 재미있는 소설을 쓰고, 재미있는 소설을 읽는 사람은 재미있는 사람이 된다. 이 책을 들고 다니는 사람을 생각하면 그가 누구든 재미있는 괴짜처럼 보일 것이다. 의미심장한 탐정처럼 보일 것이다.

캄캄한 동굴 속에 웅크린 주인공들 옆에서 그들의 어둠을 상상했던 날들은 지난 내 인생에서 가장 밝은 시간이었다. 역설적이게도 정말 그랬다. 그 안에서야 비로소 내 그림자를 봤기 때문이다. 나는 내 인생에 묻은 얼룩들과 화해하고 싶다. 누가 봐도 가장 치명적인 얼룩을 지닌 주인공들은 그러한 화해의 길에서 만난 비밀스러운 질문이자 도전할 만한 시험대였다. 존재의 불순물들, 기괴한 낙오자들. 이것은 다채로운 사이코들을 한데 모은 책이다. 그리고 우리가 어쩌지 못하는 내 안의 암흑을 한데 모든 책이기도 하다. 불 꺼진 뒤의 인간만이 영원히 계속되는 문학의 주제이자 끝없이 반복되는 인생의 미궁이다. 나는 세상에 묻고 싶다. 그거 알아? 당신도 맛이 간 거?

정열

송
경
아

송경아

1994년 계간 『상상』 겨울호에 단편소설 「청소년 가출 협회」를 발표하며 작품 활동을 시작했다. 지은 책으로 소설집 『책』 『엘리베이터』 『테러리스트』, 장편소설 『누나가 사랑했든 내가 사랑했든』 『우모리 하늘신발』 등이 있고, 옮긴 책으로 『롱 워크』 『호랑이가 눈 뜰 때』 등이 있다.

일요일 아침 7시에 그는 침대 옆에서 울리는 전화벨 소리 때문에 깨어났다. 적자색 전화기에서 울려 나오는, 무자비한 적자색 음파. 그는 그 전화기가 울릴 때마다 파장이 크고 끈끈한 적자색 파동이 자신의 잠을 완전히 파괴해버리는 것을 느끼며 꼭 다른 것을 사야 한다고 다짐했다. 그러나 그의 여자친구는 그가 전화기를 바꾸는 게 낫겠다는 말을 비치자 펄쩍 뛰었다. 그는 여자친구를 사랑하지 않았으나, 선물로 받은 전화기를 선물해준 사람의 허락도 얻지 않고 바꾸면 안 된다는 것은 알 정도로 충분히 예의 바른 사람이었다. 가끔 그는 자신이 25년 동안 익혀온 예의들이 조금씩은 짜증 난다고 생각할 때가 있었다. 하지만 그는 약간의 짜증 때문에 자신의 생활 습관을 바꾸거나 남의 마음을 상하게 할 생각은 없었다. 더구나 그 예의는 충분히 실용적인 것들이다.

여름이었다. 아침 7시라지만 바깥은 이미 눈을 감고 잘 수 없을 정도로 훤했다. 전화기를 집어 들며 그는, 이제 다시 잠들지는 못하겠구나, 하고 생각했다. 물론 누구에게서 왔는지 모를 전화를 예의 바르게 받고 다시 잔다는 것은 가능하지만, 그것은 아프리카 원숭이가 그의 방에 별안간 뛰어드는 일이 가능하다고 말할 수 있는 의미에서 가능한 것이다. 그는 아침에 한번 일어나면 다시 잠드는 법이 없었다. 수천 개, 아마도 그 이상일 먼지가 그의 창으로 비쳐드는 눈부신 햇살 안에서 떠돌고 있었다. 정도 이상으로 눈부신 것은 항상 지저분해진다고, 그는 전화기를 집어 들며 생각을 이었다. 그가 누구세요, 라고 말하기도 전에 전화기에서는 성난 여자의 목소리가 울려 나왔고, 그는 참 버릇없는 여자다 보겠군 하고 생각하다가 잠시 기억을 되씹은 끝에, 영혼까지도 베어버릴 듯한 그 앙칼진 목소리가 자신의 애인 목소리라는 것을 깨달았다.

"성준 씨? 도대체 어제는 어떻게 된 거지?"

"어떻게 된 거라니?"

그는 침착하게 되물었다. 그에게는 잘못한 것이 없다. 그러나 수화기 저편에서 여자는 크게 분노하고 있었다. 어질어질한 분노가 적자색의 전화선을 타고 그에게 다가왔다. 그러나 그는 겁내지 않았다. 분노, 그 자체엔 아무런 색도 향기도 없다. 더구나 전화선 뒤에 있는 분노일 경우에는.

성난 목소리가 다시 한번 다그쳤다. 그 목소리는 거대한 흐름이 작은 댐 뒤에서 잠시 자신을 자제하고 아슬아슬하게 멎어 있다는 느낌을 준다.

"성준 씨는 내가 어제 민호 씨랑 같이 가는 걸 봤어, 못 봤어?"

"아, 그건 봤지. 아마 어제 오후 3시경이었지. 두 사람이 같이 즐겁게 이야기하며 도서관 계단을 내려가더군."

"그런데 성준 씨는 화도 나지 않았단 말이야?"

"내가 왜 화를 내야 하지? 어제 너는 유기화학 책을 옆구리에 끼고 있었고 그 친구는 파란 반팔 티셔츠를 입었어. 어제 내가 막 교양 시험을 치른 직후였지. 둘은 즐거워 보였고, 나는 그 전날 밤을 샜기 때문에 피곤했어. 집에 가서 잠을 자야겠다는 생각밖에는 들지 않았지. 그런데 내가 화를 내야 하나?"

"도대체 성준 씨는 나를 사랑하는 거야? 어떻게 그 장면을 보고 화를 한 번도 안 내고 마치 그 장면을 보지 못한 사람처럼, 그렇게 무심하게 가버릴 수가 있지?"

그는 대답하지 않는다. 그 장면을 무심하게 지나치지 말아야 할 어떤 이유도 발견할 수 없었다. 그는 사랑이라는 것이 도대체 어떤 실체를 갖고 있는 것인지 이해할 수 없다.

그가 대답하지 않자, 목소리는 잠시 침묵을 지켰다. 그 침묵은 상대방으로서야 폭풍 전야의 침묵이었을지도 모르지만 그에게는 무척 안온했다. 그는 수화기 저편의 침묵이, 시간이 끝날 때까지의 영원한 침묵이 되었으면 하고 바랐다. 영원히 수화기를 들고 있어야 하는 한이 있더라도.

그런데, 잠시 후에 전화기에서 나오는 목소리는 의외로 조금 가라앉아 있었다.

"오늘, 오전 10시까지 ○○극장으로 나와. 지금 준비해서 나오면 되지? 내가 영화 보여줄게. 성준 씨한테 꼭 보여주고 싶은 영화가 있으니까."

"하지만 내가 영화 보기 싫어하는 거 알잖……."

"나와 헤어지기 싫다면 나와줬으면 좋겠어."

전화는 일방적으로 끊겼다.

그는 잠시 침대에 누워서 쉬어보려고 했다. 아침부터 평안한 휴식을 방해받은 데다가 잠시 후면 서둘러 나가야 할 그에게는 그럴 권리가 있다고 여겼다. 그러나 그의 휴식은 다시 한번 방해받는다. 방문을 두드리는 소리가 났다.

"성준아, 자니?"

"아니요."

그는 문을 조금 열었다. 어머니의 동그란 얼굴이 빠끔 열린 문새로 슬그머니 방 안을 바라보고 있었다. 어머니는 힘을 주어 문을 밀어서 그가 조금 연 문틈을 넓혔다. 둥그렇고 희어서 나이에 비해 젊어 보이는 어머니의 얼굴이 완전히 보였다. 그 젊어 보이는 어머니의 미간에는 깊은 근심이 어려 있었다. 그는 문을 활짝 열었다. 어머니는 주저했다.

"아니, 네 방에 들어갈 필요까지는 없고, 너하고 의논 좀 하려고."

"말씀하세요."

"성희가 어제저녁에 연락도 없이 외박을 했구나. 너 성희 친구 아는 애 있으면 전화번호 좀 가르쳐달라구."

그러나 어머니의 눈과 입은 어머니의 말을 배반하고, 여동생의 외박에 대해서 그와 의논하고 싶다는 표정을 이쪽에 풍부하게 전달하려고 애쓰고 있었다. 그는 피곤했다. 왜 오늘따라 그 주위의 모든 사람이 그의 반응을 알려고 하는지 이해가 되지 않았다. 차라리 어머니가 그에게 어떤 행동을 하라고 지시해주었으면 하고 바랐다. 그러나 어머니는 주름살이 돋은 지친 눈매를 그의 얼굴에 고정시켜놓고 있을 뿐이었다. 어쩌면 어머니는 그의 모습에서 자신이 남겨준 유전자를 찾으면서 그에게 '어머니와 의논해드려야 한다'는 생각을 심어주려고 애쓰고 있는지도 몰랐다. 그에게는 이 모든 것이 어깨가 무너져 내릴 정도로 피곤했다.

"글쎄요. 성희가 저한테는 무슨 말을 하나요."

그는 시큰둥하게 대답했다. 그가 그 한마디를 끝내면서 관찰한 어머니의 눈빛 변화는 괄목할 만한 것이었다. 짧은 말 한마디에,

어디엔가 매달리고 싶고 동정을 갈구하고 싶은 마음이 서서히 침묵과 힐난으로 바뀌어 눈 안쪽에서 반짝거리고 있었다. 그가 어떻게 대응해야 할지 몰라 망설이자, 어머니는 차가워진 목소리로 조그맣게 말하며 문을 닫았다.

"그래, 난 네가 혹시나 알고 있으려나 했지. 피곤할 텐데 미안하다. 쉬거라."

'저도 그랬으면 좋겠군요.'

그는 마음속으로 중얼거렸다. 그러나 그에게는 쉴 시간이 없었다. 그는 목욕을 하고 옷을 갈아입었다. 비록 애인이나 친구가 일방적으로 결정한 약속인 경우에도, 그에게 약속을 깬다는 말은 어울리지 않았다. 그는 지금까지 보내온 시간의 선 곳곳에 뿌려져 있던 약속을 될 수 있는 한 성심성의껏 지켜왔다. 그에게 시간은 하나의 선이었다. 그는 흰색 반팔 티셔츠와 베이지색 바지를 골라 입으면서, 자신이 누군가에게 폐를 끼친 일이 있는가 자문해 보았다. 그가 기억하기로는 없었다. 그러나 다른 사람들은 그에게 조금씩 잘못을 저질렀고, 폐를 끼쳤다. 그와의 관계에서 다른 사람들은 모두 부정확하고 불완전했다. 어머니도, 애인도, 학교 선생도 모두 그가 어떻게 생각하고 어떻게 느끼는지 알려고 애썼다. 중요한 것은 그가 어떻게 생각하고 어떻게 느끼는가가 아니라, 일이 진행되어가는 결과라는 사실을 이해한 사람은 아무도 없었다.

그중에서 가장 지독한 것이 지금의 애인이었다. 그는 그의 애인이 왜 그를 좋아하기 시작했는지 전혀 이해할 수가 없었다. 그에게는 그녀 이전에도 몇 명의 애인들이 있었다. 그들은 모두 '사람들에게 예의 바르고 친절하면서도 적당히 거리를 둘 줄 아는 그가 멋있다'면서 다가왔다가 도저히 그에게 가까이 다가갈 수가 없다며 혼자 괴로워하고, 나중에는 그에게 다가왔던 것과 똑같은 이유로 그와 헤어졌다. 이른바 연애라는 것을 시작할 때 장점이 되는 것이 왜 나중에 단점으로 변해야 하는지, 연애가 끝날 때마다 그는 궁금해했다. 그러나 애인들 중에서 그 질문에 대답해준 사람은 아무도 없었다. 헤어지면서 그가 조심스럽게 그 질문을 꺼냈을 때 가장 격렬하게 반응했던 것은, 그를 사랑하는 것이 첫사랑이라고 그에게 속삭였던, 입술이 꽤나 조그맣던 여자애였다. 그녀에 대한 기억은 입술이 조그맣다는 것밖에 없었다. 그녀는 그가 그 질문을 했을 때, 그의 뺨을 있는 힘을 다해서, 그 후 며칠 동안 뺨이 부어서 밖에 나가기가 민망할 정도로 때렸다.

그러나 적어도 같이 다닐 때 이해할 수 없는 행동을 한 적은 없었다. 그녀는 실수가 많았지만, 사귀고 있는 동안은 나름대로 사려 깊었고 친절하고 정중했다. 그녀에 비하면 그가 지금 사귀고 있는 애인은 정말 이해할 수가 없는 생물이었다. 그녀는 세 번째 만났을 때 나이트클럽에서 그의 머리를 끌어당겨 숨이 막힐 정도로 키스하며, 자신은 그의 것이고 그는 자신의 것이므로 앞으로 어떤 여자도 만나서는 안 되고 어떤 여자도 생각해선 안 된다고 속삭였다. 그는 놀라서 멍하니 그녀를 쳐다보았다. 술이 취해서 그렇노라고 이해해줄 수는 있었다. 그는 한 번도 실수할 정도로 술에 취해본 적은 없었지만, 다른 사람들이 취해서 저지르는 어처구니없는 실수를 본 적은 많았다. 그러나 그녀는 눈도 깜박이지 않았다. 그녀의 큰 눈 속에서, 그는 지금까지 그가 한 번도 겪어본 적 없고 이해할 수도 없는 감정의 물결이 일렁이는 것을 보았다. 그녀는 웃으며, 그것은 자기 자신도 감당할 수 없는 불같은 소유욕이라고 했다. 언젠가 그 소유욕이 자기를 파괴할 것을 자신도 알고 있다고, 그러나 그것은 어쩔 수 없는 정열이라고, 거세게 밀려오는 시끄러운 음악을 산산히 부숴버릴 정도로 큰 목소리로 그의 귀에 대고 소리 질렀다. 그녀가 '정열'이라는 단어를 처음 입에 올린 것은 그런 상황에서였다. 그는 그녀가 이끄는 대로 스테이지에 올라가 블루스를 추어야만 했고, 그녀의 발을 수십 번쯤 밟았다. 그러나 그녀는 개의치 않고 무대 위에서 그를 휘둘렀다.

그때 이후로 그녀는 수십 수백 번 그를 귀찮게 만들었고, 사소한 감정싸움으로 피곤하게 했다. 그는 몇 번이나 그녀와 헤어졌으면 하고 바랐다. 그러나 그녀는 그의 입에서 그런 말이 나올 때 자신을 방어하는 방법을 잘 알고 있었다. 때로는 다시는 그러지 않겠다고 훌쩍이면서, 때로는 그가 고르는 여자는 누구든지 끝까지 쫓아가서 죽여버리겠노라고 끔찍한 협박을 해가면서, 그를 놓아주지 않았다. 더구나 그를 시시때때로 시험했다. 전번에 자기

옛 애인이라고 소개했던 민호라는 자와 어제 같이 있었던 것도, 그가 걸려들기를 바라는 시험이었을 것이다. 이번에는 그가 멋지게 걸려들었다. 이런 식으로 그를 시험에 옭아낼 때마다 그녀는, 그가 자신이 불태우는 정열을 늘 공유해야 한다고 주장하며 자기 자신을 정당화했다. 그러나 그는 지금까지 정열이라는 것을 느껴 본 적이 없었다. 그는 이전에도 수십 번 되풀이한 논쟁을 다시 한 번 재연해야 할 것을 생각하며, 머리를 말리고 젤을 발랐다. 입안에 쓴맛이 돌았다.

그가 극장 앞에 도착하자, 미리 와서 극장 문 앞에 서 있던 그녀가 손을 흔들었다. 오늘 그녀는 상큼한 흰색 원피스를 입고 있었다. 하지만 그녀의 표정은 그리 밝지 못했다. 그는 시계를 들여다보았다. 확실히 그가 늦은 것은 아니었다. 그녀가 빨리 나온 것뿐이다. 그는 안도의 한숨을 쉬었다. 이미 들어버린 버릇대로 그가 그녀의 손을 잡자, 그녀는 손에 쥐고 있던 영화 티켓을 그에게 쥐여주었다.

"이거, 무슨 영화야?"

"〈정열〉이라는 영화야. 어제 민호 씨하고 이 영화 봤는데, 정말 너무 감동했어. 성준 씨한테 꼭 보여줘야겠다고 생각했어. 성준 씨도 이걸 보면 정열이 뭔지 알게 될 거야."

그녀의 목소리는 어딘가 불안정하다. 얼굴이 그리 밝아 보이지

않는다고 생각했었는데, 지금 보니 조금 발갛게 상기되어 있다. 손
도 약간 뜨거운 것 같다. 그는 혹시 감기 걸린 게 아니냐고 물어
보려고 했으나, 그녀는 그에게 그럴 여유를 주지 않았다. 그는 말
한마디도 건네지 못한 채 극장 안으로 끌려들어갔다.

그는 어둡고 밀폐된 장소를 좋아하지 않았다. 더구나 영화도 좋
아하지 않았다. 몇 안 되는 친구들이나 애인의 강권으로 극장 안
에 들어갈 때마다, 극장의 불이 꺼진 후의 어둠에 눈이 익숙해질
때까지 그는 늘 약간의 현기증을 겪었다. 그는 눈앞의 공간이 잠
시 뒤틀리고 입에서 신맛이 나는 그 불쾌한 현기증을 극장의 불
이 꺼질 때마다 겪어왔다. 이번에도 마찬가지였다.

불이 꺼지고 예고편이 나오기 시작했다. 긴 다리를 쭈그려 불편
하고 비좁은 극장 의자에 억지로 앉아 있자니, 슬슬 화가 나기 시
작했다. 그는 영화를 좋아하지 않고, 그녀는 민호라는 사람과 어
제 이 영화를 이미 보았다. 꼭 그를 영화관으로 끌고 와야 할 필
요가 있었을까?

"꼭 영화를 보러 와야 했어?"

그는 불평 섞인 어조로 그녀에게 물었다. 그녀는 들은 척도 하
지 않고 입술에 손가락을 갖다 댈 뿐이었다.

달리 방도가 없었기에 그는 화면을 바라보기 시작했다. 홍콩영
화 몇 편, 연애영화 몇 편의 예고편이 방영된 것만으로 그는 이미
영화 같은 것은 보고 싶지 않다고 느끼기 시작했다. 더구나 그와

그녀가 보아야 할 영화는 제목으로 짐작해보건대 또 한 편의 연애영화인 모양이다. 그는 연애영화를 볼 때마다 지루하기만 했다.

마침내 영화가 시작되었다. 그는 애인이 눈치채지 못하게 조그맣게 한숨을 내쉬었다.

영화 시작 후 30분이 지났지만, 그는 영화에 정신을 집중할 수가 없었다. 흔해빠진 영화다. 하숙집에서 혼자 사는 금발의 여자가 별 특징 없는 검은 머리의 남자에게 반해서 그가 모는 오토바이를 타고 어딘지도 모를 시골로 간다. 영사막에 비춰지는 낯선 지방의 녹음綠陰은 그를 무기력한 사고의 틀 속으로 끌어들였다. 가끔 뾰로통해질 때의 여자의 되바라진 입 모양이 여동생 성희를 생각나게 한다. 성희도 저런 식으로 외박을 한 것이 아닐까? 남자의 손을 잡고 어느 술집에 앉아, 눈동자에 광휘를 불태우며 시계를 쳐다보고 난 후 어깨를 으쓱하고, 집에서 기다리고 있는 가족들 생각을 떨쳐버린다. 얼마나 미친 짓이냐! 어머니는 성희가 언제 들어올지 몰라 애태우고 있다. 여자는 외떨어진 통나무집 속에서 남자를 유혹하는 춤을 추고 있다. 여자가 말한다. '난 당신을 태워버릴 거야.' 그는 낯이 간지러워졌다. 저것은 현실의 남녀가 할 수 있는 말이 아니다. 영화는 영사막 위에 투사되는 꿈일 뿐이다. 그리고 지금 이 꿈은 그에게는 악몽에 가까웠다. 바로 그 순간, 그의 애인이 옆에서 속삭였다.

"정말 멋진 말이야. 나도 성준 씨를 태워버리고 싶어."

그는 진저리를 쳤다. 그는 옆에 앉아 있는 이 여자를 이해할 수가 없었다. 그는 자기 앞에 놓인, 거미줄같이 얽힌 삶의 통로를 잘 찾아갈 자신이 있다. 나이 40이 되면 자신을 닮은 아이들을 둘 데리고 평화롭게 살아갈 것이다. 일주일이나 2주에 한 번 정도 외식을 하고, 자신과 함께 사는 여자에게 충분한 여가와 그 여가를 즐길 수 있는 돈을 마련해주고, 휴가를 이용해서 외국에도 데리고 나가 이국적인 풍취를 즐기게 해줄 것이다. 적당히 리듬 있는 생활이 강물처럼 유유히 흘러갈 것이다. 두려워할 것도, 흥분할 것도 없다. 그 정도면 웬만한 여자들은 모두 행복해할 것이다. 행복해하지 않는 여자들을 그는 이해할 수가 없다. 더구나 이 여자는 자기를, 자기가 바라는 물같이 고요하고 안정된 삶을 거부하고, 모두 태워버리고 싶다고 말한다. 그는 불꽃을 믿지 않았다.

그녀가 다시 말한다.

"저 영화에서 보이는 정열이 여자의 정열이기 때문에 성준 씨가 이해를 못 할 수도 있겠지. 하지만 성준 씨에게는 일생을 불살라볼 만한 정열이 없는 거야? 내가 원하는 건 단순한 거야. 나한테 몰입해줘, 성준 씨. 성준 씨의 바로 그 부분을 내가 차지하고 싶어. 성준 씨가 그 부분을 내게 쉽사리 내주지 않기 때문에 내가 오히려 성준 씨한테 이렇게 열을 올리는지도 모르겠고."

그는 당황하며 그녀의 손을 꽉 쥐었다. 그녀에게 조용히 하라고 말하고 싶었지만, 그녀의 기세에 눌려 입이 떨어지지 않았다. 다른 자리에서 누가 무어라고 중얼거리는 소리가 들렸는데, 그 중얼거리는 소리가 꼭 그와 그녀에게 내뿜어지는 불쾌한 비웃음 같아서 소름이 오싹 끼쳤다. 그는 간신히 나지막한 목소리로 그녀에게 조용히 얘기해, 하고 말을 건넸는데, 목소리가 조금 쉬어서 끽끽거리는 비명처럼 되어버렸다.

그러나 이 모든 것은 일시적인 불편일 뿐이다. 그는 자기 자신을 믿고 있었다. 대학을 졸업하면 2년이나 3년 내에 결혼할 것이다. 지금의 애인과 결혼할지 다른 사람과 할지는 모르지만, 결혼을 하고 나면 수정처럼 투명한 생활을 영위해나갈 것이다. 그는 성실한 회사원, 착한 남편, 자상한 아버지가 될 것이다. 만약 지금의 애인과 결혼한다면, 그녀도 그때쯤은 부드럽고 따뜻하고 안정된, 고요하고 평온한 생활이 무엇을 뜻하는지 깨닫게 되리라. 그는 자신이 있었다.

영화는 계속되고 있었다. 몇 번씩 거듭되던 섹스가 끝나고 여자와 남자는 푸르게 튜닝된 새벽 강가를 걷는다. 남자는 마침내 여자에게 싫증이 난 것 같다. 하지만 여자는 남자에게 빠져 있다. 여자는 남자의 모든 것을 가지고, 남자가 주지 않는 것까지 가지겠노라고 결심한다. 남자가 중얼거린다. '당신은 왜 내가 당신과 나누는 삶에 만족하지 못하는 거지?' 여자가 소리 지른다. '왜 내가 당신을 나누어 가져야 한다는 거야? 나는 당신을 전부, 전부

가질 거야. 당신의 과거, 현재, 미래, 그것은 이제 모두 내 것이야!'
그녀는 격정에 남자에게 키스하면서, 남자의 입술을 깨물어 피를
낸다. 남자가 비명을 지른다. '아, 아파! 이게 무슨 짓이야?' 여자
가 빙그레 웃는다. 여자의 입술에는 피가 묻어 있다.

그는 얼굴을 찡그렸다. 골치가 아파왔다. 그의 손에 잡혀 있는
애인의 손은 점점 뜨거워지고 있었다. 그는 애인의 귀에 대고 속
삭였다.

"저렇게 미친 것 같은 영화를 두 번씩이나 보러 온단 말이야?
영화를 계속 보는 것보다, 지금 아무래도 감기 걸린 것 같은데, 집
에 가서 누워 있는 게 어때?"

애인이 그의 손을 꽉 잡았다. 손이 으스러질 것같이 격렬하고
뜨거웠다. 손을 빼고 싶었으나 뺄 수가 없었다. 그는 아무래도 이
여자가 정상이 아닌 것 같다고 생각했다. 열이 올랐거나 몸이 안
좋은 게 틀림없었다. 억지로라도 집에 데려가야 한다고 생각하고
있는데, 그녀가 입을 열었다.

"난 괜찮으니까 억지로 집에다 밀어 넣지 마. 그보다도 성준 씨,
성준 씨한테는 저런 정열이 있는 거야, 없는 거야? 저 남자는 그
래도 처음엔 여자를 보자마자 흥분을 느꼈어. 삶에서 한 번 만날
까 말까 한 상대라고 생각했던 거야. 성준 씨는 나를 그렇게 생각
하는 거야?"

또 커다란 목소리다. 그는 뒷자리에서 누군가가 자기 의자를

똑똑 두드리는 것을 느꼈다. 분명히 영화를 보는 데 방해가 되니 조용히 해달라는 신호일 것이다. 그는 배의 근육이 뒤틀리는 것을 느꼈다.

"삶에서 한 번 만날까 말까 한 상대라는 게 어디 있어? 나는 소희를 좋아해 알잖아? 그걸로 부족하단 말야? 남자가 여자를 좋아하는 게 정열 아냐?"

그는 거짓말을 했다. 지금 그의 옆에 앉아 있는 이 여자는 점점 낯선 생물이 되어가고 있었고, 그는 낯선 사물을 좋아하지 않았다. 삶에 있어서 다룰 수 없는 부분, 위태위태한 균열과 틈새를 그는 혐오했다. 그녀가 코웃음을 쳤다.

"그걸로는 턱도 없어. 내부에서 타오르는 불이 너무도 뜨겁기 때문에 진짜 불 속을 뚫고 지나간다고 해도 오히려 시원하다고 생각할, 그런 정열이 성준 씨한테는 없는 거야. 좋아, 내가 아니라도 좋다구. 도대체 성준 씨는 자신을 사로잡고 폭파시킬 만한 여자를 한 번이라도 만나본 거야? 여자가 아니라도 좋아. 뭐든지, 뭐든지!"

그녀의 목소리가 이제 극장 안을 쩡쩡 울리고 있었다. 일요일 조조라 앉아 있는 관객은 몇 되지 않지만, 사람들은 이상하다는 듯이 일제히 그들을 쳐다보고 있었다. 영화에서 금발의 여자는 남자에게 사랑을 증명해보라고 요구하며 담뱃불을 남자의 팔에 갖다 대고 있다. 제정신을 가진 남자라면, 영화가 아닌 실제의 남자라면 누구든지 여자의 뺨을 갈기고 정신 차리라고 찬물을 끼얹어줄 것이다. 그녀가 지금 하는 짓도 영화의 여자가 하는 짓과 별다를 바 없이 폭력적이었다. 멈추게 해야 할 필요가 있었다. 그는 진절머리가 나서 그녀의 어깨에 손을 둘러 고개를 움직이지 못하게 하고 속삭였다.

"그래, 난 정열 같은 건 없어. 삶이란 그런 게 아니야. 적당한 명도의 빛이 있고 위협적이지 않은 어둠이 있어. 두려움이나 매혹이라는 것, 나는 이해하지 못하겠어. 도대체 그따위 걸 그렇게 완전하게 구현해줄 남자가 있으면 어디 찾아가보라구. 어떤 놈팡이가, 자기는 몸속에 타오르는 빛과 불이 있고, 세상 끝까지 소희와 함께 질주하겠노라고 소희를 구슬릴지도 모르지. 하지만 10년이 지나면, 20년이 지나면 소희는 분명히 후회할 거야. 뜨거운 햇빛에 달아오른 해변가 모래밭에서 남들 눈치 보지 않고 소희를 밀어누르던 녀석은 20년 후면 제 집 안에서도 발기가 안 돼 끙끙거리겠지. 더 나쁜 경우를 생각한다면, 좁고 어두운 집 안에서 가난과 애새끼들과 집안일에 눌려 평생을 후회하며 살게 될지도 몰라. 소희는 백년 천년 젊은 게 아니라구. 그걸 왜 그렇게 모르는 거야?"

그녀는 아무 말도 하지 않았다. 영화의 줄거리는 점점 더 점입가경으로 치달아가고 있었다. 남자는 이제 완전히 여자에게서 마음이 떠난 모양이었다. 쥐색 머리를 한 가정적이고 평범한, 유랑자의 매력 따위엔 동하지 않는 실제적이고 예쁘장한 여자의 손을 잡고 있다. 남자는 착실하고 훌륭하게 살겠노라고 결심한다. 그는 소희가 이 장면을 보면서 교훈을 좀 얻었으면 하는 생각을 했다. 그러나 영화라는 것은 그처럼 상상이나 환영보다는 실제적이고 존경받을 만한 일에 기쁨을 느끼는 사람들을 위해 만들어진 것이 아니다. 더구나 이것이 소희가 두 번씩이나 보러 온 영화인 바에야 분명히 끔찍한 반전이 있을 것이라고 그는 생각했다. 그녀는 감기에 걸린 것이 확실한 것 같았다. '냉방 완비'라고 써 붙인 극장이 무색하게 온몸이 달아오르고 있었다. 뜨거운 물이 가득 담긴 욕조를 옆에 두고 껴안고 있는 것 같았다.

금발의 여자는 분을 이기지 못한다. 검은 머리 남자와 쥐색 머리 여자가 바캉스용 방갈로에 들어가는 것을 확인하고, 여자는 중얼거린다. '내가 당신의 머릿속에 있는 것을 청소해주겠어. 당신이 나를 받아들이지 못하는 건 모두 그 머릿속에 박혀 있는 것들 때문이야. 절도라고? 평범한 생활이라고? 그런 건 똥배가 튀어나온 돼지들이나 하는 짓이야. 난 당신이 중산층의 돼지가 되는 것을 두고 볼 수 없어. 당신 속에는 부랑자의, 난폭하고 끝 간 데 없이 치달아가는, 무한까지 당신의 정열을 불태울 영혼이 숨어 있어. 그 영혼을 해방시켜주겠어. 당신은 그 여자와 잘지 모르지. 하지만 그 영혼은 내게 속한 것이야.' 여자는 방갈로 주위에 휘발유를 뿌리고 불을 붙인다.

그는 구역질이 날 것 같았다. 영화 제작자나 시나리오 작가라는 자들은 모두 평범하고 존경받을 만한 일상적인 시민들의 생활을 존중할 줄 모르는 자들임에 틀림없었다. 그는 막연히 항의해야 한다고 느꼈다. 하지만 누구에게? 이 영화를 들여온 자들은 분명히 공연윤리위원회에 사기를 쳤음에 틀림없다. 그는 국가기구의 양식을 믿고 있었다. 이런 영화가 이렇게 자유롭게 대한민국에 들어올 수 있을 턱이 없다. 그는 옆자리로 고개를 돌렸다. 그녀는 사람 키도 넘는 불길이 집 주위로 세차게 타오르는 화면을 넋을 잃고 바라보고 있었다. 그녀의 황홀한 얼굴을 더 이상 보고 있을 수가 없었다. 그는 지금 이 모든 것이, 아침에 깨어나서부터 지금까지 자신에게 벌어졌던 모든 일이 자신이 참을 수 있는 한계를 넘어섰다고 판단했다.

"이제 그만 가자."

그는 억지로 그녀의 어깨를 잡아 일으키려다가, 깜짝 놀라 손을 뗐다. 지금 그녀의 몸에서 나는 열은 사람의 몸에서 나는 열이 아닌 것 같았다. 잘못해서 라이터 불에 손을 갖다 댔을 때 손을 홱 뿌리치듯이, 그는 그녀를 옆으로 밀쳐냈다. 그녀가 킬킬거리며 웃었는데, 그 목소리도 왠지 그가 아는 그녀의 목소리가 아닌 것 같았다.

"왜? 더 이상 못 보겠어?"

"저건 사이코 영화야. 난 네가 이런 영화를 계속 보는 걸 더 두고 볼 수 없어."

그는 확고한 목소리로 말했다. 그녀가 뭔가 항변을 하리라고 생각했는데, 그녀는 아무 말도 하지 않고 순순히 따라 나왔다. 아마 두 번 본 영화여서 그럴 것이라고 그는 생각했다. 이상할 것은 없었다. 극장 밖으로만 나가면 모든 것이 정상으로 돌아갈 것이다. 그는 생활의 리듬을 되찾을 것이고, 그녀는 집으로 돌아가 몸조리를 하면 될 것이다. 그러나 그는 그녀의 손을 다시 잡지 않았다.

극장의 어두운 복도를 걸어 나오며 그녀가 다시 한번 물었다.

"그래, 성준 씨에게는 정열이라는 게 없단 말이지?"

그는 자기가 느끼는 지긋지긋함이 그녀에게 전달되기를 바라면서 억누른 목소리로 대답했다.

"정열이라는 건 없어. 아마 소희는 지금 본 영화에 나온 사랑의 정열이 얼마나 멋있냐고 얘기하겠지? 하지만 우리가 지금 본 영화가 정열에 대한 영화라면, 정열이라는 건 일종의 광기야. 광기가 얼마나 멋있냐고 할지 모르지만, 광기는 병이야. 소희는 그럼 백주 대낮에 미친놈이 나타나면 기분 좋겠어? 우리는 우리가 살아가야 할 생활이 있는 거야. 난 소희가 좀 현실적이었으면 정말 좋겠어."

"성준 씨는 그럼 지금까지 정열에 대한 선명한 두려움도, 온몸을 으스러뜨리듯이 불태워버리고 싶은 유혹도 한 번도 느껴본 적이 없단 말이지?"

뒤에서 들리는 목소리에는 끼긱거리는 금속성이 많이 섞여 있었다. 어쩐지 인간의 목소리가 아닌 것만 같았다. 분명히 소희 목소리와 비슷했지만……. 하지만 저것은 소희의 목소리가 아닐 리가 없다. 감기 때문이다. 감기가 목까지 타고 올라온 것이다. 그러나 그는 뒤를 돌아보지 않았다. 그는 상영관 문을 열고 나갔다. 환한 빛이 그를 반겼다. 광기와 폭력의 세계에서 해방된 그는 길게 한숨을 들이쉬었다. 그러나 안도의 심정은 잠깐이었다. 뒤에서 그녀가 그에게 고함쳤다. 이제 그녀의 목소리는 완전히 변해 있었다.

"잘 봐! 내가 정열이 무엇인지 보여주겠어!"

드디어 참을 수가 없었다. 그는 벌컥 화를 내며 뒤돌아보았다. 그리고 입을 딱 벌렸다.

극장 안, 상영관 밖, 그 좁은 공간에서, 그녀가 타오르고 있었다. 노란색, 푸른색, 붉은색, 적자색의 열이 처음에는 사람 모양으로, 그다음엔 점차 허물어져서 너울거리는 불길이 되어 그에게 다가오고 있었다. 인간이 아닌 그것, 정열이 화한 불길을 보면서, 그는 태어나서 처음으로 전 존재가 뒤흔들리는 듯한 공포를 느꼈다. 그의 옆에서 다른 사람들이 질러대는 비명은 아예 귀에 들어오지도 않았다. '나는 지금 우주를 지배하는 원리와 대면하고 있는지도 몰라.' 그는 타버린 입술을 떨리는 혀로 핥으며 생각했다.

인간 이상의 열, 별들을 생성시키고 파멸시키는 거대한 열로 변해버린 그녀 앞에 서서, 그는 난생처음 자신의 내부에 정열이 있었으면 하고 기도하고 있었다. 저 불길을 뚫고 나가도 오히려 시원하게 여겨질 정열이. 그가 감당하기에는 너무나 커져버린 저 광기의 불길이 자신에게 비추는 불빛을 피하지 않아도 될 정열이. 불길은 계속 흔들거리며 그를 향해 다가오고 있었다. 그것은 참을 수 없는 갈망이고, 존재의 심연에서 치솟아 오르는 불기둥이었다. 그 불빛 앞에서 그는 너무나, 너무나, 너무나 초라했다. 세계가, 그가 믿어온 평온하고 투명한 세계가 뒤집히고 있었다.

이제는 불길로 변해버린 그녀가 옳았다. 그가 안온하다고 느낀 세계의 한 꺼풀 밑을 지배하고 있는 것은 바로 정열이었다.

잘 안 변하는 사람

송경아, 「정열」

사람은 잘 바뀌지 않는다. 대부분의 사람들이 살던 대로 살아가기 때문이다. 변화는 크든 작든 불안을 동반한다. 누군가는 내 변화를 싫어할 수도 있고, 나조차 그 변화를 후회할지 모른다. 변하지 않으면 적어도 그런 불안으로 인한 리스크는 피할 수 있다. 다소 권태로울 수도 있지만 지루함에서 오는 불행이야 불안이 야기하는 불확실한 문제들에 비하면 충분히 감수할 만한 것이다. 만약 변하고자 한다면 남들에게는 물론 자기 자신에게조차 '미움받을 용기'를 내야 한다. 『미움받을 용기』 같은 책이 괜히 베스트셀러에 오르는 게 아니다. 대체로 우리는 그런 용기 따위 내지 않고 산다. 이 소설 속 남자처럼 말이다.

정열이라고는 찾아볼 수 없는 나른한 남자와 정열을 부르짖다 불길이 돼버린 수상한 여자의 연애담 모양을 하고 있는 이 소설은 다름 아닌 변화에 관한 이야기다. 한 남자가 있다. 남자는 이해할 수 없다는 말을 입에 달고 산다. 여자들이 자기를 왜 좋아하는지 이해할 수 없다. 좋다 할 땐 언제고 그렇게 휑하니 떠나는 이유는 더더욱 이해할 수 없다. 남자는 자신을 둘러싼 사람들의 요구가 다 귀찮기만 하다. 자기가 딴 남자랑 같이 있는 걸 보고도 화가 나지 않느냐고 추궁하는 여자의 말을 들어도 화가 나기는커녕 그런 질문을 해대는 여자가 이해되지 않는다. 어젯밤 여동생이 집에 들어오지 않았는데 혹시 아는 거 없냐는 엄마의 말을 들으면 자신에게 왜 그런 걸 물어오는지 이해할 수 없다. 남자는 사람들에게 하나하나 반응하는 게 피곤하다. 차라리 이렇게 저렇게 행동해달라고 요구했으면 좋겠다.

그렇다고 해서 남자가 타인과 관계를 아예 못 맺는다거나 눈에 띄게 폐쇄적인 성격을 가진 것도 아니다. 오히려 연애라면 부족하지 않을 만큼 하는 편이고, 굳이 따지자면 인기가 있는 편에 속한다. 한 가지 석연치 않은 패턴이 있긴 하다. 연애가 죄다 일방적으로 시작해 일방적으로 끝난다는 것이다. 그의 예의 바름, 그의 친절함, 그의 거리 두기를 높이 평가하는 여자들은 늘 남자에게 먼저 다가온다. 둘은 빠르게 사귄다. 그러나 여자들은 그의 예의 바름, 그의 친절함, 그의 거리 두기를 힐난하며 돌아선다. 둘은 싱겁

게 헤어진다. 지금 두 사람도 같은 패턴대로 사귀기 시작했다. 그리고 그 패턴대로 여자의 불만과 비난이 시작된 것이다. 다른 게 있다면 여자가 남자 앞에서 불타버렸다는 것 정도이다. 정열이 뭔지 보여주겠다면서.

정열을 보여주겠다는 여자는 한순간 사람에서 불길로 변한다. 여자가 갑자기 분신이라도 했단 말인가. 그렇든 아니든 얼마나 황당한 일인가. 갑작스러운 이 전개를 어떻게 읽을 수 있을까. 이 일은 남자에게 일종의 '신비체험'이다. 납득할 수 없는 현상을 눈앞에서 본 남자에게는 선택할 수 있는 세 가지 길이 있다. 첫째, 남자는 그 사건에 갇힌 채 배회하며 광야에서 혼잣말을 지껄이는 광인이 된다. 둘째, 예수를 본 사울이 바울로 거듭난 것처럼 불길이 솟구칠 때 자기 안에서 일어난 변화를 받아들이고 다른 사람이 된다. 셋째, 헛것을 봤으므로 무시한다. 살다 보면 우리에게도 한 번쯤 이런 설명할 수 없는 일을 체험할 기회가 온다. 그 일을 계기로 다른 사람이 되기도 하고, 무시한 채 살던 대로 살아가기도 한다. 이미 경험했지만 그런 줄 모른 채 살아가기도 하고 아직 이런 변화를 체험하지 못했을 수도 있다. 남자는 세 가지 길 중 어떤 것을 선택하게 될까.

혹자는 일요일 아침 7시에 전화해 일방적으로 약속 잡는 여자가 남자보다 더 이상하다고 말할지도 모르겠지만, 이 소설의 절정은 현실의 차원에서 환상의 차원으로 단숨에 도약하는 부분에 있다. 여자의 존재는 소설이 진행되는 과정에서 현실과 비현실을 오간다. 그러다 불길이 솟는 장면에 가까워질수록 실제인지 환상인지 분간하기 힘들 만큼 점점 더 모호해진다. 여자는 부분적으로 남자의 내면이 만들어낸 환상인 것이다. 그러므로 우리가 집중해야 할 이상한 사람은 남자가 맞겠다. 남자는 불에 타고 있는 여자의 환영을 보며 이전에는 갖지 못했던 생각을 한다. 난생처음 정열 없는 자신이 초라해 보이는가 하면, 자신의 마음속에도 정열이 있었으면 좋겠다는 바람을 품기도 한다. 정열 운운하던 여자를 불신하던 남자는 이윽고 "불길로 변해버린 그녀가 옳았다"고 생각하기에 이른다. 불길로 변한 여자를 바라보는 그때, 그를 둘러싼 세계는 완전히 전복된다. 그가 지금껏 믿어온 "평온하고 투명한 세계가 뒤집"힌다.

여자의 존재가 남자의 내면이 만들어낸 환상이라고 하자. 남자에게는 왜 그런 환상이, 그토록 강렬한 체험이 찾아온 걸까. 이렇게 기이한 사건을 통해서만 자극할 수 있을 만큼 남자가 고수하는 자기 세계가 강하기 때문이다. 남자의 나른함은 게으름이나 방만함보다는 병적인 자기애에 더 가깝다. 자기애가 강하면 강할수록 그것을 부수는 해머도 더 큰 충격을 가할 수 있는 센 무기여야 한다. 남자의 연애가 이해할 수 없는 시간의 흐름에 갇히길 반복했던 까닭은 그가 끝내 자신에게만 집중했지 자기라는 담장 너머 연인에게로 다가가는 데는 도무지 관심이 없는 사람이었기 때문이다. 타인을 만나러 가려면 자신이라는 한계의 벽을 뚫고 나가야 한다. 그러자면 반드시 변해야 된다. 그 변화를 가능케 하는 것을 정열이라 부를 수도 있고, 사랑이라 부를 수도 있을 것이다.

2014년 개봉된 영화 〈베스트 오퍼The Best Offer〉는 사랑이 곧 변화라고 주장한다. 주인공 올드만은 미술품을 최고가로 낙찰시키는 세기의 경매사이자 예술품의 가치를 정확하게 알아보는 완벽한 감정사다. 일에 빠져 사느라 사랑은 뒷전이던 그의 앞에 신비로움과 연민을 동시에 불러일으키는 여자가 나타난다. 대인 기피증이 있는 여자와 사랑에 서툰 남자는 비밀스러운 사랑을 키워나가고 마침내 결혼을 약속한다. 그러나 얼마 지나지 않아 여자는 남자가 평생 동안 모은 수많은 명화를 몽땅 갖고 사라진다. 진품과 위조품을 구분하는 데에 특출난 능력을 가진 그였지만 위조된 감정과 진짜 감정만은 알아보지 못한 것이다. 사랑을 갖기 위해 배팅할 수 있는 최고가best offer는 얼마일까. 영화가 알려주는바, 인생 전부이다. 사랑은 다 잃을 수 있는 게임이다. 좋은 쪽으로든 나쁜 쪽으로든, 크든 작든, 변화는 불가피하다. 그것이 사랑의 본질이기 때문이다.

「정열」 속 남자에게는 타인에게 반응하지 않으려는 경향이 있다. 자신의 보존에 대한 강박은 타인에 대한 몰이해 이상의 무관심으로 드러난다. 자기만 알고 자기만 중요한 사람의 성향을 두고 흔히들 '나르시시스트적'이라고 말한다. 그들은 타인의 감정에 잘

이입하지 못한다. 관계나 상황을 이해할 때도 그 기준이 자기 자신에게만 국한된다. 직장 생활을 하다 보니 적잖게 나르시시스트를 만난다. 그럴 때마다 마음속에 불길이 인다. 불같이 화내며 그들의 퇴행적 자기애에 경종을 울리고 싶을 때도 있지만 주로는 조용히 손절을 택하는 편이다. 아직 한 번도 그런 사람을 만나본 적이 없다면 찬찬히 자기를 둘러볼 일이다. 당신이 바로 그 나르시시스트일 수 있다.

그러나 꼭 이런 예외적인 사람과의 만남이 아니더라도 우리는 자주 변화의 시험대에 오른다. 다시 소설을 처음부터 더듬어보면, 여자가 불길로 변하기 전에도 남자가 자신을 바꿀 수 있는 상황은 끊임없이 주어졌다. 모든 순간에 반응하지 않는 것을 선택했을 뿐. 수시로 찾아오는 권태로움과 정체감의 원인이 외부에서 두드리는 문소리에 반응하지 않는 자기 중심성에서 비롯된다니. 이제야 남자가 입에 달고 살던, 이해할 수 없다는 말의 실체를 알겠다. 남자는 이해할 수 없는 것이 아니라 애초에 누구도 이해하지 않았고 그보다 누군가로부터 이해되고 싶지도 않았던 것이다. "평온하고 투명한 세계"의 실체는 나르시시스트로 가득한 이해 없는 세상이다. 이해 없는 세상은 신비체험 이전의 남자, 즉 나른한 남자로 가득한 잠 오는 세상. 고통스러운 세상은 견딜 수 있어도 잠오는 세상은 견딜 수 없다. 그렇지 않은가. 나쁜 남자는 만날 수 있어도 지루한 남자만은 피하고 싶다.

식성

김
이
태

김이태

1995년 단편소설 「몽유기」로 문학사상 신인상을 받으며 작품 활동을 시작했다. 지은
책으로 소설집 『궤도를 이탈한 별』, 장편소설 『슬픈 가면무도회』 『전함 큐브릭』이 있다.

언니는 어릴 때부터 고기를 좋아했다. 비쩍 마른 그녀의 얼굴이 젓가락을 들이미는 모습은 어딘지 한 번도 본 적이 없는 짐승을 연상시킨다. 얌전한 고양이처럼 말도 별로 없이 공부만 잘했는데, 슬슬 담배를 피워 물기 시작했을 때도 흡사 그런 표정을 지었다. 나는 그녀가 남자와 성관계를 가질 때도 그런 굶주린 얼굴을 하는지 궁금해진다. 날름날름 타인의 생기를 잽싸게 빨아들이는 모습 말이다. 스트로로 주스를 빨아 마시는 낯선 아이들도 그녀를 연상시킨다. 밥상 위에 오른 김치찌개에서 돼지고기만을 뒤져 먹는 그녀, 떡국이 올라도 그 위에 얹힌 양념 고기만 덜어 먹고 숟가락을 놓아버리는 그녀. 그녀는 나보다 두 살 많았다.

딸만 둘 낳은 엄마는 집안의 여자들을 죄지은 듯 단속했는데 그것은 항상 밥상머리에서 시작되었다. 굴비는 한 마리만 구워서 아버지만 드려야 하고 아버지가 숟가락을 들기 전에는 아무도 꼼짝 못 하게 하는 그런 것들 말이다. 딸만 둘 낳은 죄책감이 어느 정도인지는 몰랐지만 생선 한가운데로 파고드는 언니는 항상 손등을 맞곤 했다. 그러면 언니는 마치 자다가 물벼락을 맞은 사람처럼 눈을 끔벅거리며 엄마의 얼굴을 빤히 쳐다보았다. 그러곤 슬픈 짐승의 얼굴을 하고 머리를 숙이는 것이다. 마치 자기가 왜 맞았나를 그제야 깨달은 듯이 말이다. 그 밥상 위의 풍경은 반복되었다. 물론 고기가 흔치 않았을 때의 일이다. 반 근 사서 국에 조금 넣고 불고기 하는 날은 집에 무슨 일이 있어야 했다. 1년에 갈비찜을 하는 날은 아버지 생일뿐이고 전기 통닭구이 한 마리가 대단한 외식이었던 시절, 언니의 식성은 곤란하게 두드러질 수밖에 없었다. 하기야 누군들 귀한 음식을 좋아하지 않겠는가마는 요는 그녀가 비쩍비쩍 마르면서도 고기만 찾는 데 있었다.

초등학교 들어가기 전이었다. 아버지는 가끔 레이션 박스를 한 상자씩 들고 들어왔다. 군의관으로 일할 때였다. 나는 요즘에서야 그 레이션 박스와 베트남전쟁을 겨우 연결시킨다. 그것이 베트남전쟁에 나갔던 백마 부대에서 뇌물 비슷하게 또는 헐값으로 제공하는 물품이었다는 생각이 그 당시의 어린 내 머리에는 들어올 틈이 없었다. 백마 부대에서 자기들의 끼니를 모은 것이었다는 사실도 알 도리가 없었다. 단지 철사 끈을 풀면 보물 상자처럼 빽빽하게 들어 있는 옅은 갈색의 박스들. 반짝거리는 짙은 갈색 봉지 안에는 매끈하고 네모난 껌이며 설탕 봉지, 프림 봉지, 초콜릿, 괴상한 모양으로 접혀 있는 휴지들이 눈부시게 쏟아져 나왔다.

언니는 아버지가 펜치로 상자를 뜯을 동안 무릎을 꿇고 가만히 기다린다. 그러고는 군용색 캔을 찬찬히 살피고 하나를 집는다. 그러면 그것은 틀림없는 것이다. 우리 글도 읽을 줄 모를 때였다. 어떻게 알아? 보면 몰라? 그녀는 퍼즐처럼 글자들이 오글거리는 그 모양새만 보고 척 알았다. 고깃덩이가 뭉실뭉실 든 스파게티. 나는 국수 덩이만 남은 캔을 멍청히 받아 들곤 했다. 마치 날짐승의 눈을 먼저 파먹고 나머지를 다른 짐승들에게 물려주듯 말이다. 불평은 없었다. 언니가 욕심을 내는 것이라고는 고기뿐이었으니까. 그녀에게는 무릎까지 올라오는 부츠도 필요 없고 후드 달린 수영복 가운도 필요 없었다. 내가 엄마 귀걸이며 향수를 훔쳐 걸고 바르고 할 동안 언니는 아빠와 밀약을 맺었다. 자매라고 다 알고 자라는 건 아니다. 마치 타인의 과거사를 제삼자를 통해 듣듯 나는 옛날, 우리 어렸을 때 이야기를 요즘에 와서야 무심하게 듣곤 한다. 까마득히 모르던 일들이다.

언니는 미국에 간 지 3년 만에 돌아와 곧장 절로 들어갔다. 고기도 못 먹고 담배도 못 피우는 삭막한 곳 말이다. 비구니가 되겠다고 했다. 마른하늘에 날벼락이 우리 집 지붕에도 떨어졌다. 엄마가 먼저 시름시름 드러누웠다. 아버지의 태도가 묘하기 짝이 없었는데 마치 이런 일이 벌어질 것을 오래전부터 예감하고 있었다는 식이었다. 딸 둘에 오순도순하던 집안이 갑자기 엉망이 되었고 나는 언니에게 화를 냈다. 부모 가슴에 못 박고 하나 있는 동생 혼삿길 막아놓고 무슨 도를 닦냐고. 이왕 할 거면 석가처럼 결혼도 하고 애도 낳고 사람들 하는 짓 다 해보고 아버지 엄마 돌아가신 다음에 하라고.

언니의 막무가내는 사람을 은근히 미치게 하는 데가 있다. 말도 안 하고 그냥 가만히 있는 것이다. 후려치고 머리를 깎이고 다리몽둥이를 분질러도 어쩔 수 없다는 건, 그 가만히 있는 싹수머리 없는 모양을 보면 누구나 금방 알 수 있다. 타협이나 설득이 불가능한 정신박약의 표정. 방과후 아버지의 병원 대기실에서도 분명 그런 모습이었을 것이다. 한 시간이고 두 시간이고 기다리고 있는 것이다. 아버지가 간호원에게 돈을 쥐여주며 근처 갈빗집에 데려가라고 할 때까지 누구도 그녀를 끌어내지 못했을 것이다. 그녀는 혼자서 갈비 2인분을 너끈히 해치우고 가뿐하게 집으로 가곤 했다고 한다. 그때의 간호원이 애 데리고 설날 인사를 와서 20년이 지났는데도 그게 잊을 수 없다고 했다. 자기한테는 일절 먹어보란 소리도 안 하고 반찬도 없이 고기만 먹었다고 했다. 제가 정말 그랬어요? 언니는 사과를 깎아주며 참 별난 옛일이었다는 듯이 애

기한다. 입을 싹 닦고서 언제 그랬냐는 듯이 보기 좋게 웃기까지
한다.

어느 토요일 오후가 지금도 엊그제 같다. 우리는 오피스텔 하나
를 빌려 쓰고 있었고 그날 언니는 수업이 없다고 했다. 나는 신문
편집 일을 하고 있었고 그날따라 만사가 흐느적해져 있었다. 원고
를 받으러 갔더니 정치학과 교수는 무슨 국제전화를 하며, 어, 월
요일 아침, 월요일 아침, 하고 손을 내저었다. 방 안에 아무도 없
는데도 자신의 영어에 자못 득의만만한 듯 책상 한 모서리에 비
스듬히 서서 한쪽 다리를 꼬고 있었다. 정치가 기질이 번질거리
는 교수를 뒤로하고 오후의 텅 빈 교정을 걸어 편집실로 올라갔
다. 쪽지가 있었다. '시골에서 부친 급상경.' 캠퍼스 커플이 막 되
려던 같은 과 남자였다. 지렁이가 꿈틀거리는 듯한 그의 필체가
금방 눈에 들어왔다. 그와 오후에 영화를 보기로 했는데. 제법 짜
여진 듯했던 하루가 막막하게 비어버렸다.

"왜 그렇게 넋 놓고 앉아 있어?"

"사는 게 막막해서 그래요."

그래서 난 그 서클 선배와 두 시간 탁구를 쳤고 콜라로 목을
축였고 친절하게 집까지 바래다주겠다는 것을 그러면 우리 언니
도 만나고 커피도 한잔하고 가시라고 했다. 언니가 없으면 어떡하
지? 그는 짓궂은 말투로 물었고 그러면 텔레비전 보다 가면 되잖
아요, 라고 했다. 그러나 언니가 없을 리는 없었다. 그녀는 학교 강

의 시간 외에는 별로 나가는 일도 없었고 친구며 사귀는 사람을 모조리 그 좁아터진 오피스텔로 끌어들였다. 들어서면 신발 벗을 자리도 없이 빼곡한 공간. 식탁에 누군가 있으면 누군가는 침대 위로 올라가야 했다. 우리는 그래도 항상 감지덕지 여기라는 말을 들었다. 서울로 유학까지 보내서 학비 걱정 안 하게 하고 오피스텔까지 마련해준 게 어디냐고. 언니가 그 하숙방이 아닌 오피스텔을 잘 활용했던 편이라면 나는 오피스텔에서 죽치고 있는 언니를 주위로 밖으로 맴돌았던 셈이다. 그러나 그 선배와는 더 이상 둘이 있기가 싫었고 말 그대로 커피나 한잔 먹여 보낼 셈이었다. 오피스텔 문은 항상 거의 열어놓고 있었다. 주변이 모두 사무실이라 토요일 오후가 되면 버려진 창고처럼 아무도 들여다보는 사람이 없었다. 지하실 주차장처럼 가스관 같은 파이프가 노랗게 칠이 되어 드러나 있었다. 선배는 오피스텔이 그다지 고급스러운 데가 아니군, 하며 빈정거렸다. 문을 열자 곧장 언니의 우물거리는 얼굴이 그대로 보였다. 관에서 죽은 아이의 심장을 파먹고 있다……. 우리가 왜 그때 셋 다 크게 당황했는지 모르겠다. 적어도 나는 그런 인상을 받았다. 언뜻 문을 도로 닫으려고 했다. 방 안에는 연기가 가득했고 고기 타는 냄새가 코를 비릿하게 했다.

언니가 한참 우물거리다 불현듯 나를 쳐다보던 그 시선을 선배의 눈으로부터 감추고 싶었다. 나만 어떤 환상에 순간적으로 사로잡힌 것인지도 모른다. 등 뒤에서 죄송합니다. 한창 식사 중이

신데, 하는 덤덤한 소리가 나를 깨웠다. 아니에요, 들어오세요. 언니 역시 아무 일 아니라는 듯 가스불을 끄고 프라이팬 위에 있는 고깃점을 접시에 주워 담았다. 혼자서 고기를 구워 먹고 있었다. 그것도 두툼한 살점을 양념도 하지 않고 뭉텅뭉텅 썰어서 말이다. 그냥 서서 대강 굽히는 대로 손가락으로 집어 먹고 있었다. 선배가 멍하니 서 있는 나를 밀치고 옷장과 싱크대 사이로 몸을 비틀며 들어갔다. 언니는 어떤 일이든 별로 쑥스러워하는 법이 없다. 그렇다고 성격이 덤벙덤벙한 것도 아닌데 만사를 하도 태연하게 잘 받아들여서 어떤 때는 그녀 자체가 커다란 구멍으로 보이는 듯했다. 고기를 굉장히 좋아하시나 보죠? 선배가 대뜸 의자에 엉덩이를 붙이며 그렇게 물었다. 언니는 행복하게 미소 지으며 그렇다고 했다. 나는 삭막하게 나 있는 작은 창문을 열고 싱크대 위의 환풍기를 틀었다. 그러는 나를 돌아다보며 언니는 말했다.

"너 오늘 늦게 온다고 하지 않았니?"

그녀는 냉장고에서 청하를 꺼냈다. 소주잔 두 개를 식탁 위에 놓으며 선배에게 마시겠냐고 했다. 아니요, 낮술은 좀. 그녀는 뭐든 두 번 권하지도 않았다. 혼자 따라 마셨다. 그녀가 비운 접시 위는 벌건 피로 붉어져 있었다. 선배는 책장을 두리번거리며 중얼댔다. 전공이 뭔지 모르겠네. 목축이에요. 내가 말했다. 언니는 소를 키우고 싶다고 했다. 키워서 마구 잡아먹게? 그러면 그녀는 생글거리며 입맛을 다시듯 웃었다. 언니가 목축학과를 지원했을 때도 집에서는 한바탕 난리가 났었다. 의대를 지망해도 충분한데 왜 갑자기 농사꾼 마누라가 되고 싶어서 그러냐고 했다. 언니는 적성대로 지원하겠다고 했다. 엄마 입에서 그래 실컷 잘 먹고 잘 살아라 하는 말이 튀어나왔다. 엄마, 아버지, 나. 우리 식구면 그 말이 무슨 말인지 다 이해할 수 있다. 그녀와 20년을 같이 생활한 사람이 아니고는 무슨 맥락인지 모르는 소리 말이다. 제삼자로선 그 정도를 짐작조차 할 수 없을 것이다. 편식이라고 말하기에는 정도가 지나쳤다.

그녀는 이빨이 나기 시작했을 때도 우유만 마셨다고 했다. 엄마는 이유식을 못 먹여서 안절부절못한 걸 생각하면 지금도 화가 나고 가슴이 답답해온다고 했다. 아이가 지 손가락으로 이것저것 집어 먹을 나이가 되었는데도 밥풀 하나 묻히지 않고 우유병만 찾았다고 했다. 할 수 없이 깨나 다시마 같은 것을 우유에 섞어서 타주면 한 모금 빨아보고는 집어 던졌다고 했다. 나한테 맞기도 많이 맞았어. 하루는 어디 네가 이기나 내가 이기나 해보자고 우유 싹 치워버리고 굶겼지. 그랬더니 돌도 안 된 게 이틀을 내리 굶는 거야. 난 그때 손들었어. 이거 사람 새끼 아니다 싶어서.

언니는 우유만 먹고도 잘 자랐고 약간 마른 듯하면서도 별 큰 병치레 없이 커갔다. 약간 이상하고 께름칙한 느낌만 없다면 언니의 편식은 그리 문제될 것도 없었다. 갈빗집에 데리고 가면 여느 다른 아이들처럼 게걸스럽게 잘도 먹는데 구태여 없는 문제를 만들 건 없지 않은가. 부모는 그렇게 여겼고 오히려 제대로 먹이지 못한다는 죄책감마저 가지는 듯했다. 저렇게 잘 먹는 고기를 날마다 해 먹일 수 없으니 하는 것이었다.

그러나 나는 다르다. 아침저녁으로 날카로운 스테인리스 젓가락을 들고 참하게 보이던 그녀가 돌변하는 모습을 지울 수가 없다. 그녀의 눈에서 처음으로 짐승 같은 광채를 본 것도 그때였다. 처음에는 형광등 불빛이 반사된 것 같았지만 그것은 그녀의 눈에서 나왔다. 번쩍하는 광채. 내 눈으로 본 것임에도 잘 믿을 수 없었다. '눈을 번득인다'는 표현이 저걸 두고 말한다는 것을 그제야 알았다. 칼날처럼 스쳐 지나간다. 얌전하게 세수하고 머리 빗은 그녀가 밥상에 오도카니 앉아서는 그런 빛을 내는 것이다. 밥상 앞의 그녀가 진짜 그녀이고 평소에 아침 일찍 일어나서 책상 닦고 내 손 붙잡고 학교 가고 하는 그녀는 뭐가 둔갑한 것이다.

나는 둔갑이란 말을 〈전설의 고향〉에서 배웠고 그 말을 배움으로 해서 어느 정도 마음이 편안해졌다. 이해할 수 없는 일을 돋보기처럼 뚜렷하게 비춰주는 그 낱말이 마음에 들었다. 언니는 뭐가 둔갑한 거야. 한창 유행하는 사설탐정이라도 된 듯이 그녀의 거동을 살폈고 혼자서 방 안에 있을 때 몰래 다가가서 훔쳐보고는 했다. 문짝에 기대어 이마에 자국이 생길 때까지 가만히 서 있으면 실망감이 지루하게 덮쳐왔고 나는 대단하군, 하는 혼잣말을 했다. 감쪽같이 버티고 있는 것이다. 그녀는 책상에 앉아서 공들여 숙제를 하고 있었고 그것이 끝나자 연필을 깎아 필통에 넣고 가방을 챙겼다. 엄마의 곤란한 마음이 내게도 전해졌다. 고기를 지나치게 밝히는 것 외에는 그녀의 착실함에는 흠잡을 구석이 없었다. 물론 공부 잘해서 우등상 타오는 게 고작이지만 바로 그게 인생의 전부처럼 보였다. 특히 아들이 없어서 딸 둘을 아들처럼 키우는 집에서는 딸들에 대해 아들 못지않은 희망을 걸고 있었고 이 희망이란 법대나 의대였다. 아니면 그에 상당하는 남편을 고를 수 있을 만한 학벌, 일류 대학의 무난한 학과. 부모가 바라는 것에 대해 무작정 그들이 소견이 좁고 늙었다고만 탓할 수 없었다. 그들의 계산을 이해한 것이다. 언니 역시 그랬는지는 모르겠지만 아무 말 없이 공부를 잘했다. 고기만 먹여주면, 하는 단서는 줄곧 붙어 다녔고 나는 그 사실을 잘 모르고 있었다. 같은 초등학교를 다녔는데도 몰랐다. 가끔씩 엄마가 학교에 와서 병원에 데리고 간다고 나갔는데 그게 알고 보니 모조리 경양식집이었고 가서 언니만 비프스테이크 사 먹이는 것이었다. 아픈 기색 하나 없이 얼굴이 발그레해서 들어오는 연유를 알 도리가 없었다. 내가 그 사실을 알았더라면 울고불고 난리를 쳤을지도 모른다. 어린 마음에 불공평하다는 식의 상처가 컸을 것이다. 사정이야 어찌 됐든 언니에 대한 특별 취급을 용납할 수 없었을 것이다. 그러나 그 경양식집이 병원과 같은 역할을 한 것만은 사실이다.

언니는 상당히 평범한 얼굴을 하고 있다. 단체 사진에 박혀 있으면 잘 눈에 띄지 않는 얼굴이다. 눈도 일직선이고 입도 일직선이고 몸 전체에 필요 없는 기름기라곤 하나도 없다. 대체로 작대기 같은데 가끔 그래서 어딘지 그녀 근처에는 썰렁한 바람이 부는 듯한 느낌도 받는다. 그녀는 나에 대한 양보심도 대단했는데 그녀에게서 빼앗은 것은 하나도 없다 싶게 너무 순순히 자신의 물건을 주었다. 그러면 그토록 원했던 것이지만 힘이 쏙 빠지고 마치 쓰레기를 가진 느낌이 드는 것이다. 그녀는 항상 뭔가 상당히 중요한 것을 꼬불쳐두고 있는 것 같았다. 그녀의 서랍을 뒤지고 가방을 뒤진다. 코트의 안주머니를 뒤집어보고 일기장 같은 수첩을 몰래 살펴본다. 그러면 너무 평범해서 그 평범함이 아주 치밀한 스파이의 위장 전술처럼 보이는 것이다. 아무것도 없다. 내가 자기의 닷 돈짜리 금목걸이를 전당포에 팔아치워도 모르고 지갑에서 만 원짜리를 슬쩍해도 모른다. 나는 그녀의 무덤덤함에 어떤 점진적인 충격을 가하고 싶었다. 이래도 네가 흥분 안 해? 이래도 모른 척 가만있을래? 어디 파렴치하게 생고기를 날름거리는 그 본얼굴을 드러내보라구.

20여 년을 같이 자랐으면서도 막상 이 나이가 되니 그녀에 대해서 하나도 모르고 있었다는 기분이 든다. 같이 땅따먹기며 고무줄놀이며 만날 붙어 다니다시피 살았는데 막상 대학 들어와 그녀와 둘이 자취를 하면서부터는 생판 몰랐던 타인 같았다. 아니면 그녀가 절에 들어간 사건이 생긴 이후에야 모든 일을 소급해 올라가는지도 모른다. 미국 간 지 3년 만에 돌변해서 돌아온 이유. 그걸 동생 정도면 알아낼 수 있지 않겠나 하는 것이다. 아버지가 언니를 찾아가보라고 했다. 그 부처처럼 변해버린 얼굴이 꼴 보기 싫다는 것이었다. 3천 배를 하며 우리를 대학에 들여보내 동네 보살로 불리는 엄마도 마찬가지였다. 가정의 평안과 행복을 망가뜨리는 종교는 끔찍한 무용지물이라는 것이다. 이렇게 되려고 부처님한테 그 정성을 바친 게 아니라고 했다.

미국에서 필시 무슨 일이 있었을 것이라고. 그걸 저 아둔한 애가 혼자서 끙끙거리다 못해 세상을 등질 결심을 했다는 것이다. 요컨대 무슨 상처가 있다면 그건 치료될 수 있다고 했다. 도대체 미국에서 어떻게 지냈는지, 그것만이라도 알아오라고 했다. 다달이 생활비 하라고 천 달러씩 부쳐주면 그때마다 스테이크 사 먹을 수 있어서 좋다고 하고 기숙사 생활에 달리 돈 드는 일 없고 이래저래 별 외로운지도 모르고 잘 지낸다고 했는데 갑자기 웬 청승이냐고.

언니는 대학 4학년이 거의 끝날 무렵 대학원 입학 허가서를 당당히 내밀며 유학행을 선포했다. 장학금까지 받으며 박사 학위 따오겠다는데 계집애 혼자 외국에 못 보낸다는 말을 할 수는 없었다. 그렇게 의지가 확실하면 가서 열심히 공부하고 가끔 나와서 선이나 보라는 소리가 고작이었다. 결혼시켜서 같이 딸려 보내면 그 이상 원이 없는데. 아버지가 담배를 물며 말했다. 당장 같이 유학 갈 남자 구하는 게 쉬운 게 아니잖아요, 혼자 독신으로 책만 파고들 생각도 없어요. 저도 좋은 사람 찾아보죠, 뭐.

자식이 박사가 되겠다는데 그걸 두고 왈가왈부할 부모는 별 많지 않은 듯싶었다. 다들 조금 늦어도 상관없지, 했다 오히려 처음부터 같이 유학 보내놓으면 십중팔구 여자는 식모 노릇만 한다더라 하는 소리도 나왔다. 둘 중 하나라도 잘돼야 한다 싶어서 여자는 타이프 치고 밥 챙겨주다 뒤로 밀린다더라. 여자 하는 일이 확실하면 암만 결혼하고 남편이라고 해도 다짜고짜 어쩌지는 못한다. 하는 일이 마땅찮고 변변찮을 때 대뜸 남자 뒷바라지나 하라는 소리가 나오는 법이다. 가기 전 한 달 정도를 집에서 지내며 언니는 그런 소리를 하나도 귀찮아하지 않고 고분히 들었다. 유학을 간다고 별 들뜨는 법도 없었다. 마치 서울에 지내다 춘천 어디로 잠시 갔다 오는 것처럼 기분 나쁘게 덤덤했고 오히려 설치고 우왕좌왕하는 쪽은 엄마나 나였다. 집 떠나면 고생이다. 엄마, 나 집 떠난 지 벌써 4년이야. 그래도 거긴 다르지 않니. 다를 거 없어. 비행기 타면 금방인데. 엄마는 마른오징어며 김 같은 걸 꾸리면서 계속 잘 먹어야 한다고 했다. 유독 그럴 때마다 언니는 화색이 돌았다. 마치 유학 가는 본뜻은 딴 데 있다는 듯이 말이다. 하긴, 넌 김치 안 먹고도 잘 살지. 엄마는 따라 웃었다. 거기는 허구한 날 먹는 게 고긴데. 언니는 참 교묘한 웃음을 지었다. 200그램, 300그램

하는 식의 고깃덩이를 상상하는 듯했다. 그 사람들 피가 철철 나는 걸 막 먹지? 소꼬리 같은 건 거들떠도 안 본다며.

언니는 가끔 흥얼거리며 혼잣소리 같은 노래를 했다. 엄마 앞에서 짝짜꿍, 아빠 앞에서 짝짜꿍. 그냥 흥얼거리기만 했는데 곡조가 그것이었다. 나는 계속 기분이 나빠졌고 하루빨리 가버렸으면 싶었다. 물론 혼자서 하는 생활이 외로워질 것 같기도 했지만 우선 그 손바닥만 한 오피스텔에서 둘이 비집고 다니던 생활에 신물이 나 있었다. 그리고 그 고기 굽는 냄새.

그녀는 가끔 맛있는 걸 사주겠다며 나가자고 했다. 뭘 먹고 싶냐 따위는 묻지도 않았다. 한두어 번 따라간 다음부터는 내 쪽에서 그냥 고개를 설레설레 흔들게 된 것이다. 두말없이 가는 곳은 항상 원조 무슨 집이었다. 암소 갈비는 너무 부담되어서 보통 돼지갈빗집이었다. 나는 가끔 혼자서 왔을 그녀를 생각했다. 주인 여자가 언니 얼굴을 잘 알고 있었다. 오늘은 동생도 왔는데 몇 인분으로 할까? 언니는 메뉴판도 보지 않고 내 얼굴을 바라보다가 음, 하며 한 4인분이면 되겠죠? 했다. 그래, 그럼 동생은 밥을 먹지? 네, 밥은 얘 것만 주세요. 그래. 주인 여자의 평퍼짐한 등판을 보며 여기 자주 오냐고 물었다. 언니는 응응, 했다. 그러면서 담배를 피워 물었다. 공사판에서 일하는 노가다처럼 엄지와 검지로 필터 가까운 곳을 짓누르듯 집으며 피웠다. 방바닥에 앉아 있었지만 엉덩이를 엉거주춤 들어 올린 듯했다. 비슷한 나이 또래의 여대생들이 어둠침침한 카페에서 겉멋에 잔뜩 들려 엉성하게 피워 무는 모습과는 사뭇 달리 제법 천연덕스러웠다. 그녀는 빨간 솔 한 개비를 아무 말 없이 달아오르는 석쇠를 바라보며 끝까지 태웠다. 마치 숨을 쉬듯 쉬지 않고 피워서 그녀의 폐가 거무스름하게 착색되는 것이 보이는 듯했다. 주인 여자가 마늘이며 참기름 얹은 된장, 오이 같은 것을 날라 왔고 쟁반에 고기와 가위를 같이 담아왔다. 언니는 맛있겠다고 하고는 김치나 샐러드 같은 것은 거들떠보지도 않고 고기 한 덩어리를 얹어 겉이 익기가 무섭게 가위로 대강 잘라 먹기 시작했다. 나는 입맛이 완전히 가시는 걸 느낄 수 있었다. 그녀와 고기를 같이 먹을 수 없었다. 같이 오물거릴 생각을 하니 묘하게 속이 느글거렸다.

소 혓바닥이나 산낙지 같은 괴상한 걸 맛있게 먹는 사람들이 짐승처럼 보이는 것과 같은 느낌이었다. 그냥 가볍게 양념된 돼지 갈비를 먹는 것뿐인데 그녀에게서는 그런 짐승 냄새가 났다. 완전히 굽지도 않은 채 듬성듬성 입안으로 들어가며 그녀의 볼을 발그레하게 만드는 저 육질. 통닭 다리에 털이 그대로 붙어 있는 것처럼 불결해 보였고 구역질 나는 느낌을 자극했다. 나는 연신 물김치만 들이켰고 그녀는 딱 한 번 고개를 들고는 왜 안 먹니, 맛있는데, 하고 물었다. 대낮이있는데도 나는 소주 반병을 시켰고 무를 씹으며 그녀가 들이미는 나무젓가락 끝과 거기 집히는 고기 한 점과 그 고기 한 점이 빨려들어가는 그녀의 어금니 언저리를 바라보았다. 얼굴이 갸름해서 코만 뻗어 있는 모습인데 유독 고기를 씹을 때만은 어금니 근처가 불거져 나왔다. 숨어 있던 기관인지도 몰랐다. 그녀는 4인분을 거의 혼자 해치웠는데도 트림은 커녕 박카스 한 병 마신 사람보다 더 가뿐해 보였다. 나는 그 이후로 그녀와 '모처럼 외식'이란 걸 가급적이면 피했고 언니도 꽤나 머쓱한 표정으로 더 이상 권하지 않았다. 잠만 한곳에서 같이 잘 뿐 우리의 생활은 완전히 제각각이었고 나 역시 일 없이 바쁘기만 한 대학 초년병이었다.

책 몇 권에 옷가지를 대강 챙겨 트렁크 하나에 숄더백 하나만 달랑 들고 그녀는 미국으로 갔다. 고추장이니, 깻잎 같은 것은 고개를 절레거리다 엄마에게 너무 짐이 된다며 거의 다 빼놓고 갔다. 준비가 부산했다면 그녀를 떠나보내는 내 심정도 섭섭하고 언제 다시 보나 하고 눈물이라도 찔끔거렸을지 모르겠지만 쌈박하게 뒤도 안 돌아보고 티켓을 내밀고 나서는 그녀는 감정이 보글거리는 것에 못질을 한 듯싶었다. 엄마는 그래도 손수건으로 눈물을 찍었고 힘들면 당장 돌아와도 누구 하나 뭐랄 사람 없으니 애꿎은 고생 사서 할 필요 없다고 했다. 나는 이왕 칼을 뽑았으니 무라도 잘라야지라고 했다. 시집 갈 때까지 나는 집안의 외동딸 짓을 실컷 하고 싶었고 어딘지 어색하고 서먹하게 구는 그녀를 언니라고 약혼자에게 소개하고 싶지 않았다. 그리고 무슨 정말 박사란 호칭이 붙는다면 약간의 괴상한 식성이나 습관 같은 것은 다

너그럽게 받아들여지리라는 생각도 있었다. 공부를 너무 하면 사람이 살짝 간다지 않은가. 그렇게 살짝 가도 여전히 존경하는 눈초리를 우리 사회는 보장해주는 것이다. 그녀에게는 학위라는 위장이 필요하다고 생각했다. 마치 내가 언니라도 된 듯 그녀를 보호해주고 싶었는지도 모른다. 그녀의 무심함이 내게 준 상처를 역으로 보상해주듯 나는 그녀를 어딘가 이상한 사람으로 치부해버리고 싶었다. 그녀에게 부러워하는 것이 무엇인가. 나는 그게 무엇인지 몰랐고 그래서 더욱 불쾌해졌는지도 모르고 그녀의 출국에 쌍심지를 켜고 박수를 친 것이다. 어리광 한번 부리지 않고 줄곧 특별식을 제공받아온 그녀가 내게는 항상 불편한 존재였다.

그런 그녀는 미국 간 3년 동안 한 번도 집에 들르지 않았다. 될 수 있으면 빨리 끝내고 싶고 미국은 상당히 불행한 나라, 라고 했다. 그렇지만 자기는 루이지애나에서 아주 안정되고 착실한 생활을 하고 있고 살기 편하다고 했다. 좋아하는 고기 진짜 실컷 먹나보지. 아버지는 그렇게 너털거리면서도 방학이 될 때마다 다녀가라고 성화를 했다. 언니는 내 생일 선물이랍시고 오피스텔이 있는 주소로 체리 냄새가 나는 콘돔을 부쳐왔다. 이제 우리 둘 다 성인이 되었으니 좀 더 마음을 터놓고 친하게 지내자는 식으로 보였다. 그러나 내게 아직 성관계란 심각하기 짝이 없었고 유희의 단계로 비약할 정도로 빈번한 것도 아니어서 곤란하게만 여겨졌다. 언니는 어떤 남자들과 잘까. 키 큰 백인일까, 아니면 과감하게 라

틴계나 흑인? 그 학교에는 일본 사람도 제법 많다고 했다. 가자마자 문란한 성생활을 벌였으리라고는 잘 상상이 가지 않았다. 몇 번 외박을 하고 들어와서는 시시하다고 하지 않았는가. 여관방이나 하숙집이나 구질구질한 꼬락서니가 보기도 싫다고 했다. 언니에게 성욕을 가지는 남자들도 궁금했다. 취기가 돌아 한 말이다. 그러나 언니에게는 항상 남으로 하여금 어딘지 뒤져보고 싶게 만드는 구석이 있다. 말소리도 낮아서 귀를 기울이게 하고, 얼굴을 흔들며 덜컥 안아주고 싶은 기분이 들게 하는 것이다. 그녀는 300달러 주고 15년 된 포드 중고차를 사서 여기저기 몰기도 한다고 했다. 황야를 내달리는 무법자 기분이 난다며 사진까지 찍어 보내곤 했다.

가끔 그녀에게 편지를 하고 전화를 받고 하면서도 그녀가 예전처럼 멀게 느껴졌고 어떤 생활을 영위하고 있는지 감을 잡을 수 없었다. 하는 말로 미루어보아 고등학교 생활의 연장인 듯만 보였고 자매치고 상당히 다른 감각기관을 지닌 우리는 어쩌면 한 부모를 가지고 있다는 것 외에는 나누어 가진 게 없는 듯했다. 특히 내게 밀어닥친 거대한 이데올로기의 영향력은 엄마마저 타인으로 보이게 했다. 딱 3년이었다. 썰물처럼 사그라져갈 때 나는 멍한 눈빛을 감출 수 없었고 자꾸만 뒤를 돌아보는 자신을 채근하곤 했다. 끝났어. 완전히. 추억으로 간수하기에는 피가 삭도록 자신의 흉한 모습이 몸서리쳐졌다. 갑자기 실패라고 낙인찍힌 집단의 꿈. 내 생전에는 다시 부활할 수 없으리라. 언젠가는 다시 살아날 이 집요한 낙원의 열망이 이 세기에는 다시 일어날 수 없다. 나는 아무 데나 몸을 던져버리듯 직장을 잡았고 진지하고 고루한 삶의 의미 따위에는 굿바이를 했다. 언니가 돌아온 것은 그즈음이었다. 갈 때와 달라진 게 있다면 얼굴이 다소 가무잡잡해져 있었다. 트렁크와 숄더백도 여전히 같은 걸 쓰고 있었다. 외국물 좀 먹은 줄 알았더니 이게 뭐야. 나는 농담조로 그렇게 말했다. 그녀는 곧장 게보린을 찾아 공항 약국으로 갔다. 갑자기 머리가 빠개지는 것 같다며, 김포로 내려오는데 시커먼 구름 속을 뚫고 가더라고 했다. 언니가 사전에 얘기를 드렸는지 아버지는 사뭇 심각하게 그래, 공부는 정말 관둔 거냐라고 했다. 금요일 아침이었다. 아침을 같이 먹었는데 언니는 갈비찜을 멀리한 채 콩나물국만 퍼먹고 있었다. 아버지가 출근하시자 곧장 2층으로 올라가서 저녁때까지 잤다. 그러고는 일주일 동안 집안을 쑥밭으로 만들어놓고 절간으로 들어가버렸다.

내게 언니를 만나 자초지종을 듣고 오라는 임무가 주어진 때는 한 2, 3주 지난 뒤였다. 토요일을 택해 여승들만 있다는 대전 근처의 절을 찾아갔다. 법당이 있고 방 두 칸짜리 별채가 하나 있는 조그만 절이었다. 주지 스님과 영어 회화 학원에 다닌다는 비구니가 한 사람 있을 뿐이었다. 언니는 잡일을 도맡아한다고 했다. 바로 위에 성황당도 하나 있는데 그 집 무당과 이 절 주지는 보기만

하면 삿대질을 하며 싸운다고 했다. 언니 방에서는 썰렁한 냉기가 돌았다. 한쪽 구석에 구질구질해서 싫다고 했을 만한 요와 이불, 스펀지 속에 곰 인형이 그려진 베개가 하나 있었고 방문 바로 옆에는 앉은뱅이책상 위에 스탠드 하나만 놓여 있었다. 무슨 해명이 있어야 할 것 아니야? 나는 언니가 밖에서 가지고 들어온 방석에 엉덩이를 반쯤 얹으며 물었다. 아버지, 어머니는? 언니 땜에 완전히 파장한 꼴이지 뭐. 그토록 좋아하던 고기도 안 먹고 이게 무슨 짓이야. 너, 커피나 뭐 그런 거 마실래. 있으면 달라고 했다.

나는 언니의 돌변을 이해할 수 없었다. 달라진 식성이 어떻게 사람을 지배할 수 있단 말인가? 나는 정신없이 차창에 코를 문대고 있었다. 싸하게 코끝이 잘렸다. 주먹으로 이마를 받쳤다.

언니는 자기도 어쩔 수 없다고 했다. 고기만 먹던 것도 그럴 수밖에 없었다고 했다. 자기는 병자처럼 거부되어왔다고 했다. 사람들이 자기를 이상한 눈으로 바라보는 것을 줄곧 알고 있었지만 살기 위해선 어쩔 수 없었다고 했다. 고기 이외는 모두 허접쓰레기 같은데 그런 것을 무엇 때문에 주워 먹어야 하나, 생각했다고 했다.

나는 왜 갑자기 돌변하게 되었나를 추궁했다. 다시 한마디로 이해할 수 없고 이것 역시 자신이 살기 위한 것이라고 했다. 이유는 단순했다. 어떤 남자가 자신의 정액을 그대로 마셔버리라고 해서

꿀꺽 삼켰는데 그다음부터는 어떤 것이든 단백질만 입안에 들어가면 올려버린다고 했다. 지독한 알레르기 정도로 생각하면 된다고 했다. 육질에 너무 민감해져서 보통 세상에서는 살아갈 수 없다고 했다.

이제까지 내가 써온 것은 모두 헛것이다. 나는 유령을 상대로 하고 있다. 아무것도 믿을 수 없다. 고기만 먹다가 단번에 고기는 죽어도 못 먹을 것 같아서, 그 비슷한 냄새만 맡아도 질식하고 토할 것 같아서, 고기 먹는 사람 옆에만 가도 머리가 어지러워지고 지천으로 널린 갈빗집을 피하느라고, 사람들의 거한 트림에 얼굴을 돌리느라고, 세상과 인연을 끊겠다고 결심했단 말인가? 입덧이 평생 내내 계속되는 사람을 상상할 수 있는가? 언니에겐 절이든 어디든 상관없다고 했다. 단지 끊임없이 솟아오르는 토악질을 멈출 수 있는 곳이라면.

처음에는 임신인 줄 알고 임신 테스트약도 서너 개 써보고 병원까지 가서 초음파 사진까지 우겨 찍어서 확인을 했단다. 그럼, 이게 왜 이래요? 이거 입덧이잖아요. 의사는 상상임신일 수도 있지만 검사해본 결과 멀쩡하다며 내과로 가서 위 검사를 받아보라고 했다. 신경성. 의사는 완전히 신경성이다. 유학 생활에 긴장을 너무한 탓이라고 했다. 언니는 그 길로 비행기에 올랐다. 스튜어디스들이 자기를 이상한 눈으로 봤다고 했다. 기내식이 나올 때마다 곧장 화장실로 달려가 눈물을 질금거렸다. 언니는 한국에 들어오면 대번 나을 줄 알았고 자기도 느끼고 있지 못한 향수병이 체내로만 번졌다고 생각했다.

"나는 슬픔이니 즐거움이니 감정에는 무디잖아. 근데 내 몸은 아주 빨라. 나는 몸에 무슨 이상이 생겨야 비로소 내가 느끼고 있는 것들을 자각할 수 있어. 이건 정말 슬픈 일이야. 언니는 곳곳에서 비린내와 기름기가 자신을 두들겨 치는 것 같았다고 했다. 한동안은 기숙사 방문을 잠그고 있었어. 나가기만 하면 누린내가 코를 찌르고 강의실엔 연기처럼 피냄새가 어려 있고."

"사람 후각이 갑자기 그렇게 예민해질 수 있어? 언니는 뭔가 계속 꾸며대고 있는 것 아니야?"

"너 오늘 뭘 먹고 왔나 알아맞혀볼까? 너도 지금 참기 힘든 괴상한 냄새가 나."

그녀는 얼굴을 약간 찌푸리며 말했다.

"신들려서 무당 되는 사람들 있지? 자기가 하고 싶어서 하는 것도 아니고 하기 싫다고 그만둘 수 있는 것도 아니잖아. 그냥 그렇게 하지 않으면 계속 아프기만 하고 배겨날 수 없으니까. 경우는 다르지만, 나 역시 이런 곳에 와 있지 않으면 안 돼. 계속 사람 앞에서 구역질을 해대며 살아갈 수 있다고 생각하니? 난 여기 와서야 겨우 속이 트이고 머리가 맑아진 걸 알 수 있어. 제대로 숨을 쉴 수 있단 말이야. 한 25년 두루뭉술하고 끈적거리는 꿈속에 살았던 느낌이야. 항상 배가 고파 허겁지겁 먹던 꿈. 배 채우고 나면 동물원 짐승처럼 쳐다보는 사람들의 휘둥그레진 눈초리…….
그러고 나서 대번 닥쳐오는 이 냄새들의 공격……. 나를 그냥 내버려둬. 그냥 나를 불쌍하다고 생각해. 정신병원이나 소록도에 감금되어 있다는 것보다는 낫지 않니. 연락할게."

그러면서 언니는 어딘지 미식거리는 느낌을 참고 있는 듯했고 그것이 내게서 나는 어떤 육식의 냄새라는 생각에 나도 더 이상 그곳에 있기가 머쓱해졌다. 하루도 같이 머물지 못하고 그 길로 고속버스 막차를 탔다. 나 역시 어떤 꿈을 꾼 듯한 느낌이다. 자석의 같은 극처럼 보이지 않는 힘에 의해 밀려나가는 꿈.

너무 쉽게 변하는 사람

김이태, 「식성」

열 살 무렵 자주 가던 문구점이 있었다. 그 시절의 문구점이란 학교와 집을 쳇바퀴처럼 오가는 초등학생에겐 뻔한 일과에서 벗어날 수 있는 유일한 해방구이자 탈출구여서 수업이 끝나기 무섭게 문구점으로 향하는 게 당시 나와 친구들의 정해진 수순이었다. 내가 다니던 문구점의 주인은 표독스럽기로 유명했다. 그는 가격을 물어보는 우리를 보란 듯이 박대했다. 그런 신경질적인 태도에 겁먹으면서도 계속 그곳을 드나들었던 건 달리 선택의 여지가 없어서이기도 했지만 그게 전부는 아니었다. '귀신의 집'에 제 발로 들어가는 아이들처럼 무서움과 이끌림이 구분되지 않았던 것이다. 그러던 어느 날 그 일이 벌어졌다. 악마 같던 주인이 순식간에 천사가 된 것이다. 사람이 어떻게 하루아침에 바뀌지? 사람은 하루아침에 바뀔 수도 있다.

「식성」의 주인공은 '나'의 눈에 비친 언니다. '나'보다 두 살 많은 언니는 공부를 잘하고 심성도 그만하면 착한 편에 속해 누가 봐도 이견을 낼 수 없는 조용한 모범생이었다. 어디 하나 흠잡을 구석이라고는 없는 언니가 '나'의 미스터리이자 집안의 근심덩어리로 전락한 건 유별난 식성 때문이다. 대학 학부 졸업 후 3년간의 유학 생활을 마치고 돌아온 언니는 난데없이 출가出家를 선언해 가족을 아연실색하게 만든다. 고기라면 냄새도 못 맡겠다는 것이 출가의 변인데, 가족들이 놀란 건 언니의 선택이 마음에 들지 않아서만이 아니다. 언니는 고기라면 사족을 못 쓰던 사람이었기 때문이다.

'나'의 기억 속에 언니는 단아한 분위기에 어울리지 않게 "짐승 냄새"를 풍기던 사람이었다. 얌전하게 세수하고 머리를 빗어 넘긴 채 밥상 앞에 앉은 언니가 고기를 향해 "짐승 같은 광채"를 뿜을 때마다 '나'는 '둔갑'이란 단어를 떠올렸더랬다. 본래는 짐승 같은 언니가 평범한 인간의 가면을 쓰고 있다 고기를 보는 순간 본성을 드러내는 것이리라. '나' 혼자만 의혹을 품고 있는 것도 아니었다. 언니의 괴이한 식성은 가족들 사이에 유통되는 은밀하고도 공공연한 비밀이었다. 그런 언니가 다른 곳도 아니고 절로 들어가겠다고 선언한 것이다. 유학 시절 남자의 정액을 먹은 뒤 고기를 거부하게 됐다는 게 언니가 추정하는 이유였는데, 훗날 언니는 "지독한 알레르기" 같은 것이었다는 말로 자신의 식성이 살기 위해 반응했던 불가피한 선택이었음을 호소한다.

이유가 무엇이든 우연한 것만은 틀림없는 계기로 인해 언니의 삶은 이쪽 끝에서 저쪽 끝으로 이동한다. 변화는 마치 스위치를 껐다 켜는 것처럼 아무렇지 않게 일어나는 한편, 변화의 양상은 파란색이 빨간색이 되는 것만큼이나 극단적이다. 이 변화는 우리에게 한 가지 의문을 일으킨다. 인생이 이렇듯 작은 우연에 의해 바뀔 수 있을 만큼 연약한 것이었던가. 그런 급진적 변화가 일어날 때 자아는 어디에서 뭘 하고 있었던 거지? 언니는 자아가 없나? 너무 약해서 없는 것이나 다름없을 만큼만 있는 건가? 아니, 자아니 뭐니 다 제쳐두고, 그토록 평범하던 언니가 어쩌다 이렇게 특이한 사람이 된 걸까?

학창 시절 모범생이었던 언니는 지나치게 평범해 보이는 게 문제라면 문제였던 사람이다. '나'의 눈에 비친 언니의 평범함은 흡사 스파이의 위장술처럼 여겨질 만큼 유별나게 평범한 것이어서 도리어 기억에 남을 정도였으니 말이다. 미루어 짐작하건대 언니는 자신을 조금도 독특한 사람이라고 생각하지 않을 가능성이 높다. 자기 삶에 특별한 의미를 부여하지 않은 채 살았을 테고, 자신을 각별하게 여기는 지극히 통상적이고도 일반적인 착각마저 의도적으로 배척했을 것이다. 그런 기질은 극단적인 변화가 일어날 수 있는 환경을 조성한다. 삶을 수동적으로 받아들이는 사람만이 외부 변화가 자신을 휩쓸고 갈 수 있도록 문을 활짝 열어놓기 때문이다. 그들은 누군가가 물들이려 하면 기꺼이 물들어준다. 극단적 식성을 가진 언니는 일견 너무나도 개성적인 사람처럼 보이지만, 오히려 지나치게 평범한 사람이었던 것이다. 도를 넘어선 평범함은 나약함의 표현일 수 있고, 그러한 나약함은 또 다른 평범함일 수 있다.

그러나 이해할 수 없는 방식으로 돌변하는 것이 언니에게만 일어나는 특별한 일일까. 우리의 실존은 콘크리트 벽이 아니라 합판 벽에 더 가깝다. 딱딱해 보여도 의외로 쉽게 허물어지는. 사소한 우연에 의해 오늘까지와는 전혀 다른 내일을 사는 게 충분히 가능하단 얘기다. 고유한 자아가 있고, 자아가 확립한 길을 따라 자기만의 삶을 살아간다고 여기지만 실은 수많은 변덕 속에서 양극단을 오가며 내가 누구인지 모르게 살고 있는 것이 우리의 실체에 더 부합할 수 있다. 소설을 읽는 동안 우리는 자연스럽게 동생의 관점에서 언니를 바라보며 걱정하거나 우려했을 것이다. 그러나 우리가 동생이 아니라 언니와 더 닮은꼴이라면? 이쪽과 저쪽의 중간에서 균형을 유지하며 살아가고 있다고 착각하고 있을 뿐, 실은 내면에 저마다의 극단주의를 감추고 있는 거라면? 자각하고 있지 못할 뿐, 우리는 남몰래 다 극단주의자로 살고 있는지도 모른다.

그렇게 본다면 언니보다 동생이 더 이상한 사람이라는 주장도

무리는 아니다. 적어도 언니는 수동적일지언정 자기 삶에 반응하고 변화를 받아들이며 살아가기 때문이다. 표면적으로 소설에서 분열하는 것은 언니의 자아다. 그러나 심층적으로 이 소설에서 분열하는 것은 '나'와 언니다. 스스로를 문제없다 여기며 세계의 관찰자를 자처하는 '나'와 세상의 자극에 반응하며 돌연 다른 사람이 되는 언니야말로 끊임없이 분열하며 살아가는 우리 정신의 두 모습인 것이다. 반응할 것인가 반응하지 않을 것인가. 우리는 자주 언니와 '나'로 쪼개진 채 평범함과 이상함 사이를 오가며 스스로를 잃고 방황한다. 매일 반복될 것 같은 고정된 얼굴 아래에는 산산이 부서진 파편들이 언제든 내 성격의 무대 위로 등장할 준비를 하고 있다. 내 마음속 언니는 다른 파편들에 얼굴을 내어주라고 한다. 하지만 나는 파편이 피부를 뚫고 얼굴로 올라오는 것을 기를 쓰고 막는다.

1952년 발표된 이탈로 칼비노의 소설 『반쪼가리 자작』에는 전쟁 중 포탄에 맞아 온몸이 산산조각 난 메다르도 자작이 등장한다. 부서지고 조각난 부분을 이어 붙이긴 했지만 몸의 절반만 남은 채 고향에 돌아온 자작은 세상의 악한 쪽만 바라보며 악의 화신이 된다. 그러던 어느 날 메다르도 자작의 나머지 반쪽이 마을에 나타나 맹목적 선을 행하고 다닌다. 우연인지 필연인지 반쪼가리 자작들이 한 여자를 사랑하게 되고, 고의인지 충동인지 그 여자와 함께 있는 선한 자작을 악한 자작이 공격하기에 이른다. 반

쪽으로 쪼개진 자작의 모습은 이등분된 불완전한 인간, 자기가
자기를 공격함으로써 스스로를 적대시하는 모순적이고 불행한 인
간의 고통과 고립을 의미한다. 반쪼가리 자작은 조화로움을 상실
한 채 영원히 채워지지 않는 결핍과 슬픔 속에서 쓸쓸함을 영속
하는 현대인의 우울한 초상을 대변한다.

　문구점 주인의 천사표는 적어도 내가 그 동네를 떠날 때까지
계속됐다. 누군가는 그 다름에서 성찰이나 성숙 같은 의미 있는
변화를 읽어낼 수도 있겠지만, 나에게 그때 그 거짓말 같던 변화
는 지금까지도 인간의 나약함을 상징하는 사건으로 남아 있다.
영원히 못된 얼굴만 보여줄 것 같던 사람이 한순간에 다른 얼굴
을 보여줄 수 있다니. 사람이 그렇게 쉽게 바뀔 수 있는 존재라니.
그러나 「식성」의 언니를 통해 다시 만난 그 문구점 주인은 모종의
자극에 반응했던 사람일 뿐이었을지도 모르겠다는 생각이 든다.
문구점 주인에게서 공포와 매혹을 동시에 느꼈던 열 살의 나는
혹시 내 안에서 이미 작용하고 있던 분열의 기미를 눈치챘던 걸
까. 천사 같던 사람이 악마처럼 변하는 일은 언제든 일어날 수 있
다. 우리는 스치는 바람에도 돌변할 수 있는 약한 인간이기 때문
이다. 내가 이 소설을 처음 읽은 것은 10년 전이다. 내 안의 '극단
주의'와 싸우며 안간힘 쓸 때마다 「식성」의 자매를 떠올렸다. 반
응할 것인가 말 것인가. 그것이 문제다.

나비

안
성
호

안성호

2002년 단편소설 「하늘에 떠 있는 저 사내를 보라」로 실천문학 신인상, 2004년 《경향
신문》 신춘문예(시 부문)에 당선되며 작품 활동을 시작했다. 지은 책으로 소설집 『때론
아내의 방에 나와 닮은 도둑이 든다』『누가 말렝을 죽였는가』『움직이는 모래』, 장편소
설 『마리, 사육사, 그리고 신부』『달수들』이 있다.

이 이야기는 한 초병으로부터 시작되었다. 2004년 8월 둘째 주 수요일, 입대한 지 얼마 안 되는 초병이 망루에서 두 시간째 보초를 서고 있었다. 오전 10시경이었다. 제7광구 문이 열리자 여자 죄수들이 운동장으로 쏟아져 나왔다. 팔을 머리 위로 들고 철망을 따라 달리는 죄수들이 있는가 하면, 엉덩이를 들었다 놓았다 반복하다가 두어 걸음 껑충껑충 뛰는 죄수들, 발로 벽을 차는 죄수들, 아예 층계참에 앉아 우는 죄수들, 개중에는 먼 산을 보며 노래를 부르는 죄수들도 있었다. 그중 한 여자 죄수가 손바닥으로 햇빛을 가리며 망루 아래로 걸어왔다. 특별히 관심을 끌 만한 것이 없는, 20대 초반의 죄수였다. 그저 평범해 보이던 그 여자가 초병의 무

관심에 심대한 타격을 준 사건은 초병이 나른하게 허공을 응시하다가 망루 아래로 시선을 떨어뜨리면서 일어났다. 망루 밑으로 걸어왔던 여자가 철망 안에 자라던 엉겅퀴에 앉은 나비를 잡아 입 안에 넣었다. 이에 놀란 초병은 뒷걸음질 쳐 사령실로 전화를 했고, 일직사령을 서던 제4광구 부장은 교도소 경비를 서는 초병이 쓸데없이 나비 따위에 신경을 쓴다며 꾸짖었다. 그리고 말끝에 이런 식으로 하면 이번 주에 있을 초병의 백일 휴가를 반납해야 할지도 모른다며 엄포를 놓았다. 그럼에도 초병의 총구는 여자를 향해 있었다. 총구 위로 햇살이 퍼졌다. 초병은 가늠쇠와 가늠자 사이로 여자를 불러들였다. 여자는 수수꽃다리나 곰취 등 나비가 앉아 쉴 만한 꽃에 침을 발라 나비를 유인하고는 철망을 벗어나려는 나비를 보면 성큼성큼 걸어가 팔을 휘둘러 잡았다. 몇 번 눈을 끔벅이는 사이에 초병은 혹 저 여자가 나비를 먹고 노랑나비 똥을 누지는 않을까 하는 생각을 했다. 그 생각은 또 몇 가지로 분산되었다. 화장실마다 가득한 나비들, 이 나비들이 여자 죄수의 성기를 통해 들어가 어느 날 교도소에 있는 여자 죄수들이 노란 날개를 달고 탑을 넘어가지는 않을까 하는 상상을 했다. 여기까지. 이런 상상을 하는 것은 그리 어려운 일이 아니었다. 어느 날 갑자기 머리 위로 헬리콥터가 나타나서 그것을 타고 고향으로 간다거나 한 여자 죄수와 땅굴을 파고 서로 사귀다가 어느 비 오는 날 함께 탈옥을 하는, 허무맹랑한 상상을 수도 없이 해온 초병이었다. 그러나 여자 죄수가 나비를 먹는 것은 이런 종류의 것과는 다른, 사실에 가까운 것이라고 단정을 내렸다.

"총으로 쏠 뻔했습니다. 교도소에서 나비를 먹다니요? 이게 말이나 됩니까?"

초병은 일직사령 앞에 두 손바닥을 펴놓으며 말했다. 이것은 분명 어떤 전조일 것이며, 만약 아니더라도 그 여자의 방을 검방해야 하지 않겠냐고 말했다.

"필시 탈옥을 꿈꾸는 죄수가 틀림없습니다."

하지만 일직사령관은 고개를 흔들었다. 이렇게 말하는 초병이 심히 딱하다는 눈치였다. 초병은 사령실에서 나왔다. 그는 종교를 갖고 있진 않았지만, 그 여자는 분명 악의 화신이라고 믿었다. 그 화신의 정수리에 뜨거운 물이라도 끼얹어야 직성이 풀릴 것만 같았다. 그러면서 그는 유쾌하지 않은, 지극히 비극적인 이 일에 개입하는 것에 어느 정도 희극적인 면이 있다는 것을 감지했다. 교도소 망루 위에서 이곳저곳을 비추고, 때론 총구를 멀건 하늘이나 회색 시멘트 구조물에 불과한 교도소를 겨냥하는 것에서 오는 지루함에서 벗어날 수 있기 때문이었다. 잠자리에 든 초병은 이불을 두 손으로 끌어당기면서 아주 짧은 순간 그 여자 죄수의 입속으로 들어간 노랑나비가 까만 똥으로 여자의 항문을 통해 나오는 모습을 떠올렸다. 그러면서 그는 필시 여자가 소화되고 남은 수십 마리 노랑나비의 까만 눈을 자신의 몸에 문신할 거라 생각했다. 그 상상은 곧바로 꿈과 이어져 여자는 거대한 나비가 되어 있었다. 수백 개의 눈을 가진 나비. 그리고 노란 날개를 편 그녀가 많은 재소자 앞에서 나비 먹는 법을 강연했다.

"여러분들도 나비를 먹을 수 있습니다. 제일 먼저 해야 할 일은 두려움을 없애는 것입니다. 여러분들은 여러분들만 한 두려움을 가지고 있습니다. 두려움을 연소시키기 위해서는 두려움만 한 희망을 만들어야 합니다. 희망, 여러분들은 어떤 희망을 가지고 싶습니까?"

"여기서 나가고 싶소."

"나가서 무엇을 할 것입니까?"

"애인을 만날 것입니다."

"그렇다면 당신이 애인을 만나는 걸 가로막는 장애물을 먹어치우세요. 그것이 저 높은 망루며 담장이 될지언정 먹어치우면 애인을 만날 수 있을 것입니다."

재소자들은 교회 목사의 연설보다 몇 갑절 현실적이라며 고개를 끄덕였다. 몇몇은 껌 종이로 나비를 접어 입속에 넣고 삼켜버리기도 했다. 초병은 몇 번 뒤척이더니 더 깊은 잠의 세계로, 기억할 수 없는 세계로 편입되었다. 그곳은 아주 먼 곳이었고, 도저히 두 발로 걸어서는 갈 수 없는 곳이었다. 그래서 일직사령에게 꿈에 대한 이야기는 거기까지밖에 할 수 없었다.

"자네에게 휴가를 주지 않을 생각이었네만, 오늘 아침에 자네의 꿈 이야기를 들은 소장님이 휴가를 주라고 말씀하셨네. 며칠 되지는 않지만 푹 쉬는 것이 건강에 좋을 것 같다는 말이네. 아 참, 자네 고향이 어디라고 했지?"

"난도입니다."

"거기가 어딘데?"

"백령도 밑에 딸린 섬 중 하나이지요."

"먼 곳에서 왔구먼."

초병은 아침부터 이곳저곳으로 불려 다녀 기운이 다 빠진 상태였다. 그래도 그에게는 희망이 있었다. 99일 동안 하루하루 키워온 희망이 내일이면 백 개가 되었다. 하루만 근무를 하면 일주일을 쉴 수 있는 백일 휴가. 난도에 사는 애인과 바다에 낚싯대를 던져놓고 자전거를 타고 섬을 일주할 수도 있는 휴가였다. 이 백일 휴가에 대한 생각은 처음 망루에서 총을 들고 근무를 설 때부터 시작되었다. 하루가 지나고, 이틀이 지나면서 첫날 생각했던 것이 다음 날에는 현실처럼 느껴졌고, 사흘째 되던 날에는 섬에 있는 애인과 공기 중에서 대화를 하는 것 같은 착각에 빠지곤 했다. 그것이 바로 한낮에 꾸는 꿈, 백일몽이었다. 이것은 무료함을 달래기 위해 최초에 붙들었던 기억이 닳고 닳아 더 이상 기억해내기조차 힘들게 되자, 현실에 비추어 전혀 있지도 않은, 상상의 일들이 지극히 현실처럼 머릿속에 남으면서 정작 현실은 사라지고 자신이 만든 백일몽이 실재가 되어버린 꼴이었다. 갈매기처럼 생긴 비둘기가 허공에서 똥을 누고, 초소 담장 옆 아파트 단지에 불빛들이 섬을 향해 다가오는 목선 같았고, 총구에서 5단 낚싯대가 나와 허공에서 감성돔을 낚아 올리기도 했다. 그런데 내일이면 백일 휴가를 나갈 초병의 눈에 또 한 번 나비를 먹는 여자가 보였다. 긴 꼬챙이를 들고 이슬이 채 마르지 않은 풀숲으로 걸어가는 여자. 그녀는 뽕나무에 매달린 오디를 따 먹듯 풀숲에서 나비들을 주워 먹었다. 저항도 없이, 그저 손으로 입으로 배로 들어가버리는 나비였다. 하마터면 그는 방아쇠를 당길 뻔했다. 여자를 향해서가 아니라 아무 생각 없이, 꿈을 꾸고 있을 나비를 향해서였다. 하지만 그는 침착했다. 총구를 여자의 정수리에 겨냥한 채 나지막한 목소리로 여자에게 말했다.

"가, 어서 가!"

여자는 초병의 목소리를 듣지 못했다. 여자는 검은색 날개에 흰 줄무늬가 여럿 지나간 산제비나비 한 마리를 잡아 입에 넣었다.

"꼼짝 마!"

흠칫 놀란 여자가 고개를 젖혀 그를 올려보았다. 게슴츠레한 여자의 눈이 병뚜껑처럼 동그랗게 변했다. 여자가 두 팔을 귀 옆에 붙이고 슬그머니 뒤로 돌아서서 벽에 몸을 붙였다. 금방이라도 방아쇠를 당길 것 같았던 초병은 가늠자에서 눈을 뗐다. 생각해보면 아무 일도 아니었다. 초병은 높은 담벼락 위 망루에 서 있었고, 여자는 30분 동안 운동을 할 수 있는 자유가 보장된 것이었다. 교도소는 재소자들의 몸을 가두는 곳이지만 몸을 잘 간수해야 할 책임도 있었다. 그래서 교도소에서는 모든 재소자가 부지런히 운동을 해야 하고, 운동의 하나로 나비를 잡든 잠자리를 잡든 관여할 문제는 아니었다. 설령 관여할 수 있다고 하더라도 교도소 철망으로부터 몇 미터 떨어지라는 이야기 정도였다.

"왜 나비를 잡는 거요?"

그는 차분하게 나비를 잡는 것은 법으로 금지할 일은 아니지만 무심하게 생물을 잡아, 그것을 먹는다는 것은 아주 나쁜 일이니 다시는 그런 행동을 하지 말라고 했다. 여자는 초병을 주시한 채 황급히 광구 입구로 들어가버렸다. 초병은 여자가 사라진 광구의 문을 쳐다보았다. 창문만 한 햇살이 교도소 복도마다 쓰러져 있었고, 그 뒤로 여자가 황급히 달려가고 있었다. 아니, 그 햇살 속으로 수십 마리의 나비들이 여자를 쫓아 날아가고 있었다. 초병은 동료 몇 명에게 이런 그녀의 이야기를 들려주었다. 고개를 갸우뚱거리던 동료들은 운동장 귀퉁이에 우두커니 서 있는 여자라면 이곳에 오래 있지 않을 것이라고 말했다. 곧 청송이나 원주 등 먼 곳으로 이감 갈 것이라고 했다. 그러면서 그 여자에 대해 이렇게 말해줬다. 그 여자는 한 남자를 죽이고 피가 묻은 칼을 들고 경찰서로 찾아왔다는 것, 그래서 살인에 따른 충격과 감옥이 주는 중압감에 눌려 이상한 행동을 보인다는 것이었다. 즉 그 나비는 그녀가 죽인 남자가 될 수 있을 것이고, 여자는 그것을 먹음으로 인해 죄를 씻는다고 해석해줬다.

"그렇다고 죄 없는 나비를 먹나?"

"별 희한한 일이지만 충분히 있을 수 있는 일이야. 몇 달 전에는 어느 절도범이 건전지를 까서 손목을 자르지 않았던가, 죄는 손목에 있으니 이제 자기는 죄가 없다며 내보내달라고."

동료 중 한 명이 이렇게 말하고는 잠시 골똘히 생각에 잠겼다.

"그런데 교도소에 나비가 있다니, 이게 말이 되나?"

"교도소라고 나비가 없으란 법도 있냐? 날개가 있으면 날아올 수 있지."

초병이 말했다.

"교도소 담을?"

초병은 동료의 말을 듣고 잠시 생각을 더듬어봤다. 망루에서 본 나비들은 모두 담장을 넘어온 것이 아니라 망루 밑에서 물결처럼 잔잔하게 움직였다. 마치 누군가 불러 모은 것처럼 말이다. 하지만 초병은 나비들이 충분히 담장을 넘을 수 있다고 생각했다. 그 이유는 망루까지 기어오르는 개미들을 보았기 때문이었다.

"개미와 나비는 무게가 다르지."

"무게로 따지자면 개미가 훨씬 무겁지."

"그렇지, 개미가 훨씬 무겁겠지. 그래서 나비는 힘들다는 거야. 왜냐면 나비는 가벼워서 바람을 타잖아. 바람은 높은 담장을 밀면서 담장 꼭대기까지 치솟아서 교도소로 넘어오거든. 그땐 벌써 나비는 담장에 부딪혀 죽은 뒤야."

초병과 동료 간의 이야기는 여기서 끝났다. 이야기는 담배를 두 대 정도 피울 시간 동안 지속되었고, 주변 초병들도 대부분 들었다. 동료들은 이 이야기를 할 때 초병의 얼굴에서 어떤 불안을 감지했다고 했다. 그렇지만 잠깐 동안 스치고 지나간 것일 뿐, 그것을 두고 누가 맞느니 말씨름은 하지 않았다고 했다. 그날 초병은 일찍 잠자리에 들었다. 습관적으로 그는 어떤 기억 속으로 잠입했다. 아주 먼 기억은 피했다. 내일이면 고향인 난도로 갈 것이었다. 그동안 반복했던 기억을 다시 한번 반복했다. 입대 전, 초병은 군 입대를 앞두고 애인과 함께 바닷가 벤치에 앉아 수평선을 바라보았다. 왼쪽에서 오른쪽으로 몇 척의 배가 지나갔고, 파도 몇 개가 벤치 앞까지 밀려와 두 사람의 발등을 적셨다. 같은 초등학교에 다니던 여자였다. 그동안 말을 놓으며 편하게 지내던 사이였던 그녀가 그날은 성장한 여자로 보였다. 눈으로 본 그녀에 대한 이야기가 아니었다. 여자의 몸에서 풍기는 어떤 냄새, 비릿한 바다 냄새와는 사뭇 다른 냄새가 여자의 몸에서 풍겼다. 그리고 파도처럼 그녀의 얼굴에 한 번씩 지나가는 웃음에 그는 어떤 격정에 휩싸이게 되었다. 그것이 통상 이름하는 사랑이라고 그는 생각했다. 그리고 슬그머니 그녀의 손을 잡았다. 따뜻했다. 그 느낌, 자신이 손을 잡았을 때 묵묵히 손을 내주고 멀리 지평선을 바라보는 한 여자의 내면에는 자신을 향한 어떤 연민, 사랑, 울렁거림이 존재

할 것이라는 확신을 얻었다.

"나 군대 간다."

"군대? 언제 가는데?"

"일주일 뒤 떠날 거야."

이렇게 말한 그는 이어서 말했다.

"금방 돌아올 거야."

초등학교 동창생인 그녀는 이 마지막 말을 흘려보내지 않았다. 금방 돌아온다는 말에 얼굴에 있던 자잘한 주름들이 모두 밋밋해지면서, 약간은 굳은 표정으로, 살짝 고개를 돌려 그를 쳐다보았다.

"남들 다 하는 건데 뭐."

초병은 손바닥으로 입술을 쓸었다. 초병이 생각해도 이 기억 한 토막은 너무 낡은 필름처럼 아련하기만 했다. 백일밖에 지나지 않았는데 몇 년이 지난 이야기처럼 너무 멀리 가버린 것이었다. 어쨌든 초병은 휴가를 앞두고 이런 옛 기억의 끝에서 잠이 들었다. 아침에 눈을 뜬 초병은 식사를 끝내고 옷과 구두를 손질하고 다섯 명의 동기들과 함께 소장을 만났다. 소장은 첫 휴가를 나가는 신병들에게 커피를 권하며 잘 다녀오라고 이야기하였다. 특별히 장마 기간이니 만약 무슨 일이 있으면 전화를 하라는 이야기도 빠뜨리지 않았다. 교도소 문을 열고 초병은 첫 휴가를 떠났다. 그날은 금요일이었고, 장마가 올 거라는 일기예보가 있던 날이었다. 일기예보는 적중했다. 그날 오후부터 비가 내렸다. 강풍을 동반한 태풍은 제주도 근해에서 곧장 서해안으로 북상했고, 그 바람에 교통편이 두절되었다. 하지만 교도소에선 누구 한 사람 이 초병에 관해 걱정을 하지 않았다. 태풍은 여름이면 으레 있는 것 이었고, 휴가 간 초병이 돌아올 날은 아직 6일이나 남았으니 걱정 거리가 될 수 없었다. 초병이 떠난 교도소에서 누군가 나비를 먹 는다는 둥 하는 이야기는 들을 수 없었다. 그런데 태풍이 지나간 후, 예상치도 못한 일들이 속속 꼬리를 물고 등장하기 시작하였 다. 그중 가장 큰 사건은 초병의 탈영이었다. 복귀 시간이 지난 뒤 에도 초병은 교도소로 돌아오지 않았다. 초병과 함께 휴가를 떠 난 동기들은 버스 터미널에서 그를 기다렸지만 오지 않았다고 했 다. 몇몇 부장들이 버스 터미널에 나가보기도 했지만 초병은 끝내 나타나지 않았다. 소장은 신상 카드에 나와 있는 초병의 집으로 전화를 했다. 어머니가 받았다. 초병이 아직 귀대하지 않았으니, 혹시 보호하고 있으면 교도소로 보내달라고 말했다. 그런데 어머 니는 초병이 어제 섬에서 나갔다고 했다. 귀대하기 위해 섬을 떠 났다는 이야기였다.

"딱 3일만 더 기다려보자구."

소장은 3일 뒤에도 귀대하지 않으면 헌병들을 풀어서 찾아야 한다고 말했다. 그러나 그 3일은 장마 뒤 어수선한 교도소를 정리 하느라 너무나 빨리 지나가버렸다.

"그 친구 고향이 어디라고 그랬지?"

"난도입니다."

2004년 8월, 탈영 신고를 한 소장은 부장과 초병의 동기 한 명을 데리고 난도로 떠났다. 배를 타고 20분 남짓 들어가니 손바닥만 한 섬이 나타났다. 20여 가구 정도가 사는 작은 어촌이었다. 난도에 내린 소장 일행은 곧장 초병의 집으로 갔다.

"배를 타고 섬을 나가는 걸 보셨나요?"

"그것은 못 봤지만…… 분명히 교도소로 간다고 말했어요."

소장은 초병의 어머니와 눈을 맞추고 있었다. 초병만 한 아들을 둔 부모라면 알 만한 불안감이 초병의 어머니 눈동자에서 흔들리고 있었다.

"휴가 동안 이상한 행동은 없었나요?"

"자주 자전거를 타고 나가서 늦게 돌아오곤 했지만, 특별히 이상한 점은 없었어요."

한 손으로 내리쬐는 햇빛을 가리고 있던 소장은 몸을 돌려 바닷가를 쳐다보았다. 비린내가 물씬 풍기는 어촌의 풍경이 펼쳐져 있었다. 소장은 초병의 집에서 나왔다. 일행에게 탈영의 단서를 찾아보라고 말했다. 탈영을 결심한 사람이 흔적을 남길 리는 없었지만 바삐 섬을 벗어나면서 뭔가 놓치고 간 것이 있을 것 같았다. 걸으면 두 시간 남짓 걸리는 섬이었다. 긴소매 제복을 입은 소장은 땀을 뻘뻘 흘리며 섬을 한 바퀴 돌았다. 교도소를 지키는 초병이 탈영이라니. 어감상 교도소와 전혀 어울리지 않는 말이었다. 그렇게 상실감에 빠져 있던 소장에게 비보가 날아들었다. 초병의 집 뒤, 해안에 놓인 벤치에서 그의 사체가 발견되었다는 것이었다.

"그 새끼가 왜 죽어?"

소장이 뱉어낸 첫마디였다.

"자살을 한 것 같습니다."

"자살?"

자살이라는 말을 들었을 때, 소장은 빛이 춤을 추는 날카로운 칼을 떠올렸다. 칼자루만 간신히 보일 정도로 깊숙하게 박혀 있는 칼. 그런데 비료 포대에 덮여 있던 초병은 칼을 품고 있지는 않았다. 어디 먼 곳을 응시하는 듯한 눈, 부풀어 오른 배, 반쯤 벌어진 입에 김과 같이 검은색 이물질이 끼어 있을 뿐이었다. 초병의 사체를 본 소장은 휴가를 떠나기 전에 초병이 말한 나비를 먹는 여자를 떠올렸고, 이 나비라는 것과 초병의 터질 듯한 배의 상관관계를 생각해보았다. 찌는 듯한 여름 날씨였다. 개천에 죽은 개구리도 터질 듯 배가 부풀어 오르는 날씨였다. 아주 짧은 순간, 반사적으로 머릿속을 휘감은 그 생각의 결말은 불행 중 다행으로 초병이 자신에게 말한 나비는 아무짝에도 쓸모없는 이야기에 불과한 것이어서 차후에 상관에게 조사를 받을 때 탈영과 죽음을 미연에 막지 못한 책임은 벗을 수 있겠다는 안도감이었다. 또 교도소가 아니라 초병의 고향, 그것도 집 뒤 벤치에서 일어난 사건이기에 자신과 이 초병의 죽음이 교도소와 섬 간의 거리만큼 멀게만 느껴졌다.

"배에 태워."

초병은 그렇게 주검으로 돌아왔다. 병원에 안치된 초병은 냉동고에 보관되었다. 초병의 죽음으로부터 소장은 자유롭다고 판단했지만, 판단은 유가족에게 있었다. 자살할 아이가 아니라는 것이었다. 초병을 죽음의 궁지로 내몰 어떤 이유도 없다는 것이었다.

"부검을 하게 해주세요. 대체 뭐 때문에 죽었는지 알아야겠습니다."

교도소로 찾아온 유가족들은 왜 부검을 하지 않는지 따져 물었다. 이에 소장은 이렇게 말했다.

"자살이 확실합니다. 제가 이 친구의 목에 난 손자국을 봤어요."

"자살하는 놈이 자기가 자기 손으로 목을 조르는 것 봤습니까?"

유가족의 말에 대꾸가 쉽지 않았던 소장은 사체가 이송되어온 지 5일 만에 부검을 하기로 했다. 부검은 생각보다 간단했다. 메스로 귀밑에서 배꼽까지 지퍼를 내리듯 가른 뒤 피부 조직을 조금씩 절개하는 것으로 시작되었다. 절개를 해도 그리 눈에 띄는 현상은 보이지 않았다. 위를 적출할 때였다. 위를 열자 전혀 예상치도 못한 일이 일어났다. 위에 나비가 가득 차 있었다. 소화가 어느 정도 된 것들도 있었으나 대부분은 이제 막 소화가 될 순간을 기다리던 것 같았다. 개중에는 애벌레처럼 생긴 것들이 꿈틀거리며 기어다니기도 했다.

"어떻게 된 거요?"

소장이 초병의 어머니에게 물었다. 초병의 어머니는 두 손으로 귀를 막고 있었다.

"이럴 수가."

"나비를 먹고 자살을 할 수 있는 것입니까?"

소장이 검시관에게 물었다.

"여길 보십시오."

검시관이 목 아래 기도를 절개했다. 그곳까지 나비들이 올라와 있었다. 나비를 먹은 후 나비들이 목을 통해 올라오면서 기도를 막은 것 같았다.

"이게 말이나 됩니까?"

"결과는 이 죽은 초병이 말해주고 있지 않습니까?"

유가족이 먼저 자리를 떴다. 유가족을 따라 소장도 뒤뜰을 서성거렸다. 휴가를 떠나기 전에 초병이 한 이야기가 떠올랐다. 나비를 먹는 여자를 봤다는 것. 소장은 곧장 교도소로 갔다. 그리고 일직사령과 함께 여자 죄수들이 있는 광구로 가서 망루 아래에 있는 운동장을 살펴보았다. 초병의 말대로 그곳에는 철책 주변에 잡풀들이 나 있었다. 그리고 죽은 초병과 동기인 한 초병이 망루에 서서 소장과 일직사령을 내려다보고 있었다.

"나비를 먹는다는 그 여자, 누군지 알지?"

소장의 목소리는 피곤에 찌들어 있었다.

"네, 육공구구입니다."

"내 방으로 데리고 와보게."

소장은 여자 사동을 지나, 차양 복도를 따라 자신의 방으로 가버렸다. 커피를 한 잔 마시고, 담배를 한 대 피워도 초병의 뱃속에 들어차 꿈틀거리던 나비들이 기억에서 지워지지 않았다. 어떻게 이런 일이 있을 수 있는 것일까. 하고많은 자살 방법 중에 하필이면 왜 나비를. 이런 생각으로 복잡해진 머리를 잠깐 소파의 등받이에 누이고 있는데 일직사령이 여자 죄수를 데리고 왔다. 창백한 얼굴에 마른 체형의 여자였다. 대놓고 나비를 먹었냐고, 초병과는 어떤 사이이며, 왜 초병의 몸 안에서 나비들이 나왔느냐고 말할 수는 없었다. 여자 죄수는 판사 앞에서 구형을 받고, 실형 선고를 받고, 법적으로 죗값을 치르고 있었다. 그런 그녀에게 초병의 죽음의 책임을 물을 수는 없었다. 죄수를 감독 관리해야 하는 건 초병이었고, 초병의 안전에 대해 책임을 지는 건 교도소장 자신이었다. 이 문제를 여자 죄수에게 뒤집어씌웠다가 나중에 발각이라도 되면 인권의 사각지대라고 안 그래도 손가락질받는 교도소가 난처해질 수 있었다.

"생활하는 데 불편한 점 있어요?"

죄수를 만나면 으레 던지는 겉치레 인사 중 하나였다.

"없습니다."

소장은 당번병에게 시켜 커피를 내오도록 했다. 그리고 호주머니에 있던 담배를 탁자 위에 꺼내놓았다.

"며칠 전에 우리 초병 하나가……."

느릿느릿한 소장의 말에 여자는 고개만 숙이고 있었다.

"나비를 먹는 여자를 봤다고 하던데, 혹시 나비를 먹었소?"

"나비를?"

"껑충껑충 하늘을 날아다니는 나비 말입니다."

"제가 왜 나비를 먹지요?"

그때 당번병이 커피 두 잔을 들고 왔다. 소장은 자신은 이미 커피를 마시고 있다며 한 잔은 돌려보내면서 그 당번병에게 근무일지를 가지고 오라고 말했다.

"나비를 먹은 적이 없다는 이야기입니까?"

"네."

"우리 초병이 봤는데도?"

여기서 여자 죄수는 잠깐 소장을 쳐다보았다. 오랜만에 소장도 여자 죄수를 정면에서 볼 수 있었다. 방으로 들어올 때부터 느낀 점이지만 크게 실연한 사람 같아 보였다. 대개 여자 죄수들은 머리카락을 간수하기 힘들어 짧게 자르는데 이 여자는 긴 생머리를 하고 있었다.

"저는 나비를 먹지 않았습니다."

소장은 마음 같아서는 초병을 데리고 와 대질신문이라도 하고 싶었다. 그러나 초병은 뱃속에 나비를 잔뜩 품고 죽어버리지 않았는가. 허탈했다. 일찌감치 나비에 대해 알아보았으면 젊은 초병의 목숨은 살릴 수 있었을 것이라고 소장은 생각했다. 당번병이 근무일지를 들고 들어왔다.

"여기 보십시오. 우리 초병이 당신의 수번囚番을 정확하게 적어두고 있습니다. 나비의 종류와 당신이 먹은 나비의 수도 정확하게 적어놓지 않았습니까?"

소장이 근무일지를 내밀자 여자 죄수는 근무일지를 손가락으로 짚어가며 읽기 시작했다. 소장에게 담배를 입에 물 수 있는 여유가 확보되었다. 증거란 것은 복잡한 사건일수록 간단명료하게 일을 처리해주는 것이라고 소장은 생각했다. 그런데 근무일지를 다 읽은 여자는 고개를 절레절레 흔들었다. 피식 웃기까지 하는 것이었다.

"왜 그러시오?"

"전 나비를 먹지 않았습니다."

"그럼 초병이 없는 일을 근무일지에 적었다는 이야기입니까?"

"네."

"이보시오, 초병은 군인이오. 군인이 왜 거짓말을 하겠소. 나도 그 초병에게 당신이 나비를 먹었다는 이야기를 이 두 귀로 똑똑히 들었단 말이오."

"근무일지를 쓴 초병을 만나고 싶어요."

이 대목에서 소장은 아주 작게 입술을 벌린 채 여자를 쳐다봤다. 난처했다. 초병을 만나고 싶다니. 이 여자도 어지간히 답답해서 한 말이겠지만 당황한 건 소장이었다. 죽은 초병을 어떻게 대질시킨단 말인가. 소장은 여자의 얼굴을 주시했다. 이 선에서 담판을 짓지 않으면 자칫 일이 엉망으로 번져나갈 것 같았다. 괜히 나비라는 것을 교도소에서부터 번져나간 일로 하다간 헌병대에서 이 여자를 취조할 것이고, 이렇게 되면 초병에게서 보고를 받고도 묵살한 자신도 초병의 죽음에 연루될 수 있을 것 같았다.

"당신과 나비는 아무 관련이 없다 이 말입니까?"

"네."

여자는 고개를 숙인 채 소장의 시선 밖에서 대답했다. 창백하던 여자의 얼굴이 천천히 달아오르고 있었다. 그것은 방의 한쪽 벽을 거의 반이나 차지할 만큼 큰 창문 때문이기도 했다. 그렇게 큰 창문에서 일시에 많은 빛이 여자의 전신을 비추고 있었다. 노을 진 늦은 오후의 햇빛이었다. 여자는 소장의 허락도 없이 일어섰다. 그리고 꾸벅 인사를 했다. 소장은 입에 공기를 잔뜩 넣어 두 볼을 부풀렸다가 푸우, 하고 오므린 입술 사이로 뿜어냈다. 도무지 종잡을 수 없는 일이었다. 여자 죄수를 보내고 소장은 뭔가 후련하지 못하다는 생각을 지울 수 없었다. 한 초병이 휴가지에서 나비를 먹고 기도가 막혀 죽었다. 그 초병이 휴가 전에 쓴 근무일지에는 한 여자가 나비를 먹는다고 적혀 있었다. 그때 소장의 머리를 스치는 것이 있었다. 그것은 다름이 아니라 방금 자신의 방을 나간 여자 죄수의 죄명이었다. 살인. 살인이었다. 누구를, 왜, 어떻게 죽였는지 소장은 알고 싶었다. 그래서 소장은 부관들을 시켜 사건 기록을 가지고 오게 했다. 필시 어떤 이야기, 여자가 소장 앞에서 다 하지 않은 이야기가 있을 것 같았다. 살인, 원한 관계. 정신적 충격으로 보호관찰이 필요함.

"이 사건에 대해 좀 더 구체적인 자료를 받을 수 있나?"

소장은 그 여자에 대한 구체적인 자료를 요청할 계획이었다. 부관은 이틀 정도면 자료를 건네받을 수 있다고 말했다. 그동안 소장은 초병의 사체가 안치된 곳을 들렀다. 유가족들이 초병의 시신을 가지고 간 뒤였다. 소장은 섬으로 가서 초병의 애인을 만나보기로 했다. 그전에 같이 생활했던 동기들의 이야기를 들어보는 것이 어떠냐고 부관이 거들고 나섰다.

"이상한 것이 있습니다."

"뭔가?"

"처음 훈련소에서 이곳으로 왔던 날, 그 친구는 애인이 없다고 말했습니다. 그냥 고향에 잘 아는 초등학교 동창이 한 명 있는데, 조만간 섬을 떠나 육지로 간다고 했습니다."

"그런데?"

"첫날에는 그렇게 말을 했는데, 한 일주일 뒤에는 그 초등학교 동기가 애인으로 둔갑을 했다는 것입니다."

"그래서?"

"바로 며칠 전에는 그 애인이 면회를 오고 싶어도, 그곳이 섬이기 때문에 못 오는 것이라고 말했습니다. 애인으로부터 전화도, 편지도 한 통 없었던 그 친구가 말입니다."

소장은 손바닥으로 턱을 감싸고 골똘히 생각에 잠겨 있었다. 애인을 만나봐야 했다. 그러나 애인은 섬에 없었다. 겨우 연락처를 건네받은 소장은 다시 섬을 나와 허름한 커피숍에서 초병의 애인을 만났다.

"일이 이렇게까지 되리라 생각하지 못했습니다."

소장이 말했다.

"믿어지지 않더라고요."

"저희도 마찬가지입니다."

이렇게 인사말을 주고받은 뒤 소장은 음료를 주문하고 어떻게 이 이야기를 풀어나갈 것인가 잠시 뜸을 들였다.

"경찰서에서 나온 사람을 만났어요. 또 며칠 전에는 헌병대에서 나온 사람도 만났죠. 저희 아버지는 제가 집안을 말아먹을 년이라고 하고, 제 친구들은 한 남자의 목숨을 빼앗을 정도로 몹쓸 짓을 했다고 손가락질을 하죠. 소장님, 그런데 어쩌죠? 전 그 남자의 애인이 아니랍니다. 같은 학교에 다니고 같은 마을에 살던 동창에 불과합니다. 군대 가는 날에도 참 안쓰럽다고 생각하고 그냥 배웅을 해주었을 뿐, 우린 애인도 아니고 친구도 아닌 같은 마을에 사는 사람일 뿐입니다. 사건이 이 지경이니, 지금 와서 제가 발뺌을 하는 것으로 오해를 살 수 있겠습니다. 하지만 전, 기필코 그 남자의 애인이 아니랍니다. 전 애인이 따로 있습니다. 5년간 만난 남자입니다."

"초병의 말로는 아가씨가 자신의 애인이라고 그러던데요?"

"그래서 제가 미칠 노릇입니다. 같이 바람이나 쐬자고 해서 벤치에 앉아 그 친구의 이야기를 들어줬을 뿐입니다. 또 특별한 이야기도 아니었고요. 아마도 그 친구가 넘겨짚은 것 같습니다. 있잖아요, 그런 거……."

"그런 거라니요?"

주문한 것이 왔다. 소장은 콜라를 마셨고, 초병의 애인은 모카커피를 마셨다. 소장의 질문에 그녀는 대답을 피했다. 소장도 그에 대해 집요하게 물고 늘어지고 싶지 않았다. 한낮에, 그것도 교도소에서 죄인들을 감시한다는 건 지루하기 짝이 없는 일일 것이었다. 그러면서 담장 너머에 있는 한 사람을 그리워하게 되고, 그 그리움의 대상이 없을 경우 임의로 누군가를 그 자리에 놓게 되고 망상에 의해 하루하루 깊은 사랑을 하는 것. 언젠가 책에서 본 적이 있는 일이었다. 소장은 초병의 애인에게 귀찮게 해서 미안하다는 말을 하고 교도소로 돌아왔다. 뭐 하나 매끄럽게 풀리는 것이 없었다.

책상 위에는 여자 죄수에 대한 자료가 올라와 있었다. 허혜진, 살인. 최초 조서와 변호사 의견, 검사 의견 등 상세한 자료들이었다. 그중 여자가 자필로 쓴 진술서 한 장이 눈에 들어왔다.

1년 전이었어요. 저는 학교 교수님을 짝사랑하게 되었어요. 너무나 순수한 마음이었습니다. 그 교수님은 젊었습니다. 유부남이었고요. 5월 달이었을 것으로 기억합니다. 그날은 일요일인데도 저는 학교에 갔습니다. 누군가를 만나기 위해 약속을 해두었는데 그 사람이 누군지는 기억이 나지 않습니다. 베란다에 나와 시계를 들여다보고 있는데 저 멀리 제가 짝사랑하던 그 교수님이 지나가더군요. 처음에는 그저 이런 날에도 학교에 나오는구나 싶었습니다. 그리고 몇 번 더 시계를 봤습니다. 그런데 제가 시계를 보는 행동을 반복할수록 약속한 시간이 몇 시인지 알 수가 없었습니다. 시간 개념이 영 없던 내가 아닌데 그날따라, 아니 정확하게 그 교수님을 본 다음부터 제가 통제할 수 없는 지경으로 정신이 분산되면서 우왕좌왕했습니다. 저는 편의점에 들러 요플레 두 개를 샀습니다. 그리고 교수님이 계시는 연구실로 갔습니다. 담쟁이덩굴이 울창한, 아주 오래된 건물이었습니다. 3층이었습니다. 5월이었지만 계단을 오르니 팔 등에 땀이 배어 나왔습니다. 연구실 앞에 섰을 때 어떤 이야기를 해야 할지 많은 생각을 했습니다. 그래서 잠깐 층계참에 앉아 손등에 난 땀을 닦으며 연극배우처럼 어떤 대사를 외우고 있었습니다. 여기까지는 누구나 경험할 수 있는 일입니다. 저는 그 교수님을 짝사랑하였으니까요. 스물두 살의 여자였으니까요. 충분히 있을 수 있는 일이라고 생각했습니다. 조금 못마땅하게 생각했던 것은 편의점에서 산 요플레 두 개였습니다. 예쁘게 포장을 할 수 있었지만 편의점이라는 곳이 으레 그렇듯 검정 비닐봉지에 그것을 넣어주더군요. 그것을 들고 있는 손이 그럴 수 없이 부끄러웠습니다. 그러나 검사님, 앞에서 이야기했듯이 저는 그 문을 열기 전까지만 해도 지극히 평범한 여대생이었습니다. 마침내 문을 열었을 때, 저는 아주 놀라고 말았습니다. 지난번에 검사님이 저에게 그 교수가 그곳에서 다른 여자와 정분이 나 있는 현장을 목격한 것이 아니냐고 물었지만, 사실은 그렇지 않습니다. 지금 생각해도 교수님은 매우 가정적이었습니다. 문을 열고 한 걸음 연구실 안으로 제가 걸음을 옮겼을 때 교수님은 네 살 정도 되어 보이는 어린아이를, 그 옆에 사모님은 이제 막 걸음을 뗄 정도의 여자아이를 안고 행복에 들떠 있었습니다. 어떤 죄악이라고는 눈을 씻고 찾아볼 수 없을 정도의 행복과 사랑이 연구실에 가득했습니다. 저의 출현으로 당황한 것은 오히려 교수님이었습니다. 교수님은 절 보자마자 어떻게 해야 할지 몰라 했습니다. 조용히 아이를 내려놓고 어색하게 웃었습니다. 그리고 절 데리고 밖으로 나와 미안하다고 했습니다. 저는 죄송하다는 말을 하고 돌아셨습니다. 교수님은 결혼을 하였고, 당연히 아내가 있고 아이가 있을 것입니다. 모두 자연에 순응하면 그런 생활을 하는 것인 줄 저도 잘 알고 있습니다.

교수님이 연구실 문을 열고 다시 들어갈 때 저는 보았습니다. 연구실 창문으로 쏟아지는 그 5월의 따뜻한 햇살. 문을 닫자 싹둑 잘려버리는 그 햇살. 컴컴한 계단을 내려왔습니다. 제가 말씀드렸지만 연구실은 3층이었습니다. 그 계단을 내려오는데 자꾸만 그 햇살이 떠올랐습니다. 그리고 교수님과 아내가 아이를 안고 웃는 모습들. 그런데 왜 그 모습들이 나비로 보였을까요? 저는 곧장 집으로 갔습니다. 약속 따위는 안중에도 없었습니다. 집에 와서 침대에 누워 눈을 감았습니다. 그런데 그때부터 그 나비가 내 머리를 떠나지 않았습니다. 아주 노란 나비였습니다. 그 나비가 집 안 가득 날개를 퍼덕이고 있었습니다. 창문을 닫고, 햇살을 막아버려도 그 나비는 내 머릿속을 날아다녔습니다. 이런 증세는 내 짝사랑이 시들면서 없어질 것이라 생각했습니다. 그런데 그것이 아니었습니다. 5월은 아주 길었습니다. 아니, 나에겐 6월도 5월이었고, 7월도 5월이었습니다. 수면제를 먹거나 사우나에서 땀을 흘려도 나아지는 것은 하나도 없었습니다. 텅 빈 로비를 만났을 때 저는 두려웠습니다. 그 텅 빈 로비 가득 순식간에 나비들이 가득 찼습니다. 지하철에서도, 가로수 밑에서도 사람들이 북적대는 길에서도 나비는 비처럼, 때론 마술처럼 내 눈앞에서 너울너울 춤

을 쳤습니다. 그리고 8월, 바로 그날, 저는 냉장고 안에 검정 비닐
봉지에 들어 있던 요플레를 보았습니다. 그동안 제 주변에 꾄 것
이 혹 이 요플레 맛을 보기 위해서일까 싶어 쓰레기통에 처박아
버렸습니다. 그러나 곧 그것을 꺼내 제가 먹었습니다. 어떤 힘. 그
것을 제가 기다렸는지도 모릅니다. 저는 부엌칼을 그 검정 비닐에
싸서 교수님이 계시는 연구실로 갔습니다. 땀 같은 건 나지 않았
습니다. 노크를 했습니다. 교수님은 책상에 앉아 책을 읽고 있었
습니다. 저에게 의자를 내주며 잠깐만 기다려달라고 했습니다. 저
는 연구실 한쪽 벽에 있는 창가에 서 있었습니다. 먼 곳에서 앰뷸
런스가 바쁘게 달려갔고, 한 여자아이가 손으로 입을 가리며 뛰
어가고 있었습니다. 그리고 하늘에서 노랑나비들이 창가로 밀려
왔습니다. 툭툭, 창가에 부딪치던 나비들이 나뭇잎처럼 후두두
소리를 내며 떨어졌습니다. 저는 교수님 곁으로 걸어갔습니다. 검
정 비닐에서 부엌칼을 꺼내 교수님의 옆구리를 살짝 찔렀습니다.
교수님은 내 얼굴을 보며 왜 그러냐고 물었습니다. 저는 고개를
숙여 죄송하다는 말을 했습니다. 작별 인사까지 했는지는 잘 기
억나지 않습니다. 어쨌든 교수님은 의자에 앉은 채 내 쪽으로 방
향만 바꾼 상태에서 그대로 머리를 책상에 내려놓았습니다. 나는
창문에 커튼을 치고 계단을 내려온 뒤 선글라스를 썼습니다. 그
리고 곧바로 숲길을 따라 경찰서로 갔습니다. 그 뒤로 저는 나비
에게 쫓기는 일이 없었습니다.

다음 날 소장은 여자 광구의 망루에 서 있었다. 운동장에서 우왕좌왕하는 여자들 속에서 유독 그녀의 모습이 뚜렷하게 보였다. 햇빛 한 주먹이 그녀의 머리 위로 출렁거렸다. 소장은 인터폰으로 일직사령에게 말했다.

"교도소 담장 위로 길게 방충망을 쳐야겠네. 가을이 오기 전에 말일세."

변화를 꿈꿨던 사람

안성호, 「나비」

눈에 보이지 않는 감옥은 때로 눈에 보이는 감옥보다 더 많은 것을 구속한다. 한 투고자가 내 메일로 자신의 소설을 보내온 적이 있다. 제법 긴 장편소설이었는데, 거기 덧붙인 말이 소설보다 더 '소설적'이어서 좀처럼 잊히지 않는다. 말인즉슨 해외 유명 소설가가 자신의 소설을 그대로 베껴 막대한 성공을 거뒀고, 자신은 소설을 빼앗겼을 뿐만 아니라 지금 이 순간도 감시를 당하고 있다는 울분이었다. 그 얘기 속에서 투고자는 작품을 탈취당한 억울한 작가 지망생이었고 세상은 진실을 외면하는 타락한 지옥이었다. 책을 내고 싶다는 문의가 아니었으므로 편집자로서 내가 할 수 있는 일이라고는 잠자코 그의 하소연을 읽는 것이 전부였다.

다소 충격적인 폭로에 대한 호기심보다도 그가 지금 어떤 세상에 살며 고통받고 있는 걸까 하는 애잔함이 앞섰다. 사람은 이야기를 통해 현실을 벗어나기도 하지만 자신이 만든 이야기 속에 갇혀 현실을 등지기도 한다는 사실이 잠시 서글펐다.

첫 휴가에서 복귀하지 않아 부대를 발칵 뒤집어놓은 탈영병이 고향집 뒤 벤치에서 사체로 발견된다. 사인은 기도 막힘에 의한 질식사. 부검 결과 죽은 병사의 위에는 아직 다 소화되지 않은 나비들이 가득 들어차 있다. 병사가 삼킨 나비들이 목을 통해 올라오면서 기도를 막은 것이다. 부대에 복귀하지 않은 병사의 사실상 자살 행위는 죽음 그 자체만으로도 간담이 서늘해지는 사건이지만, 죽기 전 그가 삼킨 다량의 나비가 그의 알 수 없는 심리 상태를 증언하며 한층 더 기괴한 '의문사'로 비화된다. 그와 연결된 모두가 긴장한다. 병사는 왜 나비를 먹었을까. 그것도 이렇게나 많이.

죽은 병사가 '나비 먹는 여자'를 처음 본 건 교도소에서였다. 교도소 경비를 보는 초병인 남자는 망루望樓 밑으로 걸어오는 한 여자 죄수가 나비를 잡아먹는 모습을 본다. 여자의 죄명이 살인이라는 것을 안 후 남자는 나비 먹는 여자에 대한 이미지에 사로잡혀 남들 보기에 좀 이상한 얘기들을 내뱉기 시작한다. 여자가 나비 먹는 걸 봤다, 나비가 어떻게 교도소 담을 넘어올 수 있었을까, 여자의 방을 검사해봐야 한다, 뭐 그런 얘기들이다. 그러나 다들 그의 말을 대수롭지 않게 여긴다. "한낮에, 그것도 교도소에서 죄인들을 감시한다는 건 지루하기 짝이 없는 일"이라는 걸 누구라도 모를 수가 없기 때문이다. 그 지루함을 때우려면 '이상한' 생각쯤 하나도 이상하지 않다는 게 그가 속한 세계의 일반적인 감각이었다. 그사이 남자의 머릿속에는 남들에게 말 못 할 생각들도 누적된다. 여자가 나비를 먹고 노랑나비 똥을 눈다든가, 몸속으로 나비가 들어온 여자 죄수들이 노란 날개를 달고 담장을 넘어간다든가 하는. 숱한 상상의 나래를 펼치는 가운데 남자는 여자가 나비를 먹는 것만은 상상이 아닌 사실로 단정한다. 그러자 남자의 머릿속에서 여자는 틀림없는 "악의 화신"으로 분한다.

남자에게 이 이야기는 지루함을 달래기 위한 가십성 상상이 아니다. 남자의 상상은 그가 속한 기존의 현실을 대체하고 지배해 나감으로써 또 다른 현실의 위치로 등극한다. 도대체 어떤 세상을 살고 있었기에 그에게 이런 현실이 필요했을까. 이 소설에서 '교도소'는 물리적 배경으로서의 구체적 공간일 뿐 아니라 주인공의 심리를 반영하는 내면의 장소이기도 하다. 남자의 사회적 신분은 감시하는 입장에 있지만, 남자의 실존적 신분은 감시당하는 입장에 있었다. 현실 세계에서 그는 교도소 죄수들을 감시하는 초병이지만 상상 속에서는 그 역시 교도소에 갇힌 채 탈출을 꿈꾸는 죄인이었던 것이다. 그를 가두고 있는 것은 그가 갖지 못한 것들에 대한 집착이다. 가령 여자친구. 그가 고향에 있다고 여기는 여자친구는 오직 그의 망상에 의한 일방적 관계에 불과했음이 밝혀진다.

2005년 출간된 소설집 『때론 아내의 방에 나와 닮은 도둑이 든다』에 수록된 단편소설 「나비」는 교도소에서 재소자들을 감시하고 관리하는 위치에 있는 한 남자가 실은 자신이야말로 정신의 교도소에 갇힌 채 결핍과 열등감을 해소하고자 자기만의 이야기를 만들어 그 안에 다시 갇히는 이중 구속 상태에서 누구도 납득할 수 없는 미스터리한 죽음을 맞는 과정을 그린다. 다른 존재로 변하고 싶지만 할 수 있는 거라곤 나비 먹는 여자에 관한 망상에 집착하다 이윽고 자신이 '나비 먹는 여자'가 되고 만 것이 전부다. '나비 먹는 여자'는 남자가 객관적으로 목격한 현실과 남자의 머릿속에만 있는 현실이 뒤섞여 만들어진 비현실적 존재다.

자신이 관리하는 교도소의 병사에게 일어난 죽음을 문제없이 '처리'해야 하는 소장에게도, 휴가 나온 아들이 탈영과 자살로 생을 마감하는 걸 뜬눈으로 지켜본 엄마에게도, 동창일 뿐인 관계가 자신도 모르는 사이 그의 연인으로 둔갑돼 있었던 걸 알게 된 여자에게도, 그의 죽음은 덮고 싶은 나쁜 소문 같다. 그러나 내게는 그의 죽음보다도 그의 삶이 더 소문에 가까워 보인다. 이 소설을 통해 목격한 것은 남자의 삶에서 극히 일부분에 지나지 않지만, 그 짧은 부분에서 내가 본 건 그의 질문이 언제나 자기 안에서 종결되고 있다는 불길한 전조다. 마치 교도소 담장 벽을 넘어서지 못하고 돌아오는 것처럼 그가 하는 생각들은 다른 사람에게 가닿거나 그가 몰랐던 다른 현실 속에서 수정되고 조정되는 것이 아니라 언제나 자신의 생각으로 돌아오며 자체적으로 완결됐다. 삶을 세상으로부터 봉인시키는 왜곡된 패턴이자 착각된 완결성이었다.

남자는 일견 망상장애 환자 같다. 망상장애란 현실 세계의 현상, 사건과는 동떨어진 망상을 진실이라 믿고 집착하는 정신증의 하나다. 누구나 어느 정도는 망상을 하며 산다. 이상한 생각을 한다는 것 자체는 일반적인 정신 활동의 일부일 뿐이다. 그러나 망상을 현실처럼 받아들이고 집착하는 증세가 과도해지면 망상이 현실을 대체한다. 망상의 길에 들어서면 쉽게 빠져나오기 힘들다. 망상이 주는 완결성은 거부당하는 것에 대한 두려움으로부터 스스로를 보호할 수 있는 대피처가 되어주기 때문이다. 남자는 여자를 "악의 화신"이라 확신하지만 강한 부정은 긍정의 다른 표현이다. 남자의 확신은 오히려 자신을 여자와 동일시하고 있었을 가능성의 증거다. 남자는 여자에게서 익숙한 패배감을 봤을 것이다.

여자의 진술서가 말해주는 것은 그녀가 짝사랑하는 교수를 칼로 찔러 죽게 만들었다는 명백한 사실이지만, 그 기록에서 남자가 읽은 것은 교수를 죽임으로 인해 더 이상 여자가 나비에게 쫓기지 않았다는 결과다. 여자를 괴롭혔던 나비는 여자로 하여금 자신이 교수에게 품었던 초라한 감정을 환기시킨다. 여자는 교수를 향했던 자신의 감정이 요플레를 담고 있던 검정 비닐봉지처럼 품위와는 거리가 먼 싸구려처럼 느껴졌을 것이다. 비참한 자신과 같은 검정 비닐에 칼을 담아 연구실로 가서는 교수를 죽인 뒤 더 이상 나비에 쫓기지 않았던 여자. 남자는 여자가 자신을 괴롭혔던 나비로부터 벗어날 뿐만 아니라 나비를 먹음으로써 나비로 변하는 데까지 상상의 날개를 펼치며 변화하지 못하는 자신을 거기 이입했을 것이다.

나비는 변신과 변화의 상징이다. 그 과정을 들여다보면 신비로울 정도이지만 놀랍게도 모두 현실의 일이다. 나비의 생애는 네 가지 단계로 나눠진다. 첫 번째 단계는 알이다. 알은 며칠에서 몇 주 동안 그 상태를 유지한 뒤 유충으로 태어난다. 흔히 애벌레라 불리는 이 단계에서 나비는 식물을 먹으며 빠르게 성장한다. 이어 몇 차례의 탈피를 거친 뒤 번데기가 된다. 겉으로는 고요해 보이지만 번데기 내부에서는 놀라운 변화가 일어난다. 이 과정이 변화의 정점이다. 내부가 액체가 됨으로써 모든 기관과 구조가 재조직되는 것이다. 이 시기를 지나면 나비가 되어 비행할 수 있게 된다. 변태 과정을 통해 나비는 완전히 새로운 모습이 된다. 변화를 위해서는 재조직이 필요하지만 외부 세계와의 소통을 통해 재조직되지 못한 남자와 여자는 다른 세계를 만들고 그 안에 갇히길 선택했다.

며칠 전, 이제는 소원해진 한 지인으로부터 의아한 문자를 한 통 받았다. 이름만 대면 알 만한 유명 기업의 대표와 함께 투자처를 살피러 갈 예정인데 관심이 있으면 같이 가자는 내용이었다. 뜬금없었다. 평소 연락을 나누는 사이도 아니었던 데다 한눈에도 신뢰할 수 없는 무맥락의 메시지가 이상해서 답을 하지 않았다. 며칠이 지나지 않아 나와 똑같은 문자를 받았다는 사람을 만났다. 이미 이런 일들이 문제가 돼 회사 생활을 하기 어려운 수준에 이르렀다는 얘기였다. 우리는 긴말을 나누지 않았다. 내가 알던 그 사람은 지금 어떤 세상에 홀로 갇혀 미로 속을 헤매고 있을까. 보이지 않는 감옥이 때로 보이는 감옥보다 더 가혹한 형벌일 수 있는 건 누구도 그 감옥의 열쇠를 갖고 있지 않기 때문이다. 지옥은 열쇠 없는 감옥의 모양을 하고 있다.

마녀물고기

이
평
재

이평재
1998년 단편소설 「벽 속의 희망」으로 동서문학 신인상을 받으며 작품 활동을 시작했다.
지은 책으로 소설집 『마녀물고기』『어느 날, 크로마뇽인으로부터』, 장편소설 『눈물의
왕』『엉겅퀴 칸타타』『아브락사스의 정원』 등이 있다.

오르가슴에 빠진 여자는 물고기처럼 입을 뻐끔거렸다. 나는 여자의 입이 닫혔다 열릴 때마다 내 성기가 세게 조여지는 걸 느끼며 여자의 눈을 들여다보았다. 눈동자에 무엇이 깃들어 있는지 읽을 수 없었다. 가슴 밑바닥을 휘휘 저을 정도의 슬픔이 담겨 있는 것 같기도 했고, 드디어 나를 완전히 지배했다는 기쁨에 들떠 있는 것 같기도 했다. 한 번, 두 번, 입이 벌어지면서 점점 턱을 들어 올리던 여자는 여덟 번이 되자 두 눈을 감아버렸다. 그리고 한동안 움직임을 멈춘 채 숨결을 고르더니 자신의 몸에서 괴상한 냄새가 나지 않느냐고 속삭였다. 그러고 보니 냄새가 나는 것 같기도 했다. 나는 여자의 쇄골에 입술을 갖다 대고 깊은숨을 들이마셨다.

그러다가 소스라치게 놀라 머리를 들어 올렸다. 여자의 몸에서 그동안 나를 미치도록 유혹하던 신비스러운 바다 냄새가 사라지고, 코를 찌르듯 역한 냄새가 뿜어져 나왔다.

뭔가, 아뜩한 기분이 들어 나는 여자를 바라보았다. 그러자 여자가 내 몸을 거칠게 밀어내곤 이제 당신과 헤어질 때가 됐다는 신호야, 하고 중얼거렸다. 혼란스러웠다. 도대체 여자의 정체를 알수 없었다. 관능적인 욕구가 너무 지나쳐 타락한 천사 몽마夢魔, 인간 남성을 유혹해 몸을 섞고 끝내 상대를 파멸시킬 목적으로 존재한다는 '서큐버스succubus'인가. 나는 가당치도 않은 생각이라는 걸 알면서도 신화 속의 인물까지 떠올리며 여자를 찬찬히 살펴보았다. 그러지 않고서야 어떻게 매번 나타날 때마다 나에게 섹스만을 요구할 수 있단 말인가. 또한 어떻게 나를 이렇듯 비참한 지경에 몰아넣고 냉혹하게 떠나갈 생각을 할 수 있단 말인가. 나는 간호사의 지시에 따라 강제로 먹은 알약 때문에 정신이 몽롱했지만 여자에게서 시선을 떼지 않고 당신은 누구지? 하고 물었다. 하지만 다음 순간, 나는 알 수 없는 공포에 떨기 시작했다. 여자가 싸늘한 눈초리로 아직도 내가 누구인지 모르겠어? 하고 차갑게 되물은 것이었다.

여자가 처음 나에게 다가온 것은 지난해 여름 장마가 끝날 즈음의 어느 날 새벽녘이었다. 그날 자정 무렵 나는 비가 내리는 고

속도로를 달려 서울로 향하고 있었다. 학회 세미나가 끝나고 몇몇 사람들과 어울려 위스키를 두어 잔 마시기는 했지만 운전을 못 할 정도는 아니었다. 나는 다음 날 아침 일찍 초기 위암 환자의 수술 스케줄이 잡혀 있기에 마음이 급했었다. 빗길이었지만 워낙 늦은 시간이라 도로 위에는 차량이 거의 없었다. 빨리 집으로 돌아가 잠시라도 눈을 붙이고 출근해야겠다고 마음을 먹은 나는 150킬로미터가 넘는 속도로 차를 몰았다. 가끔 생산지에서 물건을 실어 나르는 트럭들이 앞을 막아 시야를 방해했지만 거의 1차선으로만 내달렸다. 그러기를 세 시간 반, 조금만 더 가면 서울 톨게이트에 도착할 수 있으리라는 생각을 한 탓인지 서서히 긴장이 풀리기 시작했다. 그러자 피로감이 느껴졌다. 뒷목이 뻐근하고, 등이 결리고, 허리가 쑤셨다. 또한 술기운이 남아 있어 머리도 아팠다. 이럴 때 아내라도 곁에 있었으면……, 하는 아쉬움이 스쳤지만 이내 생각을 떨쳐버렸다. 어차피 미국으로 유학 간 아내가 돌아오려면 2년은 더 혼자 버텨야 할 터였다. 나는 어서 빨리 집으로 가 두 다리를 쭉 펴고 누워야겠다는 생각만을 했다. 그렇기에 졸음이 밀려드는 걸 억지로 참아내며 마지막 휴게소를 그냥 지나쳤다. 그것이 내 인생을 송두리째 망쳐놓는 시발점이 될 줄은 상상도 하지 못하고.

꽝, 벼락을 치는 듯한 소리에 놀라 나는 눈을 번쩍 떴다. 그러곤 뭔가 심상찮은 사태가 벌어진 것 같다는 반사적인 본능으로 재빨리 브레이크를 밟았다. 1차선으로 달리던 내 차가 어째서 가장 바깥쪽의 4차선으로 밀려나가 처박히듯 비스듬히 멈춘 것일까, 하는 생각도 잠시였다. 차창 밖으로 내다보이는 처참한 상황에 그야말로 아연실색하지 않을 수 없었다. 나는 심장이 벌떡거렸지만 애써 누그러뜨리며 급히 밖으로 나갔다. 교통사고로 응급실에 실려와 나에게 시간을 다투는 수술을 받고 생명을 건진 환자들의 웃는 모습이 빠르게 머릿속을 스쳐갔다. 잠시도 지체할 수 없었다. 뒤집어진 트럭을 향해 정신없이 달려갔다.

도로 위에는 트럭에서 떨어져 나온 파편들이 여기저기 널려 있었다. 깨어진 유리 조각들, 찌그러진 범퍼, 반으로 동강 난 굴대가 그대로 끼워진 두 개의 타이어, 종이처럼 구겨진 문짝, 짐칸에서 무너져 내린 납작한 스티로폼 상자들, 그 상자 안에서 튀어나와 꼬리지느러미로 빗물이 흐르는 바닥을 철썩철썩 때리며 몸을 뒤치고 있는 크고 작은 생선들……. 단번에 새벽 경매 시간에 맞춰 수산물 시장으로 향하던 트럭임을 짐작한 나는 운전석 쪽으로 시선을 돌렸다. 붉은 피가 빗물에 번져 흘러내리고 있었다. 죽었을까, 하는 생각을 하며 안을 살펴보려고 몸을 낮췄다. 그 순간이었다. 살려주세요, 하는 여자의 필사적인 절규와 함께 피 묻은 손하나가 깨진 차창 밖으로 튀어나왔다. 고개를 돌려 도로 위에 떨어진 문짝 하나를 확인한 나는 반대편으로 급히 다가갔다. 안을 들여다보았다. 젊은 여자가 거꾸로 처박혀 꼼짝 못 하고 괴로워하고 있었다. 피를 많이 흘린 사람들에게 나타나는 징후가 여자의 얼굴에 떠올라 있었다. 빨리 손을 쓰지 않으면 위급한 상황이라는 것을 나는 어둠 속에서도 뚜렷하게 느낄 수 있었다. 죽음의 그림자가 보였던 것이다.

하지만 다음 순간, 나는 두어 걸음 뒤로 물러나 우뚝 멈춰 섰다. 그리고 여자로부터 등을 돌리고 재빨리 걸음을 옮겨놓기 시작했다. 그때였다. 발걸음을 두어 번 옮겼을까, 나는 아래를 내려다보며 진저리를 쳤다. 정체를 알 수 없는, 뱀같이 생긴 것들이 발밑에서 흉물스럽게 꿈틀거리고 있었다. 그중 몇 놈은 이미 내 발등으로 기어올라 발목을 휘감기 시작했다. 마치 피 묻은 여자의 손이 내 발목을 꽉 움켜잡고 있는 기분이었다. 살려주세요, 하는 젊은 여자의 필사적인 절규가 또다시 들려왔다. 오싹했다. 나는 발버둥을 쳐 그것들을 떼어내고 발작을 일으킨 정신분열증 환자처럼 포악하게 놈들을 마구 짓밟아댔다. 그러고 나서 맥이 풀려 후들거리는 다리를 이끌고 필사적으로 내 차를 향해 걸어갔다. 문득, 이 사건이 나로 인해 일어났다는 명백한 사실을 깨달은 것이었다.

교통사고 환자들을 많이 대했기에 충분히 알 수 있는 일이었다. 깜빡 잠든 사이 내 차가 불시에 차선을 이탈하고, 옆 차선에서 맹렬히 달려오던 트럭이 그것을 피하느라 반사적으로 핸들을 틀고, 브레이크에 걸린 과부하로 제어력을 잃은 차체가 난간을 들이받고 튕겨 나와 전복되는 순간적인 장면들……. 앞뒤 상황이 명료해지자 나는 순식간에 이성을 잃어버렸다. 오직 빨리 달아나야 한다는 강박에 사로잡혀 주위를 휘둘러보았다. 마침 도로에 지나가는 차량이 하나도 없는 것을 확인한 뒤, 나는 정면을 노려보며 뒤집어진 트럭을 재빨리 지나쳐버렸다.

물론 집에 도착한 나는 잠을 잘 수 없었다. 위스키를 병째 손에 들고 목구멍으로 부어댔지만 아무 소용이 없었다. 피 묻은 하얀 손을 뻗치며 살려달라고 외치던 젊은 여자와 내 발목을 낚아채던 뱀 같은 것들이 자꾸만 떠올라 나를 견딜 수 없이 불안하게 만들었다. 왜 하필이면 여자에게서 등을 돌리던 그 순간이었단 말인가.

나는 다량의 수면제가 든 주삿바늘을 팔뚝에 꽂고 나서야 맥이 빠져 간신히 침대에 누울 수 있었다. 하지만 아무리 눈을 감고 있어도 신경이 점점 날카로워져 마음의 안정을 찾을 수 없었다. 이 죄책감에서 벗어날 수만 있다면, 고속도로에서 생겨난 불의의 사고를 잊을 수만 있다면, 악마에게 영혼이라도 팔고 싶다는 말이 절로 입 밖으로 밀려 나올 지경이었다. 나는 결국 도저히 혼자 견딜 수 없는 상태에 빠져 아내에게 전화를 걸었다. 하지만 아내도 접선 불가능한 상태, 공허한 신호음만 내 귓전으로 밀려들 뿐이었다.

그때 내가 진짜 악마를 부른 것일까. 나는 갑자기 정신이 몽롱해지는 걸 느꼈다. 살랑대는 바람이 내 몸을 공중으로 띄워 올리는 듯한, 마치 처음 모르핀을 맞은 인체가 최상의 반응을 보일 때처럼 한껏 쾌적한 감정 상태에 빠지기 시작했던 것이다. 그러던 어느 순간, 나는 가슴을 어루만지는 알 수 없는 손길을 느끼며 게슴츠레 눈을 떴다. 한 여자가 내 곁에 거머리처럼 밀착해 있는 것이 어렴풋이 보였다. 누구인가. 나는 얼결에 내가 꿈을 꾸고 있는 거라고 생각했다. 물론 며칠 뒤 여자가 다시 내 앞에 나타났을 때, 나는 그것이 꿈이 아니라는 걸 분명하게 확인할 수 있었지만 당시로선 그럴 수밖에 없었다. 여자는 속삭였다.

"나를 안아봐. 당신의 모든 고통이 사라질 거야."

그럴 수만 있다면……, 하고 나른하게 중얼거리며 나는 고개를 여러 번 끄덕였다. 마치 주술에 걸린 느낌이었다. 제발 이 꿈에서 깨어나지 않았으면 하는 마음만 간절했다. 행여 몸을 움직이다가 꿈에서 깨어 여자가 사라질까 봐 조심스레 여자를 끌어안았다. 애써 숨을 죽이고 오로지 여자에게만 정신을 집중했다. 그러자 여자의 입술이 내 입술에 닿는 것이 느껴졌다. 부드러웠다. 여자는 촉촉이 젖은 혀로 내 몸 구석구석을 핥아주었다. 여자의 혀가 지나가는 자리마다 살갗이 타는 듯한 전율이 일었다. 뼛골까지 스며드는 듯한 섬뜩한 전율.

여자의 타액이 내 육체를 마비시키고 내 영혼마저 점령한 것일까. 이른 아침에 눈을 뜬 나는 간밤에 아무 일도 없었던 것처럼 너무나도 가뿐한 내 몸 상태에 놀라지 않을 수 없었다. 어디서 그런 힘이 솟아난 것인지 정말 알 수 없는 일이었다. 나는 그 어느 때보다 활기가 넘쳤고 자신감에 차 있었다. 아침 식사를 하기 전까지 계속해서 성기가 발기돼 있었다. 지난밤 사고에 대한 죄책감은커녕 섹스를 하고 싶다는 생각에 더욱 시달려야 했다. 또한 출근을 해서도 마찬가지, 스케줄이 잡힌 위암 환자를 수술할 때에도 메스를 잡은 내 손은 한 치의 오차도 없이 춤을 추듯 움직였다. 최상의 컨디션, 내 평생 이렇듯 멋지게 메스를 잡은 적이 없었다는 생각이 들 정도였다. 기분이 좋았다. 뭔가 정상이 아니라는 생각을 하면서도 어쩔 수 없었다. 이제 와 돌이켜보면, 그때부터 나는 이미 여자에게 지배를 당하고 있었던 것이 아닌가 싶다.

─빗길에 미끄러진 과속 트럭, 두 명 사망.

나는 신문을 들여다보며 조금 얼떨떨했었다. 헤드 타이틀은 분명 교통사고에 관한 것이었는데 기사의 내용이 너무 엉뚱한 쪽으로 치우쳐 있었다. 사고 경위와 인명 피해 대신, 사고 차량에서 쏟아진 생선들이 도로 위에 여기저기 깔려 있어 한바탕 난리를 피웠다는 것이 기사의 주된 내용으로 다뤄져 있었다. 사람이 목숨을 잃은 사실은 축소되고 단순하게 흥미 위주로 다뤄진 기사를 보며 나는 마음이 조금 씁쓸해지는 걸 느꼈다. 하지만 또 다른 한편으론 오히려 잘됐다는 생각이 들기도 했다. 돌발적인 교통사고와 억울한 죽음, 부도덕한 뺑소니 운전자를 가볍게 다룬 기사가 내 양심의 가책까지 희석시켰다.

120

기사를 통해 나는 사고 현장에서 내 발목을 휘감던 흉물스러운 것들의 정체가 뭔지를 확인할 수 있었다. 포장마차에서 팔리는 술 안줏감의 대명사, 사람들이 흔히 곰장어라고 알고 있는 먹장어가 바로 그것이었다. 하지만 나는 기사를 읽고 난 뒤 기분이 몹시 찜찜해지기 시작했다. 문득, 먹장어가 영어로는 해그피시 hagfish, 흉측한 이빨을 가진 '마녀물고기'로 불린다는 사실이 떠올랐던 것이다.

언젠가 대학 동문회를 마친 뒤 남아 있는 몇몇 친구들과 포장마차로 몰려간 적이 있었다. 그중에는 나와 가깝게 지내지는 않았지만 이비인후과 개업을 하고 1년 만에 의사라는 직업을 때려치우고 소설가로 변신한 한 친구가 끼어 있었다. 여섯 명의 의사와 한 명의 소설가. 묘하게도 우리는 그 친구의 말 한마디 한마디에 압도당했다. 그의 해박한 지식과 정곡을 찌르는 발언들, 그러면서도 자유분방하게 느껴지는 독특한 분위기 때문이었다. 어쨌든 우리가 소주 안주로 곰장어를 질겅질겅 씹고 있을 때, 그가 나무젓가락으로 벌겋게 양념이 된 곰장어 한 토막을 들어 올리며 묘한 표정으로 입을 열었다.

"이게 모양은 우습게 보여도 아주 집요하고 기괴한 놈이야."

제까짓 게 아무리 기괴해봤자 포장마차 안줏거리밖에 더 되겠나, 하는 마음으로 나는 입안에 든 곰장어 덩어리를 대충 씹어 삼키며 그를 바라보았다.

"이걸 영어론 해그피시라고 하는데, 다들 해그가 무슨 뜻인지는 알지? 마녀 말이야."

그의 말에 의하면, 먹장어는 제 몸으로 매듭을 지어 다른 물고기를 죽인다는 거였다. 미끈거리는 다갈색 장어 모양의 이 동물은 다른 물고기를 공격할 때 우선 제 몸뚱이로 매듭을 만든 뒤, 이빨로 상대방의 아가미 속을 파고들어 집요하게 물고 늘어지면서 몸의 매듭을 마치 나사못처럼 이용해 회전시키기 시작한다는 거였다. 그리고 마침내 자신의 몸을 상대의 몸 안으로 송두리째 박아 넣은 뒤, 죽어버렸거나 죽어가는 먹이를 안에서부터 먹기 시작한다는 거였다. 결국 먹이는 껍질과 뼈만 앙상하게 남게 된다는 섬뜩한 이야기였다.

하필이면 먹장어였는지, 불현듯 날카로운 이빨이 달린 녀석들이 흡반 모양의 입을 한껏 벌려 그것을 내 발목에 박고 피를 쭉쭉 빨아먹는 장면이 떠올라 나는 진저리를 쳤다. 괜스레 발목이 따끔거리는 것 같았다. 혹시 지난밤 녀석들에게 물리지 않았나 싶어 후다닥 바지를 걷어 올리고 살펴보았다. 이래서 죄를 지은 사람이 사소한 일에도 예민하게 반응하고 불안에 떠는 모양인가, 하는 생각이 뇌리를 스쳤다. 나는 아무런 흔적이 없는 걸 확인하고 나서야 피식 자조적인 웃음을 터뜨렸다. 모든 것이 내가 생각한 대로 완벽하게 돌아가고 있고, 나로 인해 그 끔찍한 사건이 일어났다는 걸 아무도 모르고 있는데 뭐가 걱정이냐고 스스로를 다독이며.

"아직도 내가 누구인지 모르겠어?"

여자가 누구인지 알아내려고 정신을 한껏 집중해 지나간 시간을 세세히 떠올려본 나는 침대에서 일어나 창가로 다가갔다. 다리가 휘청거렸다. 말라비틀어져 앙상하게 뼈만 남은 내 몸뚱이가 유리창에 비쳤다. 어느새 여자가 등 뒤에 달라붙어 내 귓불을 빨아댔다. 그러곤 다시 한번 정말 자신이 누군지 모르겠느냐고 소곤거렸다. 하지만 나는 그 순간, 대답 대신 진저리를 치며 세차게 머리를 내흔들었다. 먹장어에게 살을 파먹히고 뼈만 남아 바닷속을 둥둥 떠다니는 물고기 시체들이 유리창 속의 내 몸 위로 겹쳐져 어른거렸던 것이다. 그렇다면, 그 사건과 여자가 어떤 관련이 있단 말인가? 나는 공포에 질린 표정으로 뒤를 돌아보았다. 하지만 여자는 이미 보이지 않았다. 여자가 사라지고 난 병실엔 역하게 비릿한 냄새만 가득 들어차 있었다.

그 사건 뒤, 다시 말해 여자가 처음 내 앞에 나타난 뒤부터 나에겐 이상한 현상이 일어나기 시작했다. 몸에 놀라운 활기가 흘러넘친 것은 단 하루뿐이었다. 그다음 날부터 나는 머릿속이 온통 섹스 생각으로 가득 들어차 아무 일도 할 수 없었다. 나도 모르게 간호사들의 엉덩이로 눈길이 갔고, 젊은 여자 환자들을 대할 때에는 그 벌어진 입에다 미친 듯이 성기를 처박고 싶은 충동에 시달렸고, 시도 때도 없이 눈을 지그시 감고 여자와 섹스를 나누던 순간을 음미하기 위해 사뭇 몽환적인 시간을 보내게 된 것이었다. 그러고 있자면 끼니를 거르기 일쑤였다. 사실 밥 생각도 나지 않았다. 혈관에 영양제를 찔러 넣는 것으로 사나흘을 버티기도 했다. 체중은 점점 눈에 띄게 줄어들었고, 밤이면 잔뜩 독이 오른 성기를 붙잡고 쩔쩔매느라 진이 빠졌고, 아침이면 벌겋게 핏발이 선 눈으로 출근을 해야 했다. 정상이 아니었다. 아무리 지나치게 섹스를 밝히는 색정광이라도 나와는 비교가 되지 않을 성싶었다. 뭔가 단단히 잘못되었다는 것을 알면서도 닷새 뒤, 여자가 다시 내 앞에 나타났을 때 나는 감격한 나머지 울음을 터뜨리고 말았으니까.

그날 밤도 비가 내리고 있었다. 섹스를 하고 싶다는 생각이 극에 달한 나는 침대에 똑바로 누워 성기를 꺼내놓고 주무르기 시작했다. 눈을 감은 채, 내 몸 구석구석 그로테스크한 전율을 일으키던 여자의 촉촉한 혀를 기억해냈다. 그 짜릿한 순간이 느껴지는 듯했다. 나는 점점 빠르게 손을 움직였다. 바로 그때, 누군가 나의 곁으로 다가와 손을 내밀어 성기를 쥐고 있는 내 손을 함께 잡고 리드미컬하게 움직여주기 시작했다. 약간 서늘한 느낌이 나면서도 몸에 착착 휘감기는 듯 매끄러운 피부, 그 피부에서 은은하게 스며 나오는 바다 내음, 그 냄새가 전해주는 희한한 느낌, 나는 단박에 그 손의 주인이 누구인지를 알아차릴 수 있었다. 나는 동공을 한껏 열고 여자를 올려다보았다. 목이 메어 아무 말도 할 수 없었다. 그러자 여자의 입술이 다가와 내 눈을 덮었다. 뜨거운 기운이 등줄기를 타고 순식간에 발끝까지 퍼져나갔다. 발가락이 절로 오그라드는 걸 느끼며 격하게 여자를 끌어안았다. 여자의 끊임없는 자극에 나는 몇 번이고 여자의 몸 안으로 들어갔다. 그리고 거의 실신 상태에 이르러 부르르 몸을 떨었다. 그때, 어디선가 구슬픈 노랫소리가 귓전으로 밀려들기 시작했다.

비가 내리고
바다 밑이 요동치던 밤
젖은 육신 버려졌으니
내 영혼에 나는 없다네.

비가 내리고
바다 밑이 요동치던 밤
젖은 육신 버렸으니
네 영혼에 너는 없다네.

하지만 나는 그 노랫소리를 빗소리에 무심히 흘려보냈다. 여자와의 광적인 섹스 이외 다른 아무것도 내 영혼을 파고들지 못했다. 폭발하듯 정액을 사정한 나는 감격에 겨워 오, 나의 천사! 하고 다분히 고답적으로 중얼거리며 여자의 몸을 으스러지도록 껴안았다. 그러자 여자가 천사? 하고 되묻곤 다시금 내 몸을 쓰다듬기 시작했다. 내 가슴을 어루만지던 여자의 손이 점점 아래쪽으로 내려가 성기에 닿자 나는 또다시 참을 수 없는 욕정에 몸을 떨었다.

그랬는데, 이제야 왜 그 노랫말이 기억에서 생생하게 떠오르는 것인지. 정확한 이유는 알 수 없지만 여자가 그 사건과 어떤 연관이 있어 나를 철저하게 파멸시킨 것이 틀림없다는 생각이 들기 시작했다. 그러자 발작이 일어날 것 같았다. 하지만 애써 마음을 진정시키며 나는 병실의 창문을 활짝 열었다. 어느새 비가 그쳐 있었다. 주먹도 빠져나갈 수 없을 만큼 촘촘히 박힌 쇠창살 사이로 그나마 맑은 공기가 밀려들어와 다행이었다. 잠시 서성이던 나는 절대 그럴 리가 없다는 생각을 하면서도 습관적으로 출입문 손잡이를 돌려보았다. 역시 단단히 잠겨 있었다. 가슴이 답답했다. 문을 열어놓으면 더 많은 공기가 안으로 밀려들어와 여자가 남기고 간 냄새가 빨리 가실 텐데, 하는 생각을 하며 베개를 들고 휘휘 허공에다 휘둘러댔다. 하지만 잠시 뒤, 나는 동작을 멈추고 창가로 바투 다가갔다. 맞은편 B 병동의 703호 창가에서 허연 물체가 어른거렸던 것이다. 703호 환자, 그가 말한 백문조인가. 나는 몹시 긴장한 눈빛으로 그곳을 노려보았다.

"중학교 2학년 때 말이야, 길을 걷고 있는데 새끼 백문조 한 마리가 땅바닥에 앉아 있는 거야. 예뻤어. 그냥 달려가서 손으로 잡으려고 했지. 그런데 말이야 이놈이 나를 피한다고 퍼뜩 날아오르더니 차도에 가서 뚝 떨어지는 거야. 그러곤 찍, 납작하게 깔려버렸어. 그것도 두 번씩이나. 난 그날 자책감에 시달려 어찌나 괴로웠는지 몰라. 그런데 더 괴로운 건 언제부터인지 그놈이 독수리처럼 커져서 자꾸만 내 앞에 나타나는 거야. 허연 날개를 퍼덕이면서 밤이면 내가 잠들어 있는 창가로 다가와 창문을 막 긁어댔지. 흐으…… 얼마나 무서운 줄 알아? 사실 내가 여기 들어온 건 그놈을 피해서 도망쳐 온 거야. 그런데 큰일 났어. 어떻게 알았는지 어젯밤엔 그놈이 여기까지 쫓아온 거 있지. 아아, 이젠 정말 못 견디겠어."

내가 듣고 있건 말건 횡설수설 이야기를 마친 그는 잠시 멍한 표정으로 허공을 바라보다가 다시 입을 열었다.

"그놈에게서 벗어날 수만 있다면……. 그럴 수만 있다면 난 무슨 짓이라도 하겠어."

그의 얼굴에서 팽팽한 긴장감이 느껴졌다. 그의 말이 예사롭게 들리지 않았다. 왠지 우울해졌다. 하지만 그가 자신의 손가락을 입술에 샷다 대며 쉿! 하고 나를 쳐다보자 나는 이런 정신 나간 놈 때문에 심각해질 필요가 없다는 생각을 했다. 그를 빨리 쫓아버리기 위해 일부러 비밀결사대처럼 결연한 표정으로 고개를 끄덕였다. 그때서야 그는 안심하고 나에게서 등을 돌렸다. 나는 슬리퍼를 유난히 질질 끌고 매점 안으로 들어가는 그의 뒷모습을 바라보며 그가 왜 쉿! 했는지 생각해보았다. 미친놈, 어이없는 웃음이 나왔다. 하지만 그는 그 뒤부터 나와 마주칠 때마다 새가 날갯짓하듯 양팔을 벌려 저으며 어젯밤에도 왔었어, 하고 속삭인 뒤 어김없이 쉿! 하는 시늉으로 오른손 검지를 입술에 갖다 대곤 했다.

나는 쇠창살에 이마를 붙이고 한동안 허연 물체를 뚫어지게 노려보았다. 활짝 편 날개를 브이 자로 젖힌 커다란 새 한 마리가 그곳 쇠창살에 매달려 있는 게 보였다. 그가 말한 것보다 훨씬 큰 새의 모습이 사뭇 당혹스러웠지만 나는 두 눈을 크게 부릅뜨고 자세히 그것을 살펴보았다. 그러곤 어느 한 순간, 숨이 멎을 만큼 자지러지게 놀라며 괴성을 터뜨렸다. 쇠창살을 잡아 뜯듯 두 다리를 마구 버르적거리던 새가 갑자기 고개를 돌려 나를 노려보았던 것이다. 뿐만 아니라 나와 시선이 마주친 순간, 그것은 빠르게 모습이 변하기 시작했다. 머리는 여자의 얼굴로, 몸통은 여자의 몸으로, 날개는 여자의 팔로, 다리는 여자의 다리로 차례차례 탈바꿈하기 시작한 것이었다. 바로 조금 전까지 내 곁에 있던 여자, 그녀가 맞은편 병동 703호의 쇠창살 앞에서 요염하게 웃으며 나를 노려보고 있었던 것이다.

내가 잘못 본 게 아닌가 싶었다. 세차게 머리를 흔들고 눈을 감았다 다시 떴다. 바로 그 순간, 여자가 나를 향해 무슨 말인가를 중얼거린 뒤 물거품처럼 사라져버렸다. 아직도 자기가 누군지 모르겠느냐고 묻는 여자의 말, 독심술을 하듯 나는 그것을 분명하게 알아들을 수 있었다.

아! 나는 몸을 웅크리고 앉아 두 손으로 양쪽 귀를 틀어막은 채 몸을 부들부들 떨기 시작했다. 비가 내리고…… 젖은 육신 버려졌으니…… 내 영혼에 나는 없다네…… 비가 내리고…… 젖은 육신 버렸으니…… 네 영혼에 너는 없다네……, 하는 구슬픈 노랫소리가 귓전에서 연해 맴돌았다. 숨이 막히기 시작했다. 호흡이 거칠어졌다. 발작이 일어나는 걸 자각하면서도 나 자신을 통제할 수 없었다. 걷잡을 수 없이 화가 치밀어 번득이는 눈빛으로 방 안을 두리번거렸다. 하지만 하얗게 칠해진 사면 벽, 손에 잡을 만한 물건은 아무것도 눈에 띄지 않았다. 여기가 어딘가, 나는 불안정한 걸음으로 사방 벽면을 따라 걷다가 발악적인 괴성을 내지르며 바닥을 나뒹굴기 시작했다. 나는 외과 전문의가 아니라 정신병자, 내가 갇혀 있는 곳은 정신병동이었던 것이다.

여자는 비가 오는 날이면 어김없이 나를 찾아왔다. 그런데 내가 정신병동에 갇히기 전, 한 달 사이 세 번이나 비가 내렸는데도 여자는 내 앞에 나타나지 않았다. 나는 제정신이 아니었다. 이미 여자에 의해 광적인 섹스에 길들여진 나는 온통 그 짓을 하고 싶다는 생각에만 사로잡혀 있었다. 빳빳하게 발기한 성기 때문에 고통스러웠다. 남들의 시선은 신경조차 쓰이지 않았다. 그러기를 여러 날, 나는 잔뜩 독이 오른 성기로부터 전해져오는 집요한 부추김을 느끼게 되었다. 저기 저 여자 보이지? 주위엔 아무도 없어, 뭘 망설이는 거야, 어서 공격해! 하는. 다시 말해 나는 언제부터인지 아무 여자에게나 성폭행을 하고 싶다는 격렬한 유혹에 시달리기 시작했다.

조금 늦은 어느 날 퇴근길, 자동차 프런트 글라스를 통해 올려다본 하늘엔 먹구름이 잔뜩 뭉쳐 있었다. 주차장에 차를 세우자 빗방울이 하나둘 떨어지기 시작했다. 나는 다시금 꿈틀꿈틀 성욕이 일어나는 게 느껴져 허겁지겁 집으로 뛰어들어갔다. 베란다에 서서 점점 굵어지는 빗줄기를 바라보며 담배 연기를 폐부 깊숙이 빨아들였다. 오늘은 꼭 여자가 올 거라고 스스로를 달랬다. 하지만 건성으로 눌러놓은 텔레비전 영화 채널에서 두어 편의 영화가 끝나고도 한참이 지난 시간, 그리고 또 침대 위에 꼼짝 않고 누워 있기를 서너 시간, 그날도 여자는 끝내 내 곁을 찾아오지 않았다. 감정이 급격하게 흐트러지는 걸 느끼며 나는 온갖 섹스 장면들을 떠올렸다. 하지만 이제는 자위행위를 하는 것도 지겹다는 생각이 들었다. 여자의 부드러운 피부, 다정한 속삭임, 촉촉한 혀, 강렬한 눈빛, 무엇보다도 나를 미치게 흥분시키는 여자의 야릇한 살냄새가 그리웠다. 그래도 한동안 몸부림을 치며 여자를 간절히 기다리던 나는 여자가 다시는 내 앞에 나타나지 않을지도 모른다는 두려움에 떨기 시작했다. 절대 안 될 일이라고, 고개를 흔들어댔다. 그러곤 결국 입원실 병동에서 근무하는 정 간호를 떠올렸다.

퇴근 전, 마지막 회진을 하며 나는 유난히 짙게 화장을 한 정 간호사에게 오늘 데이트 있나? 하고 농담을 걸었다. 그러자 그녀가 빨간 립스틱을 바른 도톰한 입술을 앞으로 내밀며 오늘 야근인걸요, 하고 생긋 웃었다. 나는 그 순간에도 머릿속으로 떠오르는 엉뚱한 성적 상상에 시달려야 했다. 그녀의 웃는 입 모양이 어딘지 여자와 닮은 것 같았다. 그랬기에 미친 듯 그녀를 부둥켜안고 입술을 빨고 싶다는 격한 충동을 억누르며 간신히 입원실 병동을 나섰다.

그래서였다. 여자가 나타나지 않아 절망감에 몸부림치던 나는 우산도 없이 비 오는 새벽 거리를 헤매다가 결국 내가 근무하는 병원을 향해 다시 발걸음을 옮겨놓기 시작했다. 이미 내 정신 상태는 도대체 왜 그러느냐, 어떻게 그런 짓을 할 수 있느냐, 하는 따위의 이성적인 언사로 설명할 수 있는 단계가 아니었다. 입원실 병동까지 단숨에 뛰어올라간 나는 발정 난 들개처럼 정 간호사 앞으로 다가갔다. 여전히 빨간 입술로 의자에 앉아 뭔가를 기록하고 있던 그녀가 무슨 일이냐는 시선으로 나를 올려다보았다. 도무지 사태가 파악되지 않는다는 표정이었다. 아무도 없어, 뭘 망설이는 거야, 어서 공격해! 또다시 어디선가 은밀한 속삭임이 들려와 사정없이 내 등을 떠밀었다. 우악스럽게 두 손으로 정 간호사의 머리통을 잡은 나는 그녀의 빨간 입술 위에다 단단히 발기된 내 성기 부분을 마구 비벼댔다. 내 눈에서 살기가 느껴진 탓인지, 하얗게 질린 그녀는 내 손에 입이 틀어 막힌 채 비상계단까지 끌려와서도 아무런 소리를 내지 못했다. 일체의 저항을 하지 않았다. 나는 그녀를 벽 쪽으로 밀어붙인 뒤, 왼손으로 입을 막고 오른손으로 팬티를 끌어내렸다. 그곳에 성기를 밀착시키고 어깨를 덮고 있는 그녀의 머리카락을 들어 올렸다. 목덜미에 얼굴을 묻고 가련한 들개처럼 끙끙거렸다. 여자에게서 맡았던 향기와 전혀 다른 냄새가 났다. 그랬기에 나는 그녀의 입에서 손을 떼고 이렇게 말했다.

"웃어봐."

하지만 그녀의 입꼬리가 불안정하게 일그러져 나는 거기서도 여자의 모습을 느낄 수 없었다. 왠지 화가 치밀어 올랐다. 거칠게 어깨를 잡고 그녀를 벽을 향해 돌려세웠다. 엉덩이가 보였다. 양쪽 손으로 그곳을 잡아 벌렸다. 헉! 하고 그녀가 신음을 내뱉었다. 짧은 그녀의 신음이 나를 더욱 자극했다. 나는 한 손으로 지퍼를 내리고 팽팽하게 발기된 성기를 드러냈다. 그리고 그녀의 허리를 잡아당겨 몸을 숙이게 한 뒤, 아래서부터 밀어 올리듯 내 성기를 그녀의 몸 안에 넣었다. 하지만 나는 그녀의 질에 반복적으로 성기를 삽입하면서도 머릿속으로는 나를 사로잡고 있는 마녀 같은 여자의 모습을 상상해야 했다. 사정을 하고 난 뒤에도 결코 여자에 대한 그리움을 떨쳐버릴 수 없었다.

"자네 대체 왜 그랬나? 어떻게 인간 말종들이나 하는 짓을 의사인 자네가 할 수 있단 말인가?"

정신과 병동에서 급히 달려온 김 박사의 물음에 나는 무슨 말을 어떻게 해야 할지 몰랐다. 경솔하게 여자 이야기를 꺼낼 수는 없는 노릇이었다. 나로 인해 발생한 교통사고의 전모가 밝혀질 수도 있을 거라는 생각이 들어서였다. 또한 사실대로 이야기한들 아무도 믿지 않을 거란 생각까지 들었다. 실제로 존재하지도 않는 여자에 의해 내가 색광이 되었다는 사실을 누가 믿어줄 것인가. 그래서 비난의 눈초리로 나를 바라보고 있는 김 박사를 향해 나는 엉뚱한 말을 꺼내놓기 시작했다.

"날 믿어주게. 이건 정말 내가 그런 게 아냐. 마녀가 내 몸속에 들어와서 나를 조정한 거라고."

"지금 무슨 말을 하는 건가?"

"자네도 잘 알지? 서큐버스……. 난 영혼을 빼앗겼어. 그 색녀가 나를 파멸시키기 위해 이런 일을 벌인 거라고."

정 간호사의 자살 미수 사건이 신문에 실린 이상 다른 도리가 없음을 파악한 나는 철저하게 내 자신을 위장하는 연극을 했다. 강간범으로 구속되어 실형을 사느니 정신병원에 갇히는 게 차라리 낫겠다는 생각이 들어서였다. 하지만 여기저기 끌려다니며 정신병자 취급을 받으면서도 나는 온통 여자 생각에만 사로잡혀 있었다. 하루에도 몇 번씩 극심한 감정 변화를 일으켰다. 때론 여자가 영영 사라졌을지도 모른다는 생각에 한없이 우울했고, 때론 이제 곧 여자가 나타나 나를 위로해주고 따듯하게 안아줄 거라는 생각이 들어 감정이 턱없이 고조되기도 했다. 경찰서에 앉아 조서를 작성하는 형사에게 답변을 하면서도 마음속으로는 비가 오지 않는 날씨를 원망했을 정도였다.

"이거 또라이 아냐!"

내가 서큐버스가 어쩌니 횡설수설하자 손등이 통통한 형사는 벌컥 외마디 소리를 질렀다. 그러곤 더 이상 나에게 아무런 질문도 하지 않았다. 나는 '정신감정 의뢰'라고 자판을 두드리는 그의 손을 묵묵히 바라본 뒤 출입구 쪽으로 고개를 돌렸다. 내가 처한 상황보다 비가 내릴 조짐을 보이지 않는 날씨가 나를 더욱 불안하게 만들고 있었다.

내 정신 상태를 체크하는 젊은 의사는 만만치가 않았다. 산전수전 다 겪었다는 눈빛으로 한동안 서류를 들여다보던 그는 문득 고개를 들고 다짜고짜 이렇게 물었다.

"지은 죄가 있나요?"

나는 그의 말에 가슴이 덜컥 내려앉았지만 의도적으로 몽롱한 표정을 지어 보였다. 언어를 인지하지 못할 정도로 극심한 착란상태에 사로잡힌 정신병자처럼 말이다. 하지만 그는 나의 대답 같은 건 듣고 싶지도 않다는 듯 빠르게 말을 이었다.

"루이 15세의 주치의였던 '센트 앙드레'는 서큐버스에 대해 관능적으로 타락한 상상력이 만들어낸 허황된 이야기라고 말했죠. 이를테면 종교적인 직분을 앞세워 도덕적인 생활을 하는 척하며 온갖 방탕한 행동을 일삼는 자들이 자신들의 죄의식을 희석시키기 위해 만들어낸 희생양이 바로 서큐버스 같은 악마라는 거죠. 한마디로 서큐버스가 들러붙었다고 주장하는 사람들의 거의 대부분이 엉터리였다는 얘긴데, 내가 당신을 어떻게 판단해야 할지 모르겠군요. 아무리 당신이 근무하던 병원의 김 박사님이 제 선배라고 해도 이건 명백한……."

그는 말꼬리를 흐리며 아주 못마땅한 표정으로 나를 노려보았다. 그 순간, 나는 절박한 위기감을 느꼈다. 뭔가 일을 꾸미지 않으면 낭패를 볼 거라는 생각에 사로잡혀 자리에서 벌떡 일어나 괴상한 몸짓을 해대기 시작했다. 무대 위의 연기자가 마임을 하듯, 나는 벽을 향해 서서 정 간호사를 겁탈하던 장면을 하나하나 떠올리며 그대로 재현했다. 그러자 젊은 의사 역시 나의 느닷없는 행동에 질린 듯 이런 미친놈! 하고 중얼거렸다. 나도 모르게 히죽히죽 웃음이 밀려 나왔다. 멀쩡한 정신으로 정신병자 흉내를 내는 내가 정말 미친놈인지도 모르겠다는 생각이 들어서였다. 미치지 않은 놈은 오직 미친놈뿐이라는 기막힌 역설!

여자는 어디로 사라진 것인가.

싸늘한 시멘트 바닥을 나뒹굴며 나는 격렬하게 발작했다. 여자로부터의 배신감, 끔찍스럽게 숨통을 옥죄는 죄책감, 이젠 절대로 예전의 내 모습을 되찾을 수 없을 거라는 공포. 그런 것들이 걷잡을 수 없게 나를 몰아붙였다. 싸늘한 시멘트 바닥을 나뒹굴다가 나는 튀듯이 일어나 이번에는 창틀에 고정된 쇠창살을 잡고 발악적인 괴성을 터뜨렸다. 그러다가 마지막에는 미지의 무한공간처럼 희게 도장된 벽 앞으로 다가가 그곳에다 머리를 들이미는 시늉을 했다. 쿵, 쿵, 쿵…… 둔중한 느낌이 깊어지면서 머릿속에 희디흰 설원이 펼쳐지는 것 같았다. 순간, 하얀 벽 위로 붉은 핏물이 튀었다.

남자 간호사들의 거센 완력이 나를 제압했을 때 나의 몸에는 아무런 감각도 남아 있지 않았다. 팔과 머리와 허리가 짓눌린 채 나는 병실 바닥에 뺨을 대고 죽어가는 물고기처럼 퀭한 눈을 뜨고 있었다. 내 몸에서 흘러나온 낭자한 선혈이 누군가의 발쪽으로 흘러가는 게 희미하게 보였다. 곧이어 젊은 여자가 무릎을 꿇고 엎드려 긴 혀를 꺼내 그것을 핥아 먹기 시작하는 것도 보였다. 여자는 가끔 흘끔거리며 나를 곁눈질했다. 그리고 바닥에 고여 있던 내 피를 남김없이 핥아 먹은 뒤, 사뭇 흡족한 표정으로 미소를 지으며 이렇게 입을 열었다.

"이제는 네가 나에게 버림받을 차례야."

그녀의 말을 듣고 나는 살려달라고 필사적으로 외쳤다. 하지만 입 밖으로는 아무 말도 밀려 나오지 않았다. 껍질과 뼈만 남겨진 인간의 형상, 나의 내부는 텅 비어 있었다. 미끈거리는 몸뚱이로 운명의 매듭을 만들어 나를 파먹은 마녀물고기, 그것의 요동질이 잦아드는 여진처럼 희미하게 느껴질 뿐이었다.

나는 어디로 사라졌는가.

자신이 변한 걸 모르는 사람

이평재, 「마녀물고기」

먹장어는 영어로 해그피시hagfish다. 번역하면 마녀물고기라는 뜻이다. 먹장어가 이렇듯 사연 있는 이름을 갖게 된 건 먹이를 사냥하는 독특한 방식 때문이다. 미끈거리는 다갈색 뱀 모양의 이 동물은 다른 물고기를 공격하기에 앞서 자기 몸뚱이로 매듭을 먼저만든다. 그런 다음 이빨로 상대방의 아가미 속을 파고들어 집요하게 물고 늘어지는데, 이때 몸의 매듭을 나사못처럼 이용해 회전함으로써 상대의 몸 안에 자신을 송두리째 박아 넣는 게 포인트다. 상대의 몸속으로 들어간 다음엔 이미 죽었거나 죽어가는 먹이를안에서부터 먹기 시작한다. 먹잇감은 순식간에 껍질과 뼈만 남은형체로 변한다. 섬뜩한 이 행위에 왜 마녀라는 이름이 붙었을까.

중세 유럽에서 믿었던 여성 악마 중에 서큐버스가 있다. 여성의 모습을 한 서큐버스는 남자, 그중에서도 특히 수도자의 꿈에 나타나 성관계를 맺고 기력을 갈취해 결국 죽음에 이르게 하는 악귀다. 때문에 몽마라 불리기도 하고, 성관계를 하는 꿈으로 성욕을 일으킨다고 해서 음란 마귀라 불리기도 한다. 먹장어가 먹잇감의 몸속으로 침투해 그것을 완전히 파괴하고 죽음에 이르게 하는 과정과 서큐버스가 성관계를 통해 상대를 파멸에 이르게 하는 과정이 닮아 보인다는 게 누가 먼저 시작한 생각인지는 모르겠다. 그러나 많은 사람들이 그 연상에 동의했던 것만은 확실해 보인다. 그 덕에 먹장어의 영어 이름이 서큐버스로 대표되는 마녀, 즉 해그피시가 되었으니 말이다.

　자연의 눈으로 보면 먹장어의 '잔혹한' 공격성은 오히려 자신이 처한 환경에서 스스로를 보호하기 위해 진화된 생존 방식에 더 가깝다. 먹장어의 눈은 퇴화되어 피부에 묻혀 있는 탓에 시력이 매우 약한 것으로 간주된다. 시력이 퇴화한 먹장어가 자신의 몸을 매듭으로 만들어 타인의 몸에 침투하는 것은 시각에 의지하지 않고 적을 제압할 수 있는 환경, 즉 싸움에 유리한 조건을 만들기 위한 전략인 셈이다. 먹장어의 전략은 실제로 놀랍다. 뉴질랜드 바다에서 한 연구팀이 찍은 영상에서 먹장어가 상어를 비롯한 바다의 약탈자들로부터 공격받았을 때 믿을 수 없이 빠른 속도로 점액을 분비하는 걸 본 적 있는데, 몸에서 나온 끈적끈적한 점액이 상어의 구역질을 유발해 상어에게 잡혔던 먹장어가 입 밖으로 내뱉어지는 장면은 웬만한 영화 속 탈출보다 더 경이로웠다.

반면 서큐버스는 주로 쾌락을 위한 성행위를 금기시했던 가톨릭 문화에서 만들어진 캐릭터다. 이러한 캐릭터에 붙어 있는 이미지에는 그런 이미지를 필요로 하는 사람들의 정치적 의도가 개입되어 있기 마련이다. 일례로 종교적인 직위를 앞세워 도덕적인 생활을 하는 척하며 온갖 방탕한 행동을 일삼는 자들이 자신들의 죄의식을 희석시키기 위해 만들어낸 희생양이 바로 서큐버스 같은 악마 이미지인 것이다.

요컨대 서큐버스는 성적으로 타락한 상상력이 만들어낸 허구의 이야기다. 서큐버스가 들러붙었다고 주장하는 사람들의 거의 대부분이 범죄자이거나 적어도 죄의식에 사로잡힌 사람들일 확률이 높은 것도 이런 이유에서다. 서큐버스가 충족시켜주는 것은 먹장어처럼 그들 자신의 생존이 아니다. 오히려 '먹장어'라는 희생양을 필요로 하는 상대방의 성적 욕구와 그 욕구를 충족하고야 말았다는 죄책감, 나아가 스스로에게 하사하는 죄 사함이다. 서큐버스에 덧씌워진 마녀 이미지는 사악한 면죄부이고 먹장어에게 부여된 마녀성은 언어적 왜곡이다. 상대를 파고드는 먹장어의 공격적인 행위는 여성의 생식기를 파고드는 남성의 성행위에 대한 비유로 인식되는 것에 반해, '마녀물고기'라는 이름은 그 행위의 주체를 남성에서 여성으로 무단 변경한다.

2001년에 출간된 이평재 소설집 『마녀물고기』에 수록된 단편 소설 「마녀물고기」는 한 남자가 번듯한 외과 의사에서 색광의 정신병자로 미쳐가는 과정을 그린다. 남자는 타락의 늪을 지날 때마다 한 여자의 환영에 시달린다. 여자가 처음 나타난 장소는 자신이 낸 교통사고 현장이다. 남자는 위험에 빠진 여자를 발견하지만 웬 먹장어들이 자기 발목을 잡아채는 것 같은 환각 속에서 사고를 수습하지 않은 채 달아난다. 그날 밤 죄의식에 시달리던 남자는 꿈속에서 그 여자를 만나 강렬한 섹스를 한다. 그 순간의 자극을 잊지 못해 여자가 한 번만 더 자신의 꿈속에 찾아와주기를 기다리지만 좀처럼 여자는 나타나지 않는다. 기다림과 그리움에 지친 남자는 급기야 들끓는 욕구를 통제하지 못하고 자신이 일하는 병원의 간호사를 강간하며 그 여자와의 섹스를 상상한다. 하룻밤에 범죄자가 된 남자는 감옥에 가느니 차라리 정신병원에 가겠다는 생각으로 자신이 간호사를 강간한 건 스스로의 선택이 아니라 자신의 정신을 앗아간 꿈속의 여자, 즉 마녀 때문이라고 주장한다.

  소설은 남자가 스스로를 상실한 모습에서 끝을 맺는다. 이제 남자에겐 어떤 운명이 주어져야 할까. 소설은 끝났지만 남자의 이후에 대해 좀 더 얘기해볼까 한다. 여자에게 홀렸다는 말로 자신의 심신미약을 주장하는 남자, 자신에게 죄가 있다면 서큐버스에게 유혹당한 것뿐이라고 법에 호소하려는 남자에게 우리는 병명을 허락할 것인가, 죄명을 선고할 것인가. 병명을 허락한다면 남자는 자신의 무의식이 만들어낸 환영에 붙들린 채 판단력과 의지를 잃어버린 취약한 환자가 되어 치료의 대상이 될 것이다. 죄명을 준다면 그는 자신의 욕망을 실현하기 위해 힘들게 일구어온 사회적 좌표들을 죄다 반납해버리고 허공을 배회하는 일탈적 범죄자가 될 것이다. 그러나 두 영역 모두 남자의 행위를 규정할 수 있는 정확한 범주는 아니다. 표면상 그 행위의 성격은 범죄적이고 그 행위의 원인은 병리적이지만 그가 한 행위의 결과는 죄다 일관성 있는 한 방향을 가리킨다. 자신의 죄와 벌에 대한 회피다. 성적 욕망이 금지된 자들이 자기 욕망의 출처를 모른 척하듯 남자 역시 자기 욕망에 대한 책임으로부터 도망친다. 그의 본질은 도망자이다. 그의 최초 범죄가 뺑소니였다는 것 역시 의미심장하다.

소설의 플롯을 남자가 지은 죄와 그 회피를 중심으로 재구성해보자. 1단계, 남자에게는 충족되지 못하는 욕망이 있다. 남자의 아내는 현재 유학 중이며 아직 2년을 더 혼자 지내야 한다. 남자는 지금 외롭다. 2단계, 남자는 자신의 욕망에 죄책감을 느낀다. 여자가 처음 나타난 것은 그가 교통사고를 낸 직후다. 여자는 교통사고 피해자의 형상으로 나타나 그가 욕망하는 대상으로 대체된다. 뺑소니 사고의 죄책감과 자기 욕망의 대상이 결합하는 것은 그가 욕망하는 것이 곧 그가 가진 죄책감의 근원임을 뜻한다. 3단계, 그러나 죄책감을 느낌에도 불구하고 또 다른 죄를 짓는다.

남자는 자기가 일하는 병원의 간호사를 강간함으로써 현실의 희생자를 만든다. 4단계, 남자는 성범죄자가 되느니 차라리 정신병자가 되기로 하고 꿈속의 여자를 마녀로 만든다. 5단계, 그는 음주 운전 교통사고 뺑소니와 강간이라는 반박 불가한 죄에도 불구하고 정신병이라는 동굴에 자신을 숨기려 한다. 뉘우칠 기회를 없앰으로써 생의 여분마저 훼손한다. 그가 지나온 곳마다 희생자가 생기고 희생자가 발생할 때마다 그는 도망친다.

가해자가 피해자임을 주장하는 데 사용될 수 있는 왜곡된 서사가 있었고, 그러한 서사가 유통되는 길은 아직 사라지지 않았음을 「마녀물고기」는 한 남자의 몰락을 통해 이야기한다. 의식의 길은 폐쇄되었지만 무의식의 길은 여전히 통행 가능하다. '해그피시' 같은 언어가 그 길 중 하나다. 이 길을 믿고 남자는 자신의 행위를 의식의 길에서 무의식의 길로 차선 변경한다. 그러나 그가 아직 모르는 게 있다. 의식이 무의식을 선택할 수 있다면 무의식도 의식을 선택할 수 있다. 피하려고 들어간 정신병이라는 동굴에서 그는 매번 죽음 같은 꿈을 꾼다. 꿈속에서 그는 모든 에너지를 갈취당한다. 도피처일 줄 알았던 무의식이 그의 의식을 종속시킬 때 이미 그의 의식은 무의식에 장악당했을지도 모른다. 스스로가 미치지 않았다고 생각하는 건 미친 사람의 특성이기도 하니까. 자신의 존재가 완전히 변질됐다는 사실을 당사자만 모른다. 변화를 객관적으로 보지 못하는 것이야말로 타락의 시작이자 핵심이다.

한국어로 먹장어는 '눈먼 장어'라는 뜻이다. 신체적 특징을 이름으로 부르는 것도 먹장어 입장에서는 불쾌할 수 있지만―무엇이 정상 시력인지를 판별하는 기준은 다분히 인간의 관점이니까―마녀물고기라는 왜곡된 이름으로 불리며 내내 누명을 쓰는 것보다는 그 억울함이 덜하지 않을까. 모를 일이다. 분명한 건 변론이 필요한 존재가 마녀물고기만은 아니라는 사실일 것이다. 「마녀물고기」는 통제할 수 없는 욕망으로 인해 영혼뿐만 아니라 인생이 통째 망가진 남자의 이야기다. 그러나 남자가 몰락한 건 욕망 때문이 아니다. 그의 잘못은 욕망에 대한 모든 책임으로부터 회피한 것에서 시작된 것인바, 이 글은 억울한 욕망을 위한 짧은 변론이기도 하다.

상자 속으로
사라진 사나이

채영주

채영주

1988년 『문학과사회』 겨울호에 단편소설 「노점 사내」를 발표하며 작품 활동을 시작했다. 지은 책으로 소설집 『가면 지우기』『연인에게 생긴 일』『바이올린맨』, 장편소설 『담장과 포도 넝쿨』『시간 속의 도적』『웃음』『목마들의 언덕』『크레파스』『무슨 상관이에요』 등이 있다. 2002년 6월 지병의 악화로 타계하였다.

그는 그런 종류에 속한 사람이었다. 머릿속엔 늘 어린 시절 뛰놀던 골목길에 대한 기억들만이 가득 차 있고 시간이 날 때마다 행여 그 길이 도로 정비 공사로 사라져버리지나 않았을까 걱정하는 사람, 업무 관계로 만나는 현재의 사람들보다 그 시절 친구들의 얼굴을 훨씬 더 또렷하게 떠올릴 수 있는 사람, 휴가철이 돌아올 적마다 고향 방문 계획을 세우는, 그러나 벌써 10여 년째 출장길이 아닌 기차에는 몸을 실어보지도 못한 사람, 그런 종류에 속한 사람이었다. 물론 나는 처음부터 그를 알아볼 수 있었다. 비록 매일같이 수십 명의 환자들을 상대하며 그들 속에서 함께 뒹굴어야 하는 게 내 직업이기는 했지만 그래도 그처럼 유별난 희귀 종족을 감지해내는 후각은 마비되지 않고 있었던 것이다.

내가 그에게 첫 질문을 던지는 데 며칠씩이나 여유를 준 것은 그의 그 같은 사정을 고려해준 까닭이었다.

"그래, 자넨 어쩌다가 이곳에 들어왔나."

그때 그는 두 손바닥으로 허공에다 너비와 높이 따위를 측정하고 있었다. 아마 특별 치료 활동 시간에 목공예반에서 무얼 만들기로 한 모양이었다. 너비를 얼마만큼으로 할지 결정하기 힘든 듯 손바닥들을 멀리 가까이 움직이더니 흘끗 나를 쳐다보았다. 그는 무슨 말인가를 하려는 것 같았다. 그러나 다시 허공 측정 작업으로 돌아가 열심히 고개를 갸웃거렸다.

"무얼 만들고 싶은지 얘기하면 내가 적당한 크기를 가르쳐주지."

또 한 번의 내 호의에 그는 아무런 반응도 보이지 않았다.

나는 이런 작자들을 어떻게 다루어야 하는지 잘 알고 있었다. 그가 귀를 기울이건 말건 나는 은밀한 목소리로 이런저런 얘기를 들려주었다. 이 병동에서 끗발 좋은 친구가 누구누구이며 수간호원의 첩보원은 누구인가, 함부로 속을 터놓아서는 안 되는 입싸개는 또 누구인가 등등. 허공을 측정하는 그의 손길이 차츰 느려지는 것으로 보아 그가 내 얘기에 귀를 기울이고 있음은 분명했다. 그것이 확인되자 나는 얼마 전에 있었던 사고 이야기를 해주었다. 늘 벙어리 행세를 하며 아무도 상대하지 않던 한 환자가 형식이라는 주먹패 출신에게 두들겨 맞아 척추에 금이 가고 말았다고. 하지만 아무도 그를 동정하지 않았고 형식에게 책임을 묻지도 않았노라고. 그러자 그는 슬그머니 고개를 내 쪽으로 향했다.

"만약에 말이오. 내가 댁이랑 말문을 튼다면 다른 사람들과 얘기하지 않아도 별일 없이 해줄 자신이 있소?"

나는 기쁨을 억누르기 위해 안간힘을 써야 했다. 또 한 명의 환자가 내 고객철에 등록되는 순간이었다. 더구나 그는 내가 짐작했던 대로 희귀 종족임에 틀림없었다.

"자네 이름이 백성인이라고 했던가. 여기가 처음이니 아직 이 병동이 어떤 시스템으로 움직여지는지도 잘 모를 테지. 하지만 자네가 조금만 더 이곳 생활에 익숙해진다면 내게 그런 질문을 한다는 게 얼마나 우스운 일인가를 알게 될걸세. 여기 있는 70명은 모두 내가 정기적으로 심리상담을 해주는 내 환자들이란 말이야. 그러니 자네가 내게만 모든 문제를 털어놓는다면 아무도 자넬 해치지는 않아."

그는 한결 마음이 놓이는 기색이었지만 여전히 고개를 저었다.

"하지만 그것만으로는 충분하지 않아요. 내게 언제까지고 진정한 친구가 되겠노라고 약속할 수 있어야 해요. 변심하지 않고, 우리 사이에 다른 누구도 더 끼워 넣지 않고, 또 내가 한 얘기는 누구에게도 옮기지 않겠다고 말예요."

"그러지. 그건 친구로서의 도리이기도 하고 의사로서 환자를 대하는 태도이기도 해. 자, 이젠 내게 자네가 무슨 이유로 이곳에 왔는지를 이야기해도 되겠지."

그로부터 그 이유를 들을 수만 있다면 나는 어떤 맹세라도 할 생각이 있었다. 그는 한참을 더 머뭇거리다가 어쩔 수 없다는 듯 입을 열었다.

"대수로운 일이 아니었어요. 그저 자물쇠를 잠갔을 뿐이에요. 커다란 장롱이었죠."

"그게 모두란 말인가."

"그게 모두예요."

나는 슬슬 진짜 흥미가 모이기 시작하는 것을 느꼈다. 이런 종류의 수수께끼를 푸는 데 있어서는 나를 따라갈 사람이 없었다.

"아주 단단한 장롱이었겠군."

"물론이죠."

"그러고 나서 자네는 무얼 했나. 그 장롱을 잠그고 나서 말일세."

"아무것도 하지 않았어요. 그냥 그 앞에 앉아 있었어요."

"좋아. 그렇다면 이제 내게 그 속에 무엇이 들어 있었는지 말해 주겠나."

"김도상 씨가 들어 있었어요. 가구 사업부 실장이었죠."

다음 질문을 생각하느라 잠시 동안 정신이 없었다. 그가 왜 장롱 속으로 들어가 있었느냐, 거기서 무얼 하고 있었느냐 등등. 그러나 그때 백성인은 저쪽으로 걸어가고 있었다. 나는 쫓아가서 그를 붙들고 얘기를 나누다 말고 사라지는 법이 어디 있느냐고 야단을 쳤다. 그러자 그는 오히려 놀라는 표정을 지었다.

"이렇게 많은 얘기를 했는데 아직도 얘기를 나누는 중이었단 말입니까. 오늘분은 충분히 한 것 같아요."

나는 그를 다루기가 여간 까다로운 일이 아니라는 것을 깨닫고 고개를 끄덕여주었다.

"그렇다면 오늘은 그만하도록 하지. 하지만 한 가지만 대답해주게. 그 양반이 장롱 속으로 들어간 게 무슨 까닭이었나."

"제가 들어가도록 만든 까닭이었죠."

그는 다시 허공에다 손바닥 상자를 만들며 걸어가버렸다.

내가 더 이상 그를 따라붙으며 성가시게 굴지 않은 것은 아내의 마지막 부탁을 잊지 않고 있었기 때문이었다. 그녀는 늘 입버릇처럼 말했었다. 제발 너무 많은 일에 나서서 참견하지 말아요. 사사건건 호기심으로 코를 들이밀지도 말구요. 당신이 그러지 않아도 세상은 그럭저럭 굴러가게 마련이라구요. 물론 그녀의 그런 당부에 대해 나는 대꾸할 말이 얼마든지 있었다. 이를테면 이런 것이었다. 하지만 내가 박 선생에게 그 돈을 융통해주지 않았다면 그 사람 지금쯤 아주 곤란한 형편에 처해 있었을 거야. 그러면 그녀는 한숨을 내쉬며 고개를 저었다. 덕분에 지금 아주 곤란한 형편에 처해 있는 건 우리죠. 박 선생이란 사람은 휘파람을 불고 있구요.

아내가 하고자 했던 말을 내가 이해하지 못한 것은 아니었다. 또 그녀의 말에 동의하지 않는 것도 아니었다. 나는 지나치게 많은 일에 끼어들어 사람들로 하여금 내게 무언가를 기대하도록 만들었고 따라서 내 아내를 힘들게 만들고 있었다. 그리고 그 일들의 대부분은 애당초 내가 끼어들지 않았더라면 아무도 내게 기대하지 않을 성질의 요구들이었던 것이다. 그러나 이해할 수 없는 것은 나 자신이었다. 이상하게도 나는 귀를 간질이는 소문들을 견디지 못했다. 어디 사는 누구에게 무슨 일이 생겼다더라 하는 소문만 들리면 나는 현장으로 달려가야 했다. 그래서 소문의 진상을 밝혀내야만 했다. 그 대가로 내게 돌아오는 것은 언제나 두 어깨에 지워진 묵직한 짐이었다. 나는 몇 사람 사이의 불화를 식히기 위해 이쪽저쪽으로 쫓아다니며 말을 전하기도 했고 때로는 빚잔치를 돕느라 급전을 빌려주기도 했다. 그런 행동들이 아무런 보상도 받지 못한다는 것은 누구보다도 나 자신이 더 잘 알고 있었다. 하지만 나는 정말 어찌할 수 없는 위인이었다. 그렇게 난리를 치느라 지쳐 늘어졌던 몸도 며칠이 지나면 다시 새로운 소문을 찾아 귀를 세우는 것이었다.

제발 너무 많은 일에 나서서 참견하지 말아요. 이제부터라두요. 당신이 그러지 않아도 세상은 굴러가게 마련이에요. 마지막 말을 남기는 자리에서까지 아내는 그렇게 내 걱정을 썼다. 그건 정말 감동적인 문장이었다. 마지막 자리에서까지 내 일에 마음을 쓰다니. 그런 걸 보면 아내는 결국 나와 다르지 않은 종류인 모양이었다. 그런데 한 가지 아내가 잘못 생각한 것이 있었다. 내가 언제나 염려하는 대상은 세상이 아니라 사람들이라는 사실이었다. 세상 따위가 굴러가건 미끄러져가건 그건 내가 상관할 바가 아니었다. 하지만 만약 연인에게 냉대받은 한 노총각이 막소주라도 퍼마시고 비틀거리다 빙판에서 미끄러져 넘어지기라도 한다면 아마 너무도 가슴 아픈 일이 될 터였다.

　며칠이 지나도록 나는 백성인과 다시 조용히 이야기할 시간을 갖지 못했다. 사실 난 좀 바쁜 편이었다. 내게 심리상담을 원하는 환자들이 어지간히도 많았기 때문이다. 그들은 보이지 않는 줄을 선 사람들처럼 차례차례 내게 다가와 고민들을 늘어놓았다. 벌써 3주일째 아무도 나를 면회 오지 않아요. 소변을 서서 보는 여자들도 있다면서요. 그게 사실일까요. 그런 여자를 만난다면 당장이라도 모든 것을 새로 시작할 수 있을 것 같은데……. 더러는 이번 선거 때문에 속을 태우는 친구도 있었다. 지금 나는 여기 있을 몸이 아니야. 제기랄, 그런 뻔뻔스러운 자식이 감히 국회의원 선거에 출마하는 꼴을 보고 있어야 한다니. 제발 날 좀 내보내줘. 며칠만이라도 좋아. 자넨 수간호원이랑 얘기도 제법 통하잖아.

서너 명의 환자만을 상대해도 제대로 된 상담을 해주려면 진이 빠졌다. 저녁 식사 후의 자유 시간은 어느 결에 흘러가버리기 일쑤였다. 그러고는 나도 편안히 쉴 수 있는 시간이 필요했다. 도무지 내 쪽에서 그를 찾아가 상담 신청을 유도해낼 틈이 없었던 것이다.

그가 내 옆자리에 앉아 있음을 우연히 발견하게 된 것은 금요일 오후 영화관에서였다. 그는 몸을 똑바로 세우고 두 팔을 가지런히 모은 채 잔뜩 긴장된 표정으로 주위를 두리번거리고 있었다. 아마 그로서는 이런 분위기의 영화관에 들어와본 적이 없었을 것이었다. 여덟 개의 병동에서 모여든 3, 400명가량의 사람들은 저마다 다른 병동의 친구들을 찾기 위해 목을 빼어 고함을 쳐대고 있었다. 안부 인사를 나누고 우스갯소리를 던지고 누구는 어떻게 되었느냐고 묻기도 했다. 이제 곧 나가게 될 테니 용기를 잃지 말라고 격려하는 사람도 있었다. 이곳에 처음 들어온 사람이라면 누구나 가장 먼저 놀랄 일이 있었다. 자기 문제는 제쳐두고 다른 사람부터 걱정하는 여기 사람들의 따뜻한 마음씨였다.

"저기 실내화를 옆구리에 꼭 끼고 앉은 친구 보이지."

나는 그의 긴장을 풀어주기 위해 먼저 말문을 열었다.

"유심원이라는 친군데, 저 친구 옆을 지나갈 때는 아주 조심해야 해. 자칫 그 신발이라도 건드렸다간 난리가 벌어져. 누가 자기

신발을 뺏어가기라도 하려는 줄 알고 괴성을 지르며 멱살을 잡고 늘어진다니까."

"별로 좋아 보이지도 않는데요."

"4년 전엔 제법 괜찮았어. 하지만 문제는 그게 얼마나 비싼 신인가가 아니야. 저걸 준 사람이 옛날 애인이라나 뭐라나. 친구는 저 신을 잃어버리지만 않으면 언젠가는 그 망할 여자가 돌아와주리라고 믿고 있는 거야."

"그렇다면 절대 저 신을 잃어버리지 말아야죠."

"신을 잃어버린다면 차라리 그 여자를 포기할 수 있게 되지 않을까."

백성인은 갑자기 눈을 부라리며 나를 노려보았다.

"무슨 소리를 하는 거예요. 댁이 환자를 치료하는 방법은 늘 그런 식이었나요."

"아니야. 난 그저 자네 생각을 한번 떠보았을 뿐이야."

이제 나는 그 이야기를 시작해도 좋을 만큼 충분히 그가 달아올랐다고 생각했다.

"하지만 그러는 자네는 왜 김도상 실장을 장롱 속에 처넣고 자물쇠를 잠가버렸는가."

"그건 문제가 달라요. 그 양반은 모든 걸 너무 쉽게 포기하는 습성이 있었다구요."

그는 다시 오늘분의 이야기를 시작할 준비가 갖춰진 모양이었다. 그러나 그때 영화가 시작되었다. 요란한 음악이 울리며 화면을 가득 메운 하늘 위로 공군 비행기 몇 대가 날아들었다. 마치 석양으로부터 탈출하려는 몇 마리의 새처럼 그들은 이쪽을 향해 날갯짓해왔다. 사람들은 소리를 지르고 박수를 쳐대었다. 음악 소리, 비행기 엔진 소리, 환자들의 열광하는 소리. 또 누구는 가서 모조리 죽여버리라고 고함을 쳤다. 그 틈새로 백성인은 내 귀를 잡아당기더니 악을 썼다.

"그 양반은 모든 걸 너무 쉽게 포기하는 습성이 있었어요. 아시겠어요. 아직 우리에겐 충분한 희망이 남아 있었단 말예요."

나는 더 이상 참지 못하고 벌떡 일어나 공군기 조종사들에게 소리를 질렀다. 부숴버려. 모조리 부숴버려. 하지만 사람들은 다치지 않도록 해. 제발 부탁이야. 뒤에서 누군가가 끌어당겨 나는 다시 의자에 주저앉아야 했다. 나는 등 뒤를 향해 한바탕 욕지거리를 늘어놓았다. 물론 뒤에서도 만만찮은 욕설이 돌아왔다. 목소리가 낯설지 않았으므로 나는 마음 놓고 욕을 계속했다. 그렇게 한참을 주고받다가 주위 사람들의 만류를 받고 그만두었다. 한결 기분이 좋아져 있었다. 석양을 탈출하던 괴조怪鳥들은 이제 거대한 광장에 내려앉고 있었다. 그가 다시 내 귀를 잡아당겼다.

"난 미래에 대한 희망 따위를 얘기하는 게 아니에요. 적어도 우리를 지켜나갈 수는 있다는 희망이었죠."

"이건 굉장해. 최근엔 이런 영화가 없었어. 공군기 조종사의 전쟁과 사랑을 그린 거지. 자넨 상상할 수 있겠나. 공군기 조종사들이 한번 출격할 때마다 얼마나 많은 사람의 심장을 멎게 하는지 말이야. 그러면서도 그들은 자기 심장의 짝을 찾아 늘씬하게 빠진 여자들 뒤꽁무니나 따라다닌다구. 웃기는 일이지. 가장 현실적인 비극이기도 해."

나는 열심히 얘기했지만 혼자서 떠들어댄 꼴이 분명했다. 내 말에 이어서 그가 다시 무슨 소린가를 잔뜩 떠들어대었는데 도무지 아무것도 알아들을 수가 없었던 것이다. 영화관 속은 여전히 많은 소리로 시끄럽기 그지없었으니까. 별수 없이 나는 그의 귀를 끌어당겨 이렇게 말했다.

"내일 오후 대청소 끝나고 나랑 얘기 좀 할까."

그는 고개를 끄덕였다. 그래서 나는 영화 관람에 열중할 수 있었다.

다음 날 오후 대청소가 끝났을 때, 그러나 나는 어디에서도 그를 찾을 수가 없었다. 그러고 보니 청소 시간 중에도 줄곧 그가 보이지 않았던 듯했다. 청소를 시작할 때까지만 해도 분명히 있었는데 그사이에 어디로 사라진 것일까. 나는 병동 구석구석을 빠짐없이 뒤졌다. 화장실, 목욕탕, 침대 밑, 탁구대 밑, 그리고 모든 방을 차례로 뒤졌다. 그러나 그는 어디에도 없었다. 그를 알 만한 사람을 만나면 나는 혹시 그가 어디 있는지 아느냐고 물어보았다. 그러면 그들은 자기 문제를 의논해왔다. 왜 이렇게 날씨가 화창한

지 모르겠다. 비를 내리게 하는 방법은 없느냐. 나는 그들을 밀쳤다. 그런 얘기를 나누고 있을 때가 아니었다. 내 환자들 중에서 가장 희귀한 종족의 한 사람이 사라져가고 있었다.

병동이 그날처럼 넓어 보인 적도 없었다. 나는 그곳을 돌고 또 돌았다. 아마 네댓 번쯤 순회 점검을 했을 것이었다. 그러나 여전히 백성인은 나타나지 않았다. 토요일 오후에는 특치고 외치고 아무것도 없었으므로 그가 공식적으로 외출했을 가능성은 없었다. 내 행동을 수상쩍은 눈으로 지켜보던 박 간호사가 다가와 무슨 일이냐고 물었다. 혹시 침대에 묶이고 싶다면 얘기만 하라고, 자기가 아주 단단히 묶어주겠노라고. 나는 그에게 고자질 따위를 할 생각은 없었다. 그러나 아무래도 나 혼자서는 백성인의 행방을 밝힐 도리가 없었다. 그래서 그에게 백이 어디 갔는지 혹시 아느냐고 물어보았다. 그는 빙그레 웃더니 이렇게 비꼬았다. 아마 의사 선생한테 심리상담받는 게 두려워서 도망이라도 간 모양이지. 나는 그런 작자에게 도움을 구한다는 게 어리석은 일이라 단념하고 혼자만의 수색을 계속했다. 그러나 마침내 간호진에서도 그의 실종을 알아차린 것인지 야단법석을 떨기 시작했다. 그들은 이미 내가 수십 번도 더 뒤진 자리들을 또 뒤지더니 나를 불러서 마지막으로 백성인을 본 것이 언제였느냐고 물었다. 나는 그들에게 말해주었다. 더 늦기 전 병원 내에 비상을 걸라고. 이 좁은 병동 안에 그가 없다는 것은 너무도 분명한 사실이라고. 결국 병동 내부에는 진짜 비상이 걸렸다.

마침내 그가 모습을 드러낸 것은 저녁 식사 시간이 다 되어서 였다. 빨랫감을 밖으로 옮겨 나가려던 심 간호사는 수레가 여느 날보다 무거운 것에 고개를 갸웃거렸다. 그러자 빨랫감들이 움직이기 시작했다. 가운이며 침대 시트들이 헤쳐지고 그 사이로 마술이라도 부린 듯 백성인이 우뚝 솟아오른 것이었다. 심 간호사는 비명을 지르려다가 생각을 바꿨는지 이렇게 소리 질렀다. 여기 있다! 반가워서 어쩔 줄 모르는 그런 목소리였다. 사람들이 모여들었고 백성인은 심 간호사의 손에 부축받으며 우아하게 빨랫감 수레로부터 내려왔다. 그는 갓 태어난 태아처럼 눈살을 잔뜩 찌푸리고 있었다. 빛이 성가시고 모여 선 사람들이 성가시다는 듯. 이 동네를 드나든 지 벌써 10년이 넘었지만 나는 아직 누구도 빨래 통에서 술래잡기를 했다는 소리는 들은 적이 없었다. 누군가가 박수를 치기 시작했고, 사람들은 모두 그 대열에 참가했다. 나도 그러지 않을 수 없었다. 박수 소리는 휘파람과 환호성으로까지 번졌다.

잠시 후 사람들이 흩어지기 시작했을 때 나는 당연히 그 자리에 남아 백성인을 돌보아야 했을 것이었다. 그가 마음의 안정을 취하도록 손이라도 잡아주고 왜 그 속에 들어가 있었는지 물어주기도 해야 했을 것이었다. 나는 그의 의사였던 것이다. 그러나 내가 다른 사람들과 함께 뒤돌아서 흩어지는 대열에 낀 것은 주

눅이 든 까닭이었다. 무려 네 시간이 넘도록 빨래 통 속에, 냄새
나는 가운과 시트들 속에 쪼그리고 앉아 있던 그에게 풀이 죽은
까닭이었다. 왜라는 질문도 그런 희귀종 앞에서는 별 의미가 없
었다.

"미안해요. 약속을 못 지켜서 말예요."

나중에 오히려 먼저 말을 걸어온 쪽은 그였다. 나는 고개를 끄
덕이며 대충 얼버무렸다.

"괜찮아. 바쁘면 그럴 수도 있는 일이지 뭐."

"언제 나와야 할지 알 수가 없었어요. 그 속엔 시간 따위는 없
었거든요."

이미 얘기한 바 있겠지만 그는 다른 사람들과 어울리는 것을
몹시도 싫어하는 경향이 있었다. 뭐랄까. 그에게는 대인 관계에 대
한 혐오증 같은 것이 있는 듯했다. 누군가 그에게 말을 걸기 위해
다가가면 그는 반드시 직각으로 꺾어서 달아났다. 투약 집합시간
에도 그는 사람들과 함께 줄 서는 것을 견디지 못했다. 따라서 그
의 차례는 언제나 제일 마지막이었다. 사람들은 모두 그를 손가락
질하고 그의 험담을 늘어놓게 되었다. 그런 신세가 된 사람이 겪
는 가장 고달픈 일은 어깨패들이 그를 점찍게 된다는 사실이었다.
사람들이 손가락질하는 친구는 건드려도 뒤탈이 없다는 점 때문
이었다. 실제로 나는 이미 김형식 같은 작자가 그에게 눈독을 들

인다는 소문을 듣고 있었다.

"이봐, 자넨 꼭 죽은 내 마누라 같구만."

사정을 너무 잘 알고 있었던 터라 나는 자꾸 그에게 말을 시키고 싶었다.

"형수님이 어쨌길래요."

"지금 자네가 어쩌고 있는가만 생각해보면 알 수 있을 걸세."

아내는 언제나 다른 사람들 일로 분주한 나를 몹시도 못마땅해했었다. 그러나 솔직히 얘기하자면 아내는 백성인 정도로 꽉 막힌 구멍은 아니었다. 가까운 사람들과는 그럭저럭 얘기도 잘했고 챙겨주기도 잘했다. 오히려 내가 지나친 점이 없지 않아 있었을 것이었다.

"아주 사려가 깊은 분이었겠군요."

그건 사실이었다. 아내는 아주 생각이 깊은 여자였다. 내가 사촌에게 돈을 빌려주느라 근저당을 설정했던 우리 집이 은행 관리로 넘어간 사실을 먼저 안 것도 그녀였다. 또한 그 돈이 되돌아올 가능성이 전혀 없음을 더 잘 알고 있었던 것도 그녀였다. 그러자 그녀는 내게 아무런 말도 하지 않았다. 혼자서 속을 썩이며 이리저리 뛰어다니다 쓰러져버린 것이었다. 의사는 그녀의 졸도와 혼수상태에 대해 이렇게 말했다. 아무 곳도 이상은 없어요. 하지만 신경의 긴장 상태가 너무 오래 이어진 것 같군요. 이런 경우에는 대체로 가능성을 기대하기 힘들죠. 과연 그의 말대로 아내는 다시 깨어나지 못했다. 그런데 그녀가 얼마나 생각이 깊은 여자였는가 하면 그녀는 쓰러지기 전에 이미 자신에게 일어날 일들을 예측하고 내 앞으로 유서를 남겨두었을 정도였다. 제발 이제부터라도 너무 많은 일에 나서서 참견하지 말도록 하라고, 아내는 그런 여자였던 것이다.

아내가 나를 어쩔 수 없었듯 나도 아마 그 친구를 어떻게 하기는 힘들 모양이었다.

그는 사회에 있을 때 가구 디자이너로 일했노라고 했다. 미술대학에서 산업디자인을 전공하고 곧바로 가구 디자인 쪽으로 들어섰다는 것이었다. 하지만 이미 졸업하기 전부터 그는 가구 디자인에 손을 대고 있었다. 응용미술품 대회지 뭔지에 직접 출품을 해서 등위에 오른 적도 있었다고 했다.

"세 개의 상자로 이루어진 것이었어요. 겹쳐놓을 수도 있고 나란히 놓을 수도 있고 세울 수도 눕힐 수도 있는 아주 자유로운 형태였죠. 게다가 내부 공간까지 마음대로 변형시킬 수 있는 것이었다구요."

그가 처음 일을 시작할 무렵만 해도 가구 디자이너라는 것이 전문적인 직종으로 정착된 형편은 아니었다. 그는 뜻이 맞았던 친구 몇 명과 함께 손을 잡고 일종의 디자이너 클럽을 만들었다. 그들의 구상을 이해한 후원자가 자금을 대어 회사 법인을 설립했다. 몇 년 동안은 열심히들 일했다. 그러나 시간이 흐르면서 차츰 그들의 뜻이 너무 순진했음을 알게 되었다. 디자인만으로 시장 경쟁에서 이기기에는 아직 세상이 성숙하지 못했던 것이다. 게다가 대기업들은 앞다퉈 외국 가구들을 수입해 들여왔다. 회사는 역부족을 절감하고 문을 닫아야 했다. 함께 일을 시작했던 동료들은 대부분 경기 좋은 근처의 업종들로 옮겨갔다. 인테리어라든가 팬시 소품 디자인 쪽이었다. 지금 그 친구들은 그런 업종들에서 한창 주가를 올리는 중견 디자이너로 성장해 있었다. 또다시 가구사를 택해서 가구 만들기만 고집한 사람은 그뿐이었다.

"저라고 왜 유혹의 손길이 없었겠어요. 특히 인테리어 쪽에서 훨씬 나은 대우를 해주겠다는 스카우트 제의가 여러 차례 있었죠. 하지만 번번이 거절했어요. 나는 가구 디자이너였거든요. 아시겠어요. 난 가구 디자이너였단 말입니다."

어쩐지 나는 그에게 왜 가구 디자인을 그렇게 좋아하느냐고 물어봐주어야 할 것 같았다. 가구장이들이 인테리어나 팬시 쪽보다 자부심이 강하다는 얘기는 들은 적이 있었다. 장삿속으로만 물건을 만드는 게 아니라 오래오래 남을 작품을 만들어낸다는 장인정신이 있다는 것이었다. 그러나 백성인의 고집이 꼭 그런 것인지 어떤지 가늠할 수는 없었다.

"가구 디자인을 시작하는 데 무슨 특별한 이유라도 있었나."

그는 눈을 몇 차례 껌벅이더니 이렇게 되물었다.

"어릴 때 혹시 집에서 쌀뒤주라는 걸 썼었나요."

"물론이지. 대청마루 한구석에는 늘 그게 놓여 있었지. 굉장히 무겁고 단단한 놈이었어. 아마 참나무로 만들어진 것이었을 테지. 내가 올라가서 아무리 뛰고 굴러도 까딱없었다구. 덮개를 여는 데만 해도 상당히 힘이 들어갈 정도였으니까."

나는 오래도록 잊고 있었던 친구라도 만난 듯 신이 나서 떠들었다.

"쌀뒤주는 모두 그렇죠."

"자네 집에도 그게 있었던 게로군."

"아주 어렸을 때였어요. 여섯 살이나 일곱 살쯤 되었을 거예요. 난 아버지께 물어보았죠. 내가 도대체 어디서 나온 거냐구요. 아버지는 껄껄 웃으시더니 바로 그 쌀뒤주를 가리키더군요. 이건 네가 좀 더 크면 가르쳐주려 했다만 할 수 없구나. 넌 저기서 나왔단다. 하지만 다른 사람들에겐 아직 얘기하지 않도록 하려무나."

"대단한 양반이셨구만."

"그 뒤로 그 뒤주는 내게는 고향 같은 존재가 되었어요. 혼자 집을 지킬 적이면 나는 늘 그 속에 들어가 있곤 했어요. 덮개를 닫고 캄캄한 곳에 웅크리고 있으면 내 숨소리밖에는 아무것도 들려오지 않았죠. 그렇게 앉아서 나는 옛날에 내가 거기서 무얼 했을까를 상상해보곤 했어요. 그리고 왜 내가 밖으로 나왔을까도 생각해봤어요. 뒤주 속은 정말이지 평화로운 동네였거든요. 아마 나는 더 이상 들어갈 수 없을 만큼 커질 때까지 그곳 출입을 계속했을 거예요. 그 후 내가 다시 무언가 속으로 들어가기 시작한 것은 고등학교 2학년 때였어요. 집이 한창 엉망일 때였어요. 어머님이 돌아가시고 가까운 친척에게 빌려주었던 돈이 몽땅 날아가고 아버지는 날마다 술로 밤을 지새우고, 그럴 때였어요. 난 이번에는 내 방의 커다란 붙박이장에서 피신처를 찾았어요. 옷장 속으로 들어가본 적이 있으세요. 나이가 제법 든 다음에 말예요. 거긴 정말 훌륭한 곳이에요. 나이 든 사람들이 고향 삼기에는 더없이 좋은 곳이죠."

"그래서 자네는 가구 디자인을 선택한 게로군."

"그런 이유도 있었을 거예요. 하지만 그 일을 시작한 이후로는 한동안 그런 버릇은 사라졌어요. 가구를 만든다는 사실만으로도 충분했는지 모르죠."

내가 가장 이해할 수 없는 사람들은 언제나 말수가 없는 듯 입을 굳게 다물고 있는 사람들이다. 그들은 깨어 있는 시간의 거의 대부분을 말하지 않고 보낸다. 누가 무슨 말을 걸어도 대꾸조차 않을 기색들이다. 그러나 입을 여는 단 몇 프로의 시간이 되면 그들은 별안간 청산유수가 된다. 속을 게워내듯 열정적으로 모든 얘기를 털어놓는다. 그리고 어느 순간 다시 입 다문 화상으로 돌아가는 것이다. 그런 다음이면 그들은 이미 표정에서부터 사람들을 거부하게 된다. 그때 내가 백성인의 얼굴에서 발견하게 된 것도 다시 침묵으로 돌아간 그 표정이었다. 나는 그의 입을 더 열기 위해 이런저런 말을 찔러보았다. 자네가 얘기를 이렇게 잘하는 줄은 미처 몰랐군. 자네가 만들어낸 가구들도 틀림없이 대단할 거야. 특히 장롱들은. 그런데 왜 건축 설계를 하지 않고 가구 디자인을 시작했나……. 하지만 그 어떤 말로도 이미 닫힌 그의 입은 열 수가 없었다.

그런 작자들은 아마 그렇게 생각하는 경향이 있는 모양이었다. 말이란 건 쓸데없는 허섭스레기에 불과하다고, 입과 혀는 다만 밥을 삼키고 트림이나 올리기 위해서 있는 것이라고. 어쩌면 그들은 참된 삶이라는 게 뒤주나 장롱 속에 존재한다고 믿고 있을지도 모를 일이었다. 내가 그런 부류에 속하지 않는다는 건 실로 다행스러운 일이었다.

다시 한번 그와 활기 있는 대화를 나눌 수 있었던 것은 사나흘이 지나서였다. 그의 행동이 조금 수상쩍음을 눈치채고 다가갔던 나는 그가 아주 작은 갑 하나를 들고 서성거리고 있음을 알게 되었다. 아기 손가락 두 개나 될 성싶게 작은 나무로 만든 상자였다. 겉모양도 제법 그럴듯하게 디자인되어 있었고 덮개도 단단하게 붙어 있었다. 허공에 손바닥을 휘둘러가며 측정하던 상자가 결국은 이렇게 쪼끄만 꼴로 나타난 것이었을까. 그러나 나는 아무것도 묻지 않고 조용히 그의 뒤를 따라 움직이기만 했다. 그는 무언가를 찾고 있음이 분명했다.

"어디로 가면 바퀴벌레를 찾을 수 있을까요. 살아 있는 놈으로 말예요."

마침내 그는 혼자서는 힘들다고 판단했는지 내 조언을 구했다. 나는 그를 목욕탕으로 안내했다.

"여기서 잠시 기다리면 나타날 거야."

우리는 문턱에 나란히 걸터앉았다.

"정말 나타날까요."

"물론이지. 믿음을 갖고 기다려보라구."

나는 그의 분위기를 망치지 않기 위해 조심하며 이렇게 물었다.

"목공예반에서 만든 모양이지. 아주 근사해. 밖으로 나가면 나는 가장 먼저 자네가 만든 장롱 한 짝을 사겠네."

"이건 아무것도 아녜요."

그는 쑥스러운 듯 말꼬리를 얼버무렸다.

"김형식이 자네한테 무슨 얘길 했나. 어제 보니까 꽤나 귀찮게 구는 것 같던데."

"아무것도 아녜요. 어딜 가나 그런 작자들은 있게 마련이잖아요."

"그건 그래. 어딜 가나 곰팡이는 있게 마련이지. 아마 자네한테 돈을 만들어내라고 윽박질렀겠지."

그는 두 눈의 초점을 모아 벽면이며 천장을 살피느라 정신이 없었다. 내가 묻는 말들에는 그저 건성으로 대꾸를 할 뿐이었다.

"그런 사람들이 나를 어떻게 대하는가는 조금도 중요한 문제가
아니에요. 문제는 친구들이죠."

"자네한테도 친구들이 있었나."

"무슨 소리를 하는 거예요. 친구들이 없는 사람도 있나요. ……
하지만 그렇군요. 지금은 없어요. 지금 내게는 친구라곤 하나도
없어요. 아."

그는 천천히 몸을 일으켰다. 맞은편 벽에 마침내 바퀴벌레 한
마리가 나타나 있었다. 아주 조심스럽게 그는 그쪽으로 다가갔다.
잠깐만에 바퀴벌레는 그의 사정권 안에 들어오게 되었다. 이제
그가 손을 움직이기만 하면 그놈은 영락없이 붙잡힐 형편이었다.
그러나 문득 그는 몸을 뒤로 빼며 중얼거렸다. 아직 너무 어린 놈
이군요. 더 살 권리가 있어요. 아닌 게 아니라 그놈은 너무 작아
보였다.

"그래, 자네 친구들에게 무슨 문제가 있었단 말인가."

"친구라뇨, 금방 말씀드렸잖아요. 난 친구라곤 하나도 없다고."

"그건 큰일이군. 친구가 없이는 살아갈 수가 없어. 그러니까 김
형식 같은 작자도 자넬 함부로 여기는 것 아닌가."

그는 두 손바닥 사이에 얼굴을 묻고는 힘껏 문질렀다.

"걱정 말아요. 난 그런저런 걱정 없이 살 수 있는 곳을 알고 있
으니까."

결국 그는 바퀴벌레 한 마리를 생포할 수 있었다. 그가 원했던

큼직한 놈으로. 그는 그것을 상자 속에 집어넣고 덮개를 꽉 막았다. 그 작업을 마쳤을 때 그는 더할 수 없이 행복해 보였다.

"이제부터 이놈이 어떤 일을 하게 될지 알고 있나요."

"글쎄, 자네 친구라도 된다는 건가."

"틀렸어요. 하지만 아주 틀린 건 아니군요. 이놈은 제 첩보원 노릇을 하게 될 거예요."

그 상자를 그는 침대 매트리스 아래에 집어넣었다. 너무 작은 것이었으므로 아무런 표시도 나지 않았다.

며칠이 지난 목요일 저녁 그는 내게 은밀히 다가와 이렇게 말했다. 오늘 오후 그 상자를 뒤뜰에 묻었어요. 사이코드라마를 보고 돌아오는 길에요. 이젠 정말 그놈을 성가시게 굴 일은 아무것도 없을 거예요. 그놈은 방해받지 않고 임무를 수행하게 되는 거라구요. 나는 그 임무라는 게 어떤 것인지, 그 바퀴벌레가 무슨 첩보원 노릇을 한다는 것인지 물어보았다. 그는 대답 대신 슬쩍 미소를 지으며 고개를 살래살래 흔들었다. 시간이 지나면 자연히 알게 될 거예요.

이곳 병동에서 이루어지는 일치고 불합리하고 무의미하지 않은 일이란 별로 없다. 모든 시간표며 조직 체계는 수용 환자들을 억압하기 위해서 마련되어 있는 것이다. 그러나 그중에서도 으뜸가는 바보 같은 일은 소위 집단치료라는 것이다. 애초의 목적과는 달리 그것은 종종 사람들을 더 상처받게 하고 따라서 더 단단한 껍질 속으로 움츠러들게 만들 뿐이다.

백성인을 대상으로 했던 첫 번째 집단치료 역시 별반 다를 바가 없었다.

치료실에는 의사를 포함하여 열일곱 명이 의자를 둥그렇게 만들어 앉아 있었다. 의사는 사람들에게 차례차례 백성인에 대한 의견들을 물어보았다. 이제 그가 한 식구가 되고 2주일 남짓이 지났는데 그동안 어떤 것들을 알아내고 느꼈느냐고. 사람들은 그저 눈길을 내리깔거나 한숨을 내쉴 따름이었다.

"백성인 씨는 너무 말이 없는 것 같아요."

"그는 다른 사람들이랑 좀 더 어울려야 해요. 늘 그렇게 혼자 있는 건 회복에 도움이 되지 않아요."

집단치료 점수에 관심이 높은 한두 명이 어쩌다가 그런 소리를 했다. 아마 그들은 더 많은 얘기도 할 수 있었을 것이다. 무엇이든 알기만 했다면. 내 차례가 되었을 때 나는 아무 말도 하지 않으리라 생각하고 있었다. 그러나 불쑥 이런 말이 튀어나왔다.

"난 그동안 많은 병동을 다녀봤어요. 하지만 어디서도 집단치료를 이런 식으로 하지는 않았어요. 환자들의 자발성이 없이는 아무런 치료 효과도 기대할 수 없다는 걸 의사 선생님도 잘 알고 있을 것 아녜요. 강제로 순서를 돌리지 말고 하고 싶은 얘기가 있는 사람이 스스로 말하는 게 어때요."

의사는 내 말에 순순히 고개를 끄덕였다.

"그렇게 한번 해볼까요. 자, 그러면 백성인 씨에 대해서 하고 싶은 얘기가 있는 사람은 자발적으로 한번 말해보도록 하죠."

그러나 아무도 먼저 얘기를 시작하려는 사람은 없었다. 모두들 서로 눈치만 살필 따름이었다. 그렇게 잠깐을 기다린 다음 의사는 다시 내게 말했다.

"또 다른 방법이 있나요."

제기랄. 나는 입을 다물고 있을 도리밖에 없었다. 그래서 순서가 계속되었다.

"백성인 씨는 좀 더 많은 얘기를 하도록 노력해야 할 것 같습니다."

순서가 끝났을 때 의사는 우리 모두에게 야단 비슷한 말을 한마디했다. 함께 사는 식구에게 이렇게들 관심이 없어서 어떡하느냐. 이건 백성인 개인의 잘못이 아니라 여러분 모두의 불성실을 나타내는 것이다. 여러분 모두의 회복 의지가 부족함을 드러내는 것이다. 그리고 그녀는 불쑥 화살을 내 쪽으로 돌렸다.

"모두 알고 있겠지만 지금 이 방 안에는 자칭 의사라는 사람이 한 명 앉아 있어요. 그는 틈만 나면 많은 사람에게 심리상담을 해준다고 들었는데 아마 백성인 씨에 대해서도 가장 많은 것을 알고 있을 테죠. 그의 견해를 좀 들어볼까요."

나는 그에 대해 아무런 말도 할 생각이 없었다. 사람들의 시선이 모두 나를 향해 쏠렸을 때도 그 생각에는 변함이 없었다. 이런 자리에서, 사람을 기계 부속품쯤으로 생각하는 의사 나부랭이를 상대로 나의 희귀종 환자를 해부할 생각은 없었다. 그러나 그때 나는 의사의 두 눈이 나를 노려보고 있음을 알게 되었다. 그 눈에는 어떤 협박의 뜻 같은 게 담겨 있었다. 얘기하기가 싫다면 우리 한번 주제를 옮겨볼까. 당신 부인은 어때. 당신이 죽인 당신 부인 말이야. 그건 마찬가지야. 당신이 죽였건 당신의 그 간섭하고 참견 하기 좋아하는 버릇이 죽였건 뭐가 다르겠어.

그녀가 그런 눈으로 나를 협박할 적에는 정말이지 도리가 없었 다. 나는 백성인에게 양해를 구하는 눈길로 잠시 쳐다보았다. 그 는 내 눈길 따위에는 아랑곳하지 않았다. 나는 아주 조금만을 얘 기하기로 마음먹었다.

"백성인 씨는 가구 생산 회사에서 디자이너로 일하고 있었습니 다. 그러다가 어느 날 그는 가구 사업부 실장 김도상 씨를 자신이 만든 장롱 속에 집어넣고 자물쇠를 잠갔습니다. 그리고 몇 시간 동안 그 앞에 앉아 있었습니다. 그래서 그는 이곳으로 들어오게 되었습니다."

"그게 전부인가요."

"전부입니다."

"김도상 씨를 장롱 속에 집어넣고 자물쇠를 채운 이유는 물어 보지 않았나요."

"물어보았습니다만 아직 대답은 듣지 못했습니다."

"자칭 의사시라더니 참 많은 것을 알아냈군요."

나는 여자들에게 비교적 관대한 편이었다. 관심도 많았을 뿐 아니라 가능하면 항상 이해하려고 애쓰는 편이었다. 그러나 이 윤경신이라는 여의사만큼은 도무지 호감을 갖고 대해줄 수가 없었다. 그녀는 아주 침착하고 자상한 듯했지만 사실은 차가운 비웃음으로 가득 차 있었던 것이다. 내 아내였던 여자와는 조금도 닮은 구석이 없는 사람이었다.

"그럼 이번엔 백성인 씨에게 직접 묻도록 하죠. 가구 사업부 실장을 장롱 속에 집어넣고 자물쇠를 잠근 사실이 있었던가요."

"네."

백성인은 짤막하게 대꾸했다.

"왜 그랬죠. 김도상 씨는 벌써 2년이 넘도록 백성인 씨가 함께 일해온 동료일 텐데."

두 번째 질문에 대해서는 그는 아무런 반응도 보이지 않았다. 그러자 의사는 좀 더 많은 이야기를 하기 위해 몸을 일으켰다.

"백성인 씨가 아트파크에서 일을 시작한 것이 아마 4년쯤 전이었죠. 거의 창업 멤버나 다름없다고 들었는데 사실인가요. 그렇다면 이유는 생각보다 간단하겠군요. 아트파크는 처음부터 그다지 전망이 좋지 않았어요. 사장이 자금력이 있었기에 한 몇 년 허리띠를 졸라매면 숨통이 트이겠지 하는 고집으로 밀고 나왔어요.

시간이 지나면서 그러나 인테리어 파트는 그럭저럭 제구실을 하기 시작했어요. 인테리어 시대가 시작된 까닭이었죠. 사장은 가구 파트를 축소하고 대신 인테리어 파트를 증원하기로 했어요. 백성인 씨에게도 인테리어 쪽으로 옮기라는 권유를 했어요. 하지만 백성인 씨는 그걸 거절했어요. 자기는 언제까지고 가구 디자이너일 뿐이라고. 게다가 가구 파트의 축소에 대해서 불만까지 표시했죠. 사장이 백성인 씨보다 2년이나 짧은 경력의 김도상 씨를 가구 파트 실장으로 앉힌 것은 그러니까 손을 들고 인테리어 파트로 옮기든지 회사를 나가든지 둘 중 하나를 택하라는 무언의 강요였어요. 어때요. 여기까지 사실과 다른 점이 있나요. 그렇다면 이유는 간단하죠. 백성인 씨는 사장의 그런 강요와 김도상 씨의 도전을 용납할 수 없었던 거예요. 가구 파트의 최고참으로 4년씩이나 이끌어오면서도 실적을 제대로 올리지 못한 책임은 생각지도 않고 말예요."

"훌륭하군요. 하지만 실적을 제대로 올리지 못했다는 얘기는 누구한테 들은 건가요."

뜻밖의 반문에 의사는 잠시 말이 없었다. 그러나 그녀는 곧 냉정을 되찾았다.

"그렇지 않고서야 가구 파트 축소론이 나왔을 리가 없잖아요."

"의사 선생님의 추리는 대단합니다만 한 가지 잊고 계신 게 있군요. 당신께선 디자인계에 대해서는 아는 게 별로 없다는 사실입니다. 말씀하셨듯이 아트파크의 가구부는 별 재미를 못 보았습니다. 하지만 그건 전체 가구류를 통틀어 하는 얘기고 제가 주로 맡았던 장롱이며 붙박이장 따위는 형편이 달랐습니다. 그동안 아트파크를 지탱시켜온 게 그런 상품들이었다고 해도 과언이 아닐 겁니다. 따라서 디자이너로서 제 개인의 경력은 결코 처지는 편이 아니었단 말입니다. 생각해보세요. 그렇지 않다면 사장이 왜 저를 인테리어 쪽으로 돌리려고 애썼겠습니까. 더 많은 월급을 제시하며, 사장은 제 감각을 높이 평가하고 있었던 겁니다."

"과연 그럴까요."

그녀는 여전히 냉소적이었다. 그러나 나는 이제껏 백성인 씨가 이처럼 침착하며 적극적인 자세로 대화에 임하는 것을 본 적이 없었다. 과연 나의 희귀종 환자답게 그는 여러 가지 얼굴을 갖고 있었다.

"문제는 가구업계 전반의 불황이었습니다. 그럴 수밖에 없는 형편이기도 하죠. 목재 건조 과정부터가 엉망이니까요. 인건비도 엄청나게 올랐고, 게다가 사장은 더 큰 욕심을 내기 시작했습니다. 그는 고만고만한 제품들로 국내 기업들과 도토리 키 재기를 하는 것은 아무런 소득이 없다고 판단하고 최고급 가구들을 수입하기로 한 것입니다. 스칸디나비아 반도에서, 아시겠지만 스칸디나비아 가구라 하면 엄청난 고가품들 아니겠습니까. 장롱 한 짝에 몇천만 원, 소파 한 세트에 몇천만 원을 호가하는 것들이죠.

이만저만한 사치가 아니에요."

"백성인 씨가 그 정도로 애국자인 줄은 미처 몰랐군요."

"가구를 수입한다는 건 있을 수 없는 일입니다. 가구라는 건 우리의 생활공간을 직접 꾸미는 환경입니다. 그건 비단 언제나 그곳에 있을 뿐 아니라 알게 모르게 우리 속으로 다가들어 정서를 변화시키기도 하죠. 상아색 식탁에서 밥을 먹는 사람과 자주색 식탁에서 식사하는 사람이 서로 다른 기분을 갖게 되리라는 건 당연한 일 아니겠어요. 그렇게 중요한 가구를 노랑머리 코쟁이들의 것으로 수입한다는 건 있을 수 없는 일이란 말입니다. 장롱은 더욱 그렇죠. 장롱은 마음의 고향이니까요. 아니, 그건 모든 것의 고향이기도 하죠. 내가 김도상 씨를 그 속으로 집어넣은 건 그가 그런 사실을 깨닫지 못하고 있었기 때문입니다. 그는 사장의 스칸디나비아 가구 수입 계획에 적극적인 충성을 보인 인물이었거든요."

의사는 차갑게 미소 지으며 눈빛을 반짝였다. 무언가 꼬투리 잡을 단서를 찾아낸 것이 틀림없었다.

"그 점에 대해서 좀 더 길게 얘기해볼까요. 장롱은 마음의 고향이다. 아니, 장롱은 모든 것의 고향이다. 왜 백성인 씨는 장롱을 자신의 고향이라고 생각하게 되었을까요."

"내 고향이 아니라 모든 사람의 고향이죠."

"글쎄요. 그건 사람마다 생각들이 다를 테죠. 어디 여기 앉아

176

있는 분들께 한번 물어볼까요. 장롱이 자신의 고향이라고 생각하는 분은 손을 들어주세요."

그녀는 구두 소리를 또각거리며 백성인의 코앞을 어른거리고 있었다. 그러다가 사람들 사이의 작은 원을 맴돌았다. 손을 드는 사람은 아무도 없었다. 그녀는 별로 만족스러워하는 표정도 짓지 않고 다시 백성인 쪽으로 돌아섰다.

"대부분의 사람들에게 장롱이라는 건 오히려 다른 이미지와 연결되어 있을 거예요. 이를테면 도피처, 은닉처 같은 거겠죠."

점수 관리에 유난히 관심이 많았던 어떤 멍청한 녀석이 문득 손을 들더니 이렇게 떠듬거렸다.

"저, 이런 말씀을 드려도 될까요. 장롱이 은닉처와 연결된다는 의사 선생님 말씀은 정말 정확한 거랍니다. 고등학생 시절 저는 한 여자친구 집에 놀러간 적이 있었답니다. 집이 비어서 부모님 몰래 초대받아 갔던 거죠. 그런데 돌아오지 않기로 되어 있었던 그녀의 부모가 갑자기 초인종을 눌렀어요. 제가 갈 곳이라고는 그녀의 방 장롱 속밖에 없었답니다. 일곱 시간을 갇혀 있는 동안 그녀는 우유갑으로 다섯 번씩이나 제 오줌을 받아내야 했어요."

사람들은 피식피식 웃음을 지었고 어디선가 휘파람 소리가 들렸다. 의사는 그를 향해 고개를 한번 끄덕여주고 하던 얘기를 계속했다.

"그런 장롱이 고향이라는 엉뚱한 이미지를 가지려면 아마 어떤 특별한 기억이 있었을 거예요. 말하고 싶지 않다면 입을 다물고 있어도 좋아요. 그러나 그건 백성인 씨의 건강 회복에 조금도 도움이 되지 않는다는 사실만 잊지 마세요."

그녀는 걸음을 멈추어 서서 비스듬히 그를 내려다보고 있었다. 그것은 아주 불공평한 관계였다. 한 사람은 자유로이 걸어 다니며 내려다보고 있었고 한 사람은 얌전히 앉아서 올려다볼 것만을 요구당하고 있었던 것이다. 나는 그런 장면을 더 이상 묵인하기에는 너무 공정한 사람이었다.

"제발 의자에 앉으시죠, 의사 선생님. 이건 심문이나 고문이 아니라 집단치료예요. 몰아세운다고 좋은 결과가 나오는 건 아니잖습니까."

그녀는 그러나 내 말에는 들은 척도 하지 않았다.

"그 일이 있기 얼마 전부터 백성인 씨에게는 한 가지 이상한 버릇이 있었다죠. 장롱 속으로 들어가는 버릇 말입니다. 작업 시간 중에 갑자기 사람이 보이지 않아 찾다 보면 장롱 속에 웅크리고 있곤 했다더군요. 그것도 같은 이유에서인가요. 장롱이 백성인 씨의 고향이기 때문이었던가요."

정말이지 나는 그녀의 또각거리는 구두 소리를 참을 수가 없었다.

"이건 집단치료예요. 집단치료, 그 구두 소리 좀 그만 낼 수 없나요."

나는 제법 거센 투로 항의를 했고 이번에는 그녀도 무시하고 넘어갈 수만은 없는 형편이었다. 그녀는 무슨 말인가를 하려고 입을 벌렸다. 그러나 더 먼저 소리를 지른 쪽은 백성인이었다.

"입 좀 닥치고 있어요. 역성을 들 필요는 없어요. 친구 따위는 필요 없단 말예요."

그리고 그는 의사에게 벽시계를 가리켰다.

"시간이 벌써 지난 것 같군요. 소변이 급한데 먼저 일어나도 괜찮을까요."

의사는 고개를 끄덕였다. 그러나 마지막 한마디 남기는 것을 잊지 않았다.

"다음 시간에는 백성인 씨에게서 더 많은 얘기를 들어보도록 하죠. 여러분도 그동안 서로에게 좀 더 관심과 애정을 갖고 이야기를 나눠보도록 하세요."

그날 밤 백성인의 방에서는 약간의 소란이 있었다. 김형식의 패거리가 모여들어 문을 잠그고 백성인에게 이른바 정신교육이라는 걸 강행한 것이었다. 나는 그 사실을 알고 있었지만 그곳으로 접근할 수 없었다. 손을 쓸 도리도 없었다. 나뿐 아니라 야간 당직 간호사들도 그런 일이 일어나고 있음을 잘 알고 있었다. 그러나 그들에게는 그 일에 개입하고 싶은 의사가 전혀 없었다. 우리 사이의 일은 우리끼리 알아서 하라는 식이었다. 마침내 잠겼던 방문이 열리고 형식의 패거리가 사라졌을 때 나는 가장 먼저 그 방으로

달려갔다. 백은 두 번째와 세 번째 침대 사이에 갈대 채찍에 얻어
맞은 개구리처럼 쭉 뻗어 있었다. 나는 그를 들어 올려 침대에 눕
혔다. 비명을 지르지 않는 것으로 보아 뼈가 부러진 곳은 없는 듯
했다. 그나마 다행스러운 일이었다.

"그러게 내가 뭐랬나, 사람들이랑 얘기도 좀 하고 친구도 만들
라고 하지 않았나."

나는 이 병동의 심리상담 의사였다. 그러나 내게는 나 자신이
너무 잘 알고 있는 한계가 있었다. 내 의사로서의 역할은 대화와
순리로써 엉킨 매듭들을 풀어나가고자 하는 사람들에게만 유효
하다는 사실이었다. 누구들처럼 권위나 힘을 앞세워 폭력적인 태
도를 취하는 이들은 도무지 어떻게 할 수 없었던 것이다.

그가 꿈틀꿈틀 몸을 움직이더니 일어나 앉으려 했다.

"왜 그래, 화장실이라도 가고 싶어?"

나는 그를 부축하며 물었다. 그는 한참 동안 아무 대답 없이
혼자서 용틀임만 계속했다. 그러다 마침내 지쳤는지 한숨을 내쉬
었다.

"날 침대 밑으로 좀 내려주시겠어요."

나는 그렇게 했다. 그러자 그는 다시 인상을 쓰며 침대 아래로
기어들어갔다. 내가 고개를 디밀고 들여다보고 있자니 그는 한 가
지 부탁을 더 했다.

"침대 시트랑 담요로 양쪽 옆을 가려주시겠어요. 빛이 새어들

지 않았으면 좋겠군요."

그건 어려운 일이 아니었다. 내 침대에서 담요와 시트까지 마저 가져다가 나는 그의 침대 양옆을 단단히 가렸다. 그러고는 살그머니 그 속으로 기어들어갔다. 왜 백성인이 기회만 되면 이 같은 상자 속으로 들어가려 하는지 궁금하기 짝이 없는 일이었다. 그는 내가 기어들자 다시 한숨을 푹 내쉬었다. 그 어둠 속에서도 나는 그의 눈살 찌푸림을 보는 것 같았다. 제발 혼자 있게 해주시겠어요. 나는 그보다 훨씬 간절한 목소리로 애원했다. 제발 여기 함께 있게 해주겠니. 아무 짓도 하지 않을게. 아무 소리도 내지 않고 아무것도 묻지 않을게. 그냥 여기 앉아 있게만 해다오.

그가 다시 입을 연 것은 꽤나 긴 시간이 지난 후였다. 한 시간이, 아니 세 시간이 흘렀을지도 모르겠다. 나는 그가 이미 잠든 줄로 생각하고 있었다.

"제가 가장 이해할 수 없는 일은 말예요. 왜 사람들은 그처럼 하찮은 일들에 엉겨 붙어 있어야 하는지예요."

"어떤 일들이 하찮다는 건가."

"모든 일이요. 사람들이 매달려 살아가는 모든 일이 그렇죠."

"그럼 자네가 매달려 살아가는 일은 어떤가."

"마찬가지죠. 다를 리가 있겠어요."

나는 갑자기 등줄기로 식은땀이 배는 것을 느꼈다.

"왜 그 모든 일이 하찮다는 것인지 설명해줄 수 있겠나."

"그게 설명되어질 수 있다면 아마 그렇게까지 하찮은 일은 아닐 거예요."

"무슨 말인지 좀 더 쉽게 얘기해주게."

이건 참으로 묘한 느낌이었다. 빛 한 조각 스며들지 않는 좁은 공간에서, 아니, 좁은지 어떤지조차 알 수 없는 공간에서 보이지 않는 사람의 목소리와 얘기를 나눈다는 것은, 심지어 나는 내 목소리가 어디서 울려 나오는 것인지도 알 수 없었다. 그저 어둠 속에 두 개의 목소리가 두 방울의 기름처럼 둥둥 떠다니는 듯할 뿐이었다.

"어려운 얘기가 아니에요. 나는 내가 어디서 어떻게 왜 시작되었는지를 알지 못해요. 어디로 가고 있는지도 몰라요. 사실은 가고 있는지 뭘 하고 있는지도 모르죠. 그러면서도 자꾸자꾸 팔다리를 허우적거려야 하니 미칠 노릇 아니겠어요. 그러나 무슨 어둠 속 어딘가에서 나의 씨앗이 시작되었으리라는 것뿐이에요. 그리고 언젠가는 이 속에서 다시 내 모습이 지워지고 어둠만이 남게 되리라는 거예요."

그 얘기는 내가 나 자신에게 수십 번도 넘게 제기해온 의문이었다. 지구상에 존재해온 사람들 중 스스로에게 그런 의문을 던져보지 않은 사람은 아마 몇 명 되지 않을 것이었다. 나는 나 자신을 얼버무리기 위해 사용해온 소리들을 그에게 늘어놓았다.

"알 수 없는 일에 매달리는 것처럼 어리석은 일이 또 있겠나. 내가 자네라면 보다 적극적으로 사람들과 함께 사는 대열에 끼어들겠네. 가능하면 많은 일에 끼어들어 가능하면 많은 사람과의 관계로 거미줄을 치는 걸세. 관계가 쌓이고 얽혀서 현재라는 단단한 땅을 만든다면 자네도 구태여 과거를 돌이켜보며 자궁 타령이나 늘어놓을 필요는 없어질 테지."

내가 문득 입을 닫은 것은 윤경신 의사가 떠올랐기 때문이었다. 나는 그녀에게 이런 얘기를 거의 똑같이 주워섬긴 적이 있었다. 왜 그토록 많은 일에 관여해야 했던가를 설명하면서. 그러자 그녀는 비단뱀처럼 독기 품은 눈초리로 나를 쏘아보았다. 그녀는 말했다. 그래서 부인을 죽일 수밖에 없었단 말이군요.

"한때는 저도 그런 생각을 가진 적이 있었어요. 그래서 일도 열심히 하고 친구들도 열심히 만났죠. 기대할 것이라곤 결국 사람밖에 없다는 생각이었으니까요. 하지만 그것도 아니었어요. 오히려 그게 가장 속절없는 짓이었더군요."

"글쎄, 어떤 일이 자네에게 그런 생각을 갖도록 했을까."

다시 얼마 동안 어둠이 이어졌다. 재미있는 것은 이 캄캄한 공간에서 대화의 단절은 침묵이 아니라 어둠의 형태로 메워진다는 사실이었다. 소리와 빛은 어쩌면 같은 부모로부터 태어난 다른 자식들일지도 모를 일이었다.

"장 선배는 진짜 친구라고 자신할 만한 친구들이 있었나요."

"암, 있었지. 있었고말고."

갑작스러운 질문에 나는 그렇게 힘을 주어 대답했다. 그러나 내심으로는 그다지 자신이 없었다.

"제게도 그런 친구들이 있었어요. 아니, 그렇게 믿고 지낸 친구들이 있었죠. 고등학교와 대학교를 함께 다닌 친구들이었으니까 한 6, 7년은 거의 강제로 붙어 다닌 작자들이었어요. 학교를 졸업한 후에도 우리는 꾸준히 만나며 서로를 성가시게 굴어온 사이였답니다⋯⋯."

처음 그 친구들의 숫자는 여섯 명이었다고 했다. 그런데 몇 년이 지나면서 형편이 달라지기 시작했다. 서른을 한두 살 넘긴 무렵부터였을까. 그들 사이에 다른 친구들이 끼어들게 된 것이었다. 그들은 처음 여섯 명 중 두어 명이 가깝게 지내던 또 다른 그룹이 있었는데 서로 오래전부터 안면들은 익어온 사이였다. 두 그룹이 함께 모이게 되자 숫자는 보통 10여 명에 이르렀다. 숫자의 변화는 모임의 성격에도 커다란 변화를 가져왔다. 친밀하고 아늑하고 아담하던 분위기가 갑자기 시장 바닥처럼 떠들썩해진 것이었다. 모이는 장소도 많이 달라졌다. 예전 같으면 누구네 안방이나 거실쯤으로도 충분했지만 이제는 반드시 레스토랑의 대형 룸을 예약해야 했다. 자그마한 카페를 점령하기도 했고 드물지 않게 룸살롱을 이용하는 경우도 생겼다. 특히 다른 그룹에서 온 주성훈이라는 친구는 룸살롱행 바람을 잡는 데 자질이 있었다. 가업이던 커다란 음식점을 물려받아 하던 터였기에 그런 곳 출입에 어지간히 이력이 붙은 처지이기도 했다.

"모임의 성격이나 느낌이 몹시도 달라져버렸어요. 뭐랄까, 예전에는 그 모임을 지탱해온 게 서로에 대한 애정과 의지였어요. 따로따로 살아가는 여섯 개의 인생이 아니라 함께 여섯 명의 삶을 살아가는 공동체 같은 느낌이 든 적도 있었으니까요. 하지만 그런 느낌은 말끔히 사라져버리고 말았어요. 그 같은 친밀감은 애당초 자그마한 그룹에서나 가능한 것 아니겠어요. 이제 모임은 마치 법인 기업의 주주총회 자리처럼 변했어요. 그 자리를 찾아가는 마음도 친구들이 보고 싶어서라기보다는 어쩐지 빠지면 손해를 볼 것 같은 빠듯함 때문으로 바뀌었어요. 그러더니 결국 그런 일이 시작되더군요."

어느 날 그들이 역시 레스토랑의 룸에 모여 있었을 때 누군가가 그런 이야기를 꺼내었다. 인원도 10여 명 되었고 하니 이제 그들을 중심으로 하나의 회 같은 것을 만들어보자고. 제법 본때 있게 틀도 만들고 회칙도 만들어 제대로 된 모임을 시작해보자고. 이미 몇 명 사이에서는 얘기가 되어 있었던 모양이었다. 금세 여기저기서 동의가 쏟아지고 그것을 당연시하는 분위기가 형성되었다. 누구는 벌써 회의 이름이니 월 회비 따위를 떠들기도 했다. 그는 도무지 눈앞에서 벌어지는 일들을 믿을 수가 없었다. 엊그저께까지만 해도 이 친구들은 그런 식의 조직에 대해 상당히 비판적인 입장을 보여오던 터였다. 소위 하나회니 월계수회니 벽계수회니 하고 떠들어대는 이익집단들을 욕해오고 있었다. 그런데 무엇이 이들을 이렇게 뒤바꾼 것이었을까. 무엇이 이들에게 정적 집단을 포기하고 이익공동체를 찾도록 만든 것이었을까.

"물론 그들의 이야기가 전혀 터무니없는 억지만은 아니었어요. 회비를 모아 기금을 마련하고 회원들의 경조사에 기부하며 궁극적으로 회원들의 복지와 이익에 기여하도록 도모한다는 뜻은 무척 그럴듯한 냄새를 풍기니까요. 하지만 그들은 한 가지 사실을 잊고 있었어요. 어떤 종류이건 목적이 정해지고 절차가 마련된다면 진짜 사랑은 뒷걸음질 치기 시작한다는 것 말예요. 게다가 조직의 이름 밑에 가려진 익명의 폭력들이 시작되는 거죠. 모르겠어요. 그들의 목적이 그런 손실을 감당하면서라도 번듯한 모임 하나를 만들어내는 데 있었다면 그들 나름으로는 또 대단히 의미 있는 일이었을 테죠."

왠지 나는 무슨 말이라도 해야 할 것 같았다.

"자네 뜻은 충분히 이해하겠네. 그렇지만 이렇게도 생각해볼 수 있지 않을까. 자네도 얘기했다시피 요즘은 소위 무슨무슨 회라는 게 어지간히도 설쳐대는 세상일세. 게다가 모든 일이 틈 없이 얽혀 있어서 여기저기 아는 사람이 많을수록 일하기가 수월한 세상이기도 하지. 그런 세상을 혼자서 살아가려니까 사람들은 자꾸만 불안해지고 뒤처지는 것 같아서 이름 몇 자 분명한 어떤 모임에 들고 싶어 하는 것 아니겠나."

186

"그럴 테죠. 하지만 시대가 그러니까 우리도 그렇게 해야 한다는 식으로는 생각하고 싶지 않아요. 시대를 만들어내는 건 결국 사람이에요. 사회 분위기가 힘들어질수록 더 주체적으로 되어야 하는 게 사람들의 도리 아니겠어요."

그래서 그는 회 결성에 반대 의사를 표명하고 나섰다. 지난 10여 년간 우리는 잘해왔다. 아무런 회칙이나 틀 없이도, 그건 우리가 애당초 서로에의 호감과 애정으로 모여든 자연스러운 친구들인 까닭이었다. 형식이 아니라 내용으로 우리는 서로의 모든 것을 이해하고 있었다. 그런데 갑자기 이 모임에 칼질을 하려는 것은 무슨 까닭인가. 왜 이 아름다운 모임에 인공적인 수술을 가하려 하는가. 사회생활을 위한 어떤 도움들이 필요하다면 제발 다른 곳에서 찾도록 하자. 이 모임만큼은 언제까지고 우리들의 마음의 고향으로 남겨두도록 하자. 그는 몇 명과 말다툼을 벌여야 했다. 특히 회의 결성을 강력히 주장하고 있었던 주성훈과 그랬다. 그들은 그 결정을 투표로 내리기로 했다. 결과가 나왔을 때 그러나 그는 자신의 노력이 많은 공감을 얻지는 못했음을 알게 되었다. 과반수가 회 결성을 지지했고 서너 명은 기권을 했다. 반대표를 던진 사람은 그 자신뿐이었다. 그래서 다시 회의 이름과 회비에 대한 거론이 시작되었다. 이름은 동백회라고 정해졌다.

"그래 자네는 거기 그냥 눌러앉아 있었나?"

한숨 소리가 들렸다.

"탈퇴할까도 생각했었어요. 하지만 그럴 수는 없겠더군요. 그들은, 적어도 그들 중 다섯 명은 제가 태어나서 가장 많은 시간을 함께 보낸 친구들이었어요. 가장 사랑하는 친구들이었고 가장 신뢰할 수 있는 친구들이기도 했죠. 그 나이에 그들을 포기하고 새로운 친구들을 얻는다는 건 여간 힘든 일이 아니잖아요. 더구나 그처럼 믿었던 친구들이 모두 그런 생각을 하고 있으니 다른 사람들에게 더 큰 기대를 건다는 것도 우스운 일 같았죠."

심리상담 의사로 지내오는 동안 나는 많은 사람으로부터 무척이나 많은 이야기를 들어왔었다. 그러나 백성인의 사연처럼 깊이 공감할 수 있는 일은 많지 않았다. 어둠 속에서 한참 동안 고개를 끄덕이다가 나는 이렇게 말해주었다.

"어쨌건 그 모임에 눌어붙어 있기로 했다면 그럭저럭 넘어간 셈이었구만."

"그런 셈이었죠. 하지만 제가 거기서 오래도록 견딜 수 있으리라고 생각한 건 아주 큰 잘못이었어요."

동백회라는 게 결성되고, 한동안은 특별히 달라진 점은 없었다. 그저 일들이 조금 더 번거로워졌다는 것 정도를 들 수 있을 터였다. 초대 회장의 감투를 자청해서 쓴 주성훈이 의욕적으로 일을 추진한 까닭이었다. 그는 첫 행사로 도고온천으로의 1박 2일 나들이를 개최했고 체육대회니 모임 결성 백일잔치니 하는 따위를 꼬박꼬박 챙겼다. 회원들의 집에 자그마한 일거리만 생겨도 놓치지 않고 집합 연락을 했다. 주객이 전도되어 오직 이 모임을 위하여 모든 일이 이루어지는 듯한 느낌마저 들 지경이었다. 그러나 어느 만큼 시간이 지나고는 그런 열성도 시들해졌다. 모임은 예전과 비슷한 상태로 되돌아갔다.

그러다가 다시 말썽거리가 시작된 것은 작년 초엽이었다. 이른바 지방자치 시대라는 게 개막되고 시의원 선거 일정이 공고되면서 동백회에도 수상쩍은 바람이 불게 된 것이었다. 바람을 몰고 온 사람은 또다시 주성훈이었다. 그는 회원들이 모여 있는 앞에서 그들이 이번 선거에 적극적으로 참여해야 한다는 것을 강력히 주장했다. 동백회가 진정으로 회원들의 복리를 증진시키기 위해서는 힘 있는 사람들과 연결되어야 한다고. 그러기 위해서는 이번 선거에서 승리할 가능성이 있는 사람과 미리 좋은 관계를 맺어두는 편이 바람직하다고. 더구나 그 사람들이 아쉬울 때 그들과 관계할 수 있는 기회를 놓치지 말아야 한다고 말했다. 회원들은 고개를 갸웃거리면서도 입맛을 다셨다. 썩 나쁜 생각 같지는 않군. 하지만 여러 가지 문제가 있을 텐데. 우선 각자가 소속된 선거 구역부터가 다르잖아. 백성인은 이번에도 혼자서 반기를 들었다. 그들 모임을 그런 식으로 이용할 수는 없다고. 그들이 모인 목적은 친목과 정을 위한 것이지 돈이나 출세 따위가 아니지 않느냐고. 그리고 이번에도 그의 반대는 대다수의 동조와 미지근한 침묵 속에 묻혀 사라져야 했다. 주성훈은 선거구가 모두 갈라져 있다는 사실에 대해서도 나름대로의 대책을 마련해두고 있었다. 일단 그들 중 집이 과히 멀지 않은 몇 명을 자신의 구에 사는 것처럼 위장시킨다. 그리고 그가 데리고 있는 사람들과 친분 있는 몇몇 사람을 동백회 회원처럼 꾸민다. 그런 다음 그들을 하나의 집합으로 묶어 동백회라는 게 마치 지역 중심적인 집단인 양 보이게 한다는 것이었다. 선거 후보와의 관계를 거의 전적으로 자신이 떠맡아서 한다면 특별히 곤란할 일도 없으리라고 했다. 그건 맞는 소리였다. 그러나 그것은 다시 말하자면 모든 생색을 자신이 내고 시의원 후보로부터 떡고물이 떨어지는 길도 자신으로 일원화하겠다는 소리이기도 했다.

"내 얘기는 그런 생색이나 떡고물이 중요하다는 건 아니에요. 문제는 그런 소리를 하는 작자의 사람 됨됨이죠. 후보와 회원들을 모두 그럴듯하게 속여 넘겨 혼자서만 실속을 챙기겠다는 얘기 아니에요. 물론 그렇게 덩치 큰 음식점을 운영하려면 권력의 근처를 배회할 필요는 있을 테지만 적어도 그런 일에 친구들을 팔아먹지는 말아야 한다구요."

그런데 더욱 어처구니없는 쪽은 동백회 회원이라는 친구들이었다. 언제나 무슨 일에나 미적지근한 편인 그들은 누군가가 우격다짐으로 밀어붙이면 밀어붙이는 대로 밀려가는 부류인 모양이었다. 그들은 갑자기 20여 명 인원의 대규모 동백회가 되어 시의원 후보의 부름에 몰려다녔다. 불고기 파티에도 가고 단체 여행 지원금도 받고 그 돈으로 룸살롱에 가서 여자들을 끼고 실컷 마시기도 했다. 그 자리에서 주성훈은 또 주연을 이끄는 지휘자가 되어 오만가지 포즈를 다 잡았다.

"그 이상은 도저히 견딜 수가 없더군요. 도저히 그들 속에 끼어 있을 수가 없었어요. 나는 더 이상 그 모임에 어울리지 않기로 결정했습니다. 모이는 장소로 나가지도 않았고 연락 따위도 하지 않았습니다. 한참 동안 그들에게서 전화가 걸려오더군요. 더러는 집으로 찾아오는 작자도 있었어요. 나는 장롱 속에 숨어서 그들을 피했습니다. 장롱 속처럼 아늑한 장소가 또 있을까요. 결국 모든 관계는 끊어지더군요."

솔직히 말하자면 그때 나는 주성훈이라는 작자를 몹시도 부러워하고 있었다. 어쩌면 그처럼 멋들어지게 세상을 살 수 있을까. 커다란 음식점을 물려받았다면 재산도 어지간할 것이었고 그만하면 사람들을 다루는 솜씨도 보통이 아니었다. 더러 뒤꽁무니에서 손가락질을 당하는 경우도 있기는 하겠지만 대수로운 문제가 아니었다. 더구나 그처럼 얼굴 가죽이 두꺼운 사람에게는, 세상에는 그렇게 두껍게 태어나 큼직하게 놀도록 정해진 사람들이 있었던 것이다.

어둠 속에서 다시 가느다란 한숨 소리가 들려왔다.

"장 선배는 참 편안한 분이군요. 의사 앞에서도 이렇게 긴 이야기를 해보지는 못했어요. 하기야 의사라는 양반들은 모두 자기가 듣고 싶어 하는 얘기만을 듣는 족속이니까. ······혹시 제가 한 가지 부탁을 드려도 될까요."

"무어든 얘기만 하게. 내가 할 수 있는 일이라면 힘써볼 테니."

내 단점은 귀가 얇다는 것이었다. 아주 조그만 사탕발림에도 기분이 좋아져서 너그러워지곤 했다. 그러나 더욱 치명적인 단점은 약속을 너무 쉽게 해버린다는 사실이었다. 돌이켜보면 나는 그날만큼은 부탁을 들어주겠노라는 약속을 하지 않았어야 했다는 생각이 들기도 한다. 어쨌건 그의 부탁을 들노라 나는 다시 얼마 동안을 그 어둠 속에 웅크리고 앉아 있어야 했다.

금요일 오후에는 언제나처럼 영화 상영이 있었다. 3, 400명의 관객들이 극장으로 모여들었고 검은색과 붉은색의 짙은 커튼이 쳐졌다. 영화는 월남전에 참전했다가 정신질환을 앓게 된 한 남자와 잘빠진 어느 창녀와의 아리송한 관계를 다룬 것이었다. 그리고 나는 이미 이 영화를 서너 번은 본 터였다. 제기랄, 원무과에서 영화 구입을 담당하는 작자가 어떤 건달인지는 모르겠지만 어지간히도 챙겨먹는 모양이었다. 하지만 사실 그날의 하이라이트는 영화 따위가 아니었다. 장면이 어느 만큼 진행되고 남자 주인공이 경찰서로 연행되었을 때 그는 몇 대의 타자기에서 울리는 글자 찍는 소리를 월남전 당시의 기관총 소리로 착각하고 전투태세로 돌입하게 된다. 모두 엎드려. 매복 기습이야. 그런데 그 순간 관객들 속에서도 고함 소리가 터져 나온 것이었다.

"어떤 자식이야. 내 신발, 내 신발. 모두 죽여버릴 테다."

고함을 지른 것은 유심원 씨였다. 실내화를 늘 옆구리에 끼고 다니며 그것을 잃어버리지만 않는다면 언젠가는 떠나간 애인이 돌아오리라고 믿어온 사람이었다. 영화 감상에 방해된다고 사람들이 야유를 보내었지만 그는 고함 소리를 멈추지 않았다. 오히려 갈수록 발악적으로 되었다. 마침내 비상등이 켜지자 여기저기로 그의 실내화 짝들이 날아다니는 것이 보였다. 누군가가 그것으로 장난질을 치는 것 같았다. 유심원 씨는 미친 사람처럼 정신없이 그것을 쫓아다니느라 마구 사람들을 밟고 다녔고 그래서 욕지거리가 터졌고, 결국은 근처의 모든 사람이 고함을 질러대게 되었다.

"신발을 돌려줘, 이 개망나니들아."

"이쪽이야, 이쪽으로 던지라구."

"모두 엎드려, 적의 매복 기습이다."

"죽여버릴 테다. 내 신발, 내 신발⋯⋯."

유심원 씨를 골탕 먹이려는 사람, 신발을 돌려주라고 악쓰는 사람, 기관총을 쏘는 사람, 그 총에 맞지 않으려고 의자 밑으로 숨는 사람, 이건 총소리가 아니라 타자기 소리일 뿐이라고 고함을 지르며 해명하는 사람, 거기다가 무슨 사정인지도 모른 채 우왕좌왕 대피소를 찾으려고 몰려다니는 사람들까지 가세하여 극장 안은 순식간에 난장판으로 변했다. 극장의 모든 조명이 켜졌고 남자

간호사들이 몽둥이를 들고 투입되었다. 소란은 몇 분 지나지 않아 진정되었다. 영화 상영은 중단되었고 우리는 모두 각자의 병동으로 돌려보내졌다.

그런데 이 일련의 사건이 사실은 내가 계획하고 준비한 것임을 아는 사람은 몇 명 되지 않았다.

"제발 잠깐만 나갔다 올 수 있도록 도와주세요. 장 선배는 여기 사정을 누구 못지않게 잘 아는 분이니까 마음만 먹는다면 충분히 해낼 수 있는 일 아니겠어요."

그 새벽 백성인이 어둠 속에서 내 손을 더듬어 잡으며 속삭인 부탁이었다.

"왜 그러는가. 내가 보기에는 여기가 자네한테 가장 어울리는 장소 같은데."

"그래요. 그건 나도 잘 알고 있어요. 하지만 볼일이 좀 생겼어요. ……지난번 상자에 담아 뒤뜰에 묻었던 바퀴벌레 기억하시죠. 그에게서 연락이 왔어요. 자기를 한번 방문해달라구요. 만나서 나눌 얘기가 있다나요."

"그렇다면 아직 시간이 있겠구만. 아무도 그놈을 건드리지는 않을 테니 말이야."

그는 손을 좀 더 강하게 쥐며 두어 번 흔들었다.

"그렇지 않아요. 그의 형편은 모르겠지만 내게는 시간이 그리 많지 않아요. 김형식이라는 건달이 설치죠. 덧니투성이의 여의사가 이빨을 앙다물고 으르렁거리죠. 한시라도 빨리 그를 만나보아야 한다구요."

그는 정말이지 운이 좋았다. 그런 일에 있어서만큼은 나를 따라올 사람이 없었다. 그가 진정 이곳을 빠져나가려 한다면 그건 과히 어려운 일은 아니었던 것이다.

"자넬 내보내주는 건 큰 문제가 아니야. 하지만 문제는 그다음부터야. 자넨 과연 얼마나 오랫동안 붙들리지 않고 견딜 자신이 있나."

"그런 건 아무래도 좋아요. 내게 필요한 시간은 아주 잠깐이니까요."

그다음부터 며칠 동안 나는 약간의 준비 작업을 해야 했다. 내 환자들 중 여자 문제로 속을 썩이던 몇 명에게 이런 귀띔을 한 것이었다. 당신이 그 여자와 왜 화해하지 못하고 있는지 알아요. 그건 모두 유심원 씨 때문이에요. 그의 낡은 실내화 짝 때문이죠. 그 실내화에는 한 여자의 엄청난 한이 담겨 있어요. 그게 세월이 흐르는 동안 점점 더 강해져서 다른 여자들이 우리 병동에 접근하는 것조차 막고 있는 거라구요. 그들은 그렇다면 어떻게 해야 하느냐고 물었고 나는 처방을 알려주었다. 그녀의 한을 달래기 위해서는 가능하면 많은 남자가 그 실내화 짝을 어루만져주어야 한다고, 또 다른 호기심 많고 장난기 많은 환자에게는 이런 말을 하기도 했다. 유심원 씨의 신발을 훔쳐내어 수많은 사람 손에 한 바퀴

돌리면 그가 어떤 반응을 보일까. 금요 극장 같은 곳에서 말이야. 아마 길길이 날뛰다가 까무러치기라도 할 테지.

나는 그들이 그런 소리까지 듣고서 결코 가만히 있지는 않으리란 것을 잘 알고 있었다. 그리고 내 예상은 적중하여 그날 극장에서는 그런 사건이 벌어진 것이었다. 내 지시에 따라 3번 출구 바로 옆에 앉아 있던 백성인은 혼란을 틈타 순조롭게 빠져나가 사라질 수 있었다. 때문에 나는 저녁 식사 인원 점검 시간에 또 한 차례 비상이 걸리리라는 것도 이미 알고 있었다. 사람들은 가장 먼저 빨래 통을 뒤졌다. 물론 그를 발견할 수는 없었다.

백성인이 발견된 것은 꽤 여러 날이 지나서였다. 그를 발견한 사람은 지하 식당에서 일하는 주방 아주머니들 중 한 명이었고, 그가 발견된 곳은 식당 옆 폐품을 쌓아둔 창고의 대형 냉장고 속이었다. 추운 날씨 탓에 많이 상하지 않은 그의 얼굴은 몹시도 평화로워 보였다고 했다. 나는 그 소식을 전한 간호사에게 물어보았다.

"혹시 그가 작은 상자 하나를 몸에 지니고 있지 않았던가요."

"그랬다더군요."

"상자 속에는 바퀴벌레 한 마리가 함께 죽어 있었을 테죠."

"그래요."

"그리고 그놈도 똑같이 평화로운 표정을 짓고 있었겠군요."

간호사는 또 뭔가 속았다는 표정을 지었다. 그는 흘끗 나를 한

번 거들떠보고 걸어가버렸다. 그의 모습은 도무지 평화로움과는 거리가 멀었다. 그를 지켜보고 선 나 역시 조금도 다를 바가 없을 것이었다.

변화를 피하는 사람

— 채영주,
「상자 속으로 사라진 사나이」

이런저런 사람들을 만나며 살다 보면 절대로 엮이고 싶지 않은 한두 유형 정도는 생기게 마련이다. 나로 말하자면 이 소설의 '자칭 의사' 같은 인간과는 한순간도 같이 있기가 싫다. "지나치게 많은 일"에 끼어드는 이 사람의 오지랖은 거의 병적인 수준이다. 오죽하면 아내가 죽어가면서 남긴 유서에 '제발 이제부터라도 너무 많은 일에 나서서 참견하지 말라'는 당부가 적혀 있을까. 단순 참견으로 끝나면 누가 뭐라 하나. 요즘처럼 타인에겐 눈곱만큼도 관심 없이 살아가는 게 모종의 상식이 된 세상에서 그런 성향은 귀한 재능으로 칭송받을 수도 있다. 문제는 늘 도가 지나칠 때 발생한다.

'자칭 의사'는 누구도 원치 않은 간섭을 자발적으로 실행에 옮겨 괜히 사람들의 기대를 받은 뒤, 그 기대를 충족시키지 못했다는 생각에 불안감과 자책감 속에서 병들어간다. 괴로움을 견딜 수 없어서 다시 또 누군가의 문제에 관심을 가지고 기대를 조장하고는 어김없이 불안해하다가, 그다음은 이하 생략. 요컨대 악순환인 것이다. 이 정도면 남자는 환자 컬렉터, 조금 더 냉소적으로 말하면 불행 수집가라 부른다 해도 별로 미안한 마음은 들지 않는다. 이런 사람이 시전하는 간섭의 내막을 들여다보면 정말 타인을 위한다기보다는 자기 자신의 효능감을 위해서일 때가 더 많다. 한마디로 자기 좋자고 벌이는 일이라는 것이다.

타인의 불행으로 자기 안의 불안감을 해소하는 사람 근처에는 접근하지도 않는 게 좋다. 이런 사람들은 없는 문제도 만들어낸다. 곁에 있다가는 내 문제가 언제 그 사람 인생의 땔감으로 쓰일지 모른다. 불안은 결코 자연 해소되지 않는다. 남자 곁에 있던 아내가 죽은 이유를 두고 일각에서 사실상 남편이 죽인 것이나 다름없다고 말하는 것만 보아도 역시 불행에 중독된 남자가 곁에 있는 사람에게 꽤나, 실은 아주, 유독한 존재였음을 말해준다. 물론 그런 간섭의 가장 큰 피해자는 자신일 수도 있을 것이다. 스스로가 인식을 하든 안 하든 간에.

그렇다면 '자칭 의사'의 소중한 희귀종 환자, 백성인 같은 사람과는 같이 있을 수 있느냐. 이렇게 말하면 너는 얼마나 잘났냐는 반감을 부를까 봐 조금 주저되지만, 이런 사람과는 더더욱 함께하기 힘들다는 게 솔직한 심정이다. 백성인에 비하면 우리의 '자칭 의사'는 차라리 평범한 편에 속한다. 일단 백성인이 병원에 온 이유부터가 좀 기괴하다. 백성인은 2년 동안 함께 일한 동료를 장롱 속에 넣고 자물쇠로 잠갔다. 그가 행사한 건 엄연한 폭력인데 그가 폭력범이 가야 하는 구치소나 감옥이 아니라 병원에 온 것은 그의 행동이 일종의 증상, 즉 병력에서 비롯됐다는 판단 때문이다. 아닌 게 아니라 백성인은 다른 사람을 장롱 속에 집어넣기 전엔 걸핏하면 자기 자신을 장롱에 집어넣곤 했다.

백성인은 좀처럼 말이 없는 캐릭터지만, 의사도 간호사도 혀를 내두르는 오지랖 보유자이자 자칭 의사인 '나'는 끈질기게 백성인과의 대화를 시도한다. 그가 시간과 정성을 들여 알게 된 사연을 바탕으로 요약 정리해보면 이렇다. 백성인은 자신을 둘러싼 상황이 변하는 것을 받아들이지 못한다. 가구 디자이너였던 백성인은 일찍이 인테리어 사업 쪽으로 집중되는 산업 구조의 변화에 적응하지 못했을 뿐만 아니라 반감을 가졌고, 그로 인해 국내 가구 디자인의 장인 정신이 명멸해간다는 현실을 개탄스럽게 여기는 아웃사이더가 된다. 수입 가구 판매에 공격적으로 도전하는 회사의 흐름에도 적극 반기를 드는데, 그가 장롱에 가둔 사람이 바로 회사 입장에 찬동한 후배다. 장롱 안에서 가구 디자인의 참맛을 한번 보게 하려는 의도였다나.

공적 생활뿐만 아니라 사생활에서도 당연히 문제가 생겼다. 백성인은 고향 친구들을 중심으로 결성된 친목회가 규모를 키우고 이익집단으로 '확장'해가는 것에도 반대했다. 하지만 백성인의 의견에 따르는 이들은 언제나 소수파에 해당해서, 백성인은 점점 도태된다. 도태남이 된 백성인의 주요 증상은 어두운 구멍 속으로 기어들어가는 것이다. 어릴 적 들어갔던 쌀뒤주에서 정신적 고향을 느꼈던 것이 극대화되어 마음이 힘든 상황이 되면 언제나 들어갈 곳을 찾고 그 안에서 위안을 얻게 됐다.

그런데 이상한 것은, 처음에는 '자칭 의사'보다 더 싫었던 이 사람이 점차 이해되는 순간들이 있다는 것이다. 변화에 거부반응을 보이는 것이나 가능하면 혼자 있을 수 있는 곳을 찾아 그 안에 잠기려는 성향 같은 것. 다행히 내가 정신병원에 갇히지 않은 건 백성인처럼 어둡고 막힌 곳으로 숨어들지 않았기 때문이라는 묘한 안도마저 됐다. 그러면서도 궁금했다. 캄캄한 공간 속에서 백성인이 받은 위안이란 구체적으로 무엇이었을까. 시간으로부터의 자유다. 한번은 빨래 통에 들어가 있던 백성인이 나와서 이렇게 말한 적이 있다. "언제 나와야 할지 알 수가 없었어요. 그 속엔 시간 따위는 없었거든요."

백성인이 피해서 들어간 곳은 사람들의 시선이 차단된 '혼자만의 공간'이기도 하지만, 그것보다는 시간으로부터 차단된 곳이라는 게 더 정확하다. 시간이 차단된 곳은 '변화'를 전면적으로 막을 수 있는 곳이다. 그곳에선 변화에 대해 겁먹지 않을 수 있다. 그렇게 본다면 백성인이 찾아든 곳들은 사람들의 시선이 없는 조용한 공간이 아니라 변화에 대한 두려움을 차단할 수 있는 시간이 멈춘 공간인 셈이다. 그 말을 입증하듯 백성인은 장롱을, 쌀뒤주를, 일관되게 "마음의 고향"이라 부른다.

요컨대 백성인은 과거에 갇힌 사람이다. 좋았던 것들은 모두 과거 속에 있고, 현재는 과거에 대한 경솔한 결론에 지나지 않는다. 그들에게 현실은 죄다 뜯어고쳐야 하는 오답이다. 그렇다고 해서 백성인에게 답을 바꿀 수 있는 힘이 있는 것도 아니다. 아무도 도태된 사람이 하는 말에 귀 기울여주지 않으니까. 그럴 때 할 수 있는 선택은 가능한 한 과거에 거주하는 것이다. 그들의 현실은 현재에 있지만 그들의 실존은 과거에 있다.

한편 그를 희귀종이라고 말하며 줄줄 따라다니는 한 사람은 타인에게 갇혔다. 그는 다른 사람의 얘기가 없으면 자신의 존재 가치를 찾지 못한다. 그에게 가장 어려운 일은 자신을 들여다보는 것이다. 그 안에 아무것도 없을까 봐 무서운 거겠지. 온통 타인의 것으로 가득 차 있는 이 사람은 관계를 통해 존재 의미를 확장해 나간다고 생각하지만 실은 관계를 빌미로 자신과의 대면을 회피하고 있다.

이 소설에서 정신병동에 갇힌 두 사람의 히스토리는 불협화음을 이룬다. 작가에 의해 매칭된 두 사람이 하필이면 왜 전혀 다른 성향을 가진 것일까. 제발 혼자 있게 해달라고 애원하는 한 사람과 제발 같이 있게 해달라고 사정하는 한 사람이 함께 있는 이 상황은 누구에게 더 지옥일까. 변화가 무서워 과거를 미화하는 사람은 현재로부터 도피 중이고 내면을 들여다보는 것이 무서워 타인을 쫓아다니는 사람은 자신으로부터 도피 중이다. 「상자 속으로 사라진 사나이」에서 그려진 병원은 현실을 부정할 힘은 없으니 자기만의 현실을 만들어 그 안에서만 살아가는 쓸쓸한 광기의 공동체다.

상자 속에서 발견된 바퀴벌레는 누구라고 할 것 없이 이들 모두에 대한 비유이다. 그들은 평화로움과는 거리가 멀지만 평화로운 척하며 상자 안에서 자신을 보존한다. 그러나 막상 보존되고 있는 것은 그들의 삶이 아니다. 상자가 지켜주는 것은 차라리 그들의 죽음이다. 살아가는 것이 두려운 나머지 우리는 때때로 죽음 상태 속으로 자신을 몰아넣는다. 타인이라는 상자 속으로 유폐시킴으로써 스스로를 망실하는 것, 낯선 상황에서 주눅 들고 불안정해질 자신을 볼 수 없어 익숙함이라는 상자 속으로 피신함으로써 세상에 대한 어떤 면역도 갖지 못한 최약체가 되는 것. 그 결과는 사라짐이다. 시시때때로 찾아오는 사라짐의 유혹에 자신을 넘겨주지 않아야 상자에 갇히지 않을 수 있다. 그러나 그것은 괴로운 일이다. 꽁꽁 숨고 싶은 건 인간의 오랜 불안이기 때문이다. 뒤져서 찾고 싶은 것이 인간의 오랜 강박인 것처럼.

그녀는
죽지 않았어

이응준

이응준

1994년 계간 『상상』 가을호에 단편소설 「그는 추억의 속도로 걸어갔다」를 발표하며 작품 활동을 시작했다. 지은 책으로 소설집 『달의 뒤편으로 가는 자전거 여행』『내 여자 친구의 장례식』『무정한 짐승의 연애』『약혼』, 연작소설집 『밤의 첼로』『소년을 위한 사랑의 해석』, 장편소설 『느릅나무 아래 숨긴 천국』『전갈자리에서 생긴 일』『국가의 사생활』『내 연애의 모든 것』 등이 있다.

1

그녀가 죽었다. 이제 내 마음은 달의 그림자에 해가 가린 듯하다. 그녀가 항상 지니고 다니던 관제엽서만 한 비망록의 맨 앞장에는, 이런 벼락 맞을 문구가 붉은색 볼펜으로 또박또박 씌어져 있었다.

— 내가 짐승이라는 것을 잊을 바엔, 차라리 나를 창조했다는 신을 잊겠다.

그러나 막상 그녀는, 성모마리아에 대한 콤플렉스 말고는 어떤 중대한 불경스러움과도 거리가 멀었다. 그녀가 한때 열심히 드나들었다는 성당의 세례명을 호적상의 이름 대신 사용하고 있었으며, 그것이 바로 마리아였다는 사실이 이를 씁쓸하게 뒷받침해준다. 나의 어설픈 마리아는 아기 예수를 품에 안은 저 석고상의 마

그녀는 죽지 않았어

리아를 질투하고 있었던 것이다. 하긴 어느 속 좋은 여자인들, 구세주를 아들로 둔 다른 여자를 아무런 사심 없이 경배할 수 있겠는가. 나는 그녀가 나를 사랑했다고는 믿을 수 없는 것과 같이, 내가 과연 그녀를 사랑했는지를 감히 말하지 못하겠다. 그저 얼음 상자에 갇혀 괴로운 수화手話를 나눴다는 느낌뿐. 옥상 서편 모서리부터 건물 전체의 6분의 1가량이 퀭하게 사라져버린 아파트 한 동 앞에서, 나는 온종일 넋이 나간 채로 흙먼지 안에 붙박여 서 있었다. 마리아를 포함한 32명이 사망하고 50여 명이 중경상을 입은 이 희대의 참사는, 본드에 절어 밤새 광란의 술판을 벌이던 불량 청소년들이 손도끼로 도시가스 호스를 자르고 거기에 담뱃불을 지져댄 것으로 경찰에 의해 잠정 결론 내려졌다. 잔해 더미 속에서 마리아의 시체가, 함몰된 머리 따로 발목의 나비 문신이 선명한 하반신 따로 발견된 것은 그로부터 닷새가 지나서였다.

　나는 그녀가 벌을 받았다고는 생각하지 않는다. 죄는 누구나 짓고 벌은 아무에게나 찾아오니까. 게다가 그녀는 가끔 신의 눈치를 보는 것 같기는 했지만, 그렇다고 해서 신을 겁내지는 않았다. 엉뚱하게도 그녀가 정말로 무서워했던 것은, 신이 아니라, 빨간 풍선이었다.

2

황하반점에서 옛날 손자장면을 먹은 나는, 근린공원으로 걸었다. 황하반점의 옛날 손자장면과 근린공원의 적막. 이 두 가지는 그 무렵 내가 누리는 위안거리의 전부였다. 나는 늘 배불렀으면 싶었고, 또 늘 쉬고 싶었다. 그래서 매일매일 황하반점에서 옛날 손자장면 곱빼기를 그릇 밑바닥까지 말끔히 비운 뒤, 근린공원 낡은 벤치 위에 별자리처럼 앉아 있었던 것이다.

나는 악몽조차도 개꿈으로 꾸는 내가 맘에 들지 않았다. 역한 갈증을 느낀 나는, 얼어붙은 생수병을 장미 넝쿨이 우거진 초등학교 담벼락에 툭툭 쳐댔다. 단두대 모양의 구름 보자기가 미쳐 가는 초여름 하늘 한 귀퉁이에 구겨져 있었다. 보나 마나 근린공원에는, 쭈글쭈글한 노인네들이 해진 돗자리를 그늘에 깔고 누워 초조하게 최후를 기다리고 있을 거였다. 그들 가운데 어느 할아버지는 그깟 가래침 좀 바닥에 뱉었다고 하여 끈질기게 나를 따라다니며 호통치고 야단이었는데, 요사이 눈에 띄질 않으니 참 잘 죽었지 싶어서 나는 짧게 환호했다.

바로 그때. 자동차들의 연이은 급정거 굉음에 화들짝 놀란 나는, 금방 지나친 사거리로 몸을 휘돌렸다. 조그만 개 한 마리가 보도와 차도 사이를 어지럽게 오가고 있었다. 저 혼자 잔뜩 질겁하여 도망치는 꼴이, 그대로 놔두면 곧 차바퀴에 깔려 쥐포처럼 되어버릴 게 분명했다. 나는 일단 구하고 보자는 마음에서 녀석을 향해 뛰기 시작했다. 꼬리를 잡을 듯 잡을 듯 놓치며 백 미터 가까이 뒤쫓는 동안 나는, 개라는 동물이 왼쪽 뒷발 없이도 그렇게 빨리 달릴 수 있다는 것을 처음 알게 되었다.

나는 마을버스 정류장 근처에서, 나만큼이나 할 일이 없는 어떤 행인의 도움을 받고 나서야 간신히 놈을 사로잡을 수 있었다. 몹시 지저분한 것이, 한눈에도 집을 나온 지 오래된—그러나 아무렇게나 풀어놓고 기르는 똥개가 아니라—모종의 애완견이었다.

사력을 다해 경주를 마친 우리는 함께 헥헥거리고 있었다. 나는 마치 잃어버린 유년의 심장을 되찾은 것처럼 놈을 꼬옥 끌어 안으며, 그만 그 자리에 대자로 드러눕고 말았다. 아아, 신은 그런 식으로 내게, 자기가 데리고 있기 싫은 절름발이 천사를 내려보냈던 것이다. 나는 단두대 모양의 구름 보자기가 감추고 있는 우주의 궁륭을 응시하였다.

3

조금 전까지만 해도 화재 예방과 소화기 다루는 법에 관해 건성으로 들으며 꾸벅꾸벅 졸고 있었는데, 앞좌석 등받이에 이마를 세게 부딪치는 바람에 깨어나보니 강당에는 나밖에 없었다. 나는 순간, 내가 성인이 된 후로 줄곧 민방위 대원이었다는 사실을 새삼 자각하였다. 스포츠 신문을 돌돌 손에 말아 쥔 꼰대들과 더불어 매년 두 차례씩 구명줄 매듭짓기라든가 뱀에 물렸을 때의 응급처치 따위를 연습하며, 방독면을 쓴 내 실업의 청춘은 가상 적기의 날개 그림자 안에 갇혀 있었던 것이다. 심한 짜증과 요의를 동시에 느낀 나는, 뻑뻑한 뒷목을 주무르며 로비로 나아갔다.

그런데, 쉬는 시간이면 응당 담배나 꼬나물고 휴대전화로 수다나 떨고 있어야 할 아저씨들이, 무슨 이유에서인지 빠짐없이 구민회관 출입구로 우르르 몰려가 있었다. 민방위 교육은 아직 안보 영화 상영이 남아 있는데 말이다.

서둘러 그들 틈에 끼어든 나는, 그들 모두의 동일한 시선을 따라, 갑자기 어둑어둑해진 한낮의 하늘로 턱을 젖혀 올렸다. 누군가 내 곁에서 제 친구와 이렇게 떠들었다.

"아이고 아까와라. 망원경만 있음 홍염이랑 코로나도 볼 수 있을 낀데. 시뻘건 불덩이들이 사방에서 뚝뚝 떨어지고 팍팍 튀고 그럴 낀데."

"홍염? 고, 고로나? 그게 다 몬데?"

"그 뭐냐, 용암같이, 그러니까, 왜 제철소에 가무는, 에이, 됐다마, 무식한 노무 자슥. 그걸 우찌 말로 설명하노. 그런 게 있다."

"잘났다, 새끼야. 아무튼, 와, 억수로 신기하네. 해가 구공탄맨치롱 까맣네."

개기일식이었다. 가까이에서는 인간들의 탄성이 요란하고, 먼 곳에서는 개들 짖어대는 소리가 저승에서 들려오는 것마냥 아득하였다. 나는 대리석 층계의 난간 위에 올라서서 양팔과 입을 크게 벌렸다. 그리고 허기진 새 새끼처럼 혀를 길게 빼 내밀었다. 검은 태양을 향해 전진하는 나의 존재는, 골수부터 녹아들며 무의미해졌다. 오, 촛불 꺼지듯 확, 사라져버릴 수만 있다면.

……전날 밤 드디어 나는, 도망치는 야구 모자를 은초록 어린이집 놀이터 한복판에서 붙잡아 쇠망치로 여러 대 두들겨 패 고꾸라뜨렸다. 공포에 질려버린 애송이는 신음조차 내지 못하고, 그 재수 없게 째진 눈깔을 파르르- 파르르- 떨었다.

—너 생선회 먹었지? 소 육회 먹었지? 머리에 기생충 들어갔지? 내가 휴전선 철조망 넘나들며 먹 따버린 인민군 종간나 새끼들이 열다섯이야.

뻗어 있는 야구 모자의 머리맡 모래밭에는, 아까 녀석이 내게 대항하려고 꺼내 들었던 손도끼가 박혀 있었다. 나는 그것을 뽑아서 내 청바지 뒷주머니에 끼워 넣었다.

—압수야. 무기는 전사戰士가 가지고 있어야 하니깐.

"철아. 봐라, 이 뭐꼬? 이 사람, 와 이러노?"

"와? 어라?"

"저기요, 왜 그래요? 어디 아프세요? 아, 아저씨, 무섭게 왜 그러시는 건데요?"

어느새 검은 태양은 내 배를 황홀하게 가르고 들어와 끈끈한 피를 핥아 먹고 있었다. 몇몇 민방위 대원들에게는, 그 모습이 의외로 난해하였던가 보다.

4

"……빨간 풍선!"

"?"

"빨간 풍선이 있어. 겉으론 보통 풍선들과 전혀 다르지 않은. 너는 그런 적 없니? 길거리라든가 광장 같은 데서, 주인 없이 홀로 둥둥 떠다니는 풍선과 맞닥뜨리는 경우 말이야."

"유원지에선 흔히 있는 일 아닌가요? 아이들은 풍선에 매달린 끈을 잘 놓치니까요."

"에이, 그게 아니라, 그럴 만한 확률이 매우 희박한 때와 장소에서. ……가령, 평일 오후…… 요절한 친구의 뼛가루를 담은 나무 상자를 가슴에 안고 막 벽제 화장터를 걸어 나오는데, 뜬금없이, 빨간 풍선 하나가 불쑥 시야에 끼어들더니, 바람 불지 않는 허공을 서늘한 혼백처럼 돌아다니는 거야. 그런 경험 없어?"

"글쎄요, 막상 그렇게 대놓고 물어보니까, 있었던 것 같기도 하고, 없었던 것 같기도 하고."

"그 빨간 풍선은 오직 하나이고, 당장 그것을 보고 있는 사람도 역시 하나야. 그리고 둘 사이에는 무거운 긴장이 팽팽하지. 그건 어쩌면 옅은 졸음 비슷한 것일 수도 있어. 때로 그 빨간 풍선은 꼬마들의 손에 닿을 듯이 낮게 가고, 때로는 빌딩의 피뢰침에 찔릴 정도로 높이 솟기도 하지. 음, 대단히 인상적이지."

"빨간 풍선⋯⋯."

"그 빨간 풍선은 평범한 빨간 풍선이 아니야. 잘못해서 터지기라도 하는 찰나엔 지구가 폭발하게 되어 있는, 그런 빨간 풍선이라구."

"⋯⋯."

"만약에, 진짜로 그런 풍선이 있어서, 지금 이 시각에도 행려병자처럼 이 도시를 헤맨다고 상상해봐. 누구는 뾰족한 우산 끝을 쳐들고 그 빨간 풍선을 쫓다가 그것이 갑자기 떠올라 아슬아슬하게 놓치고, 누구는 애인과 캠퍼스 잔디밭에서 키스를 하는데 교문 쪽으로 날아가고 있는 그 빨간 풍선을 보고, 누구는 해장국집에서 점심 식사를 마치고 나오다가 그 빨간 풍선이 모범택시의 뒤를 따라가고 있는 걸 목격하는 거야. 그러면서, 뭐라고는 딱 꼬집어 표현할 수 없는 야릇한 감정과 침묵에 휩싸이게 되는 것이지. 물론, 그 빨간 풍선이 세계의 뇌관이라는 사실은 모르는 채."

"그런 풍선이 있을 리 없죠."

"무슨 수로 확신해?"

"말이 안 되잖아요. 그깟 빨간 풍선 하나 터졌다고 해서 어떻게 지구가 망합니까?"

"어머, 단정할 문제는 아니라고 봐. 이 세계에도 치명적인 급소가 있을 수 있단 거지. 이를테면, 티베트의 어느 마을에 맑고 깊은 샘이 하나 있는데, 그게 썩거나 말라붙게 되면 지구도 따라서 생명을 잃는 거 아닐까? ……나는 그런 생각 만날 해. 저 도자기가 저기 탁자에서 떨어지면 지구도 함께 박살 나는 건 아닐까? 저 수족관의 열대어가 수면 위로 떠오르면 이 세상도 그렇게 되는 건 아닐까, 하는 식의."

"빨간 풍선을 본 적이 있나요?"

"나는 자주 봐, 얘. ……한 달 전쯤에는 과천에서, 내 차 백미러 속을 스치고 지나갔어."

"그거야말로 놀이동산이나 동물원에서 흘러왔을 수 있겠네요."

"그저께는 인사동에서도 마주쳤는걸? 학고재 앞에 서 있었는데, 해정 병원 쪽으로 날아가는 걸 따라가다가 놓쳤지."

마리아가 언제나 내게 빨간 풍선과 같은, 남들이 들으면 이상하게 여길 소리들만 늘어놓았던 것은 아니다. 기실 사람들은, 예수가 십자가에 못 박혀 죽었다가 부활했고, 부처가 보리수 밑에서 해탈하였으며, 마호메트가 천사 가브리엘로부터 알라의 말씀을 전해 들었다는 등의, 무조건 믿기로 작정하지 않는 한 결코 믿기 어려운 이야기들조차 마구 믿는다. 그러니 그에 비한다면, 그녀의 빨간 풍선이 반드시 황당무계한 것만도 아닐 터이다. 더구나 마리아는 나더러 자기의 빨간 풍선을 믿으라고, 저 속세의 피곤한 종교들처럼 강요한 바가 없다. 다만 홀로 지니고 있기에는 견디기 힘든 비밀 한 가지를 수줍게 고백하였을 뿐이다. 나는 그런 그녀가 너무 귀여워서, 이빨로 찢어발기고 싶었다.

마리아는 나보다 여섯 살이나 많은 서른두 살이었고, 하얀 두 유방 사이에는 커피를 엎질러 생긴 얼룩 같은 점이 있었는데, 거기에 얼굴을 묻은 채 아무 생각도 하고 있지 않으면 왜 그렇게 슬펐는지 모르겠다.

그녀는 원래가 심판 따위를 받기에는 지나치게 외롭고 개념이 모호한 생물이었다. 마리아는 나를 사적으로 만나기 시작한 지 불과 세 시간 반 만에 반말을 해댔고, 나는 우리의 마지막 순간까지 그녀에게 존댓말로 일관했다. 도무지 감추는 것이 없던 마리아는, 만인을 그렇게 대하며 사느라 영육靈肉이 온통 시퍼런 멍투성이였다. 그녀는 비록 미녀는 아니었으되 색이 탁하고 표면이 거친 어떤 아름다움을 가지고 있었는데, 이제 와 곰곰이 돌이켜보니 우습게도 그것은 다름 아닌 청승이었다.

마리아는 이혼 경력이 세 번이나 되었다. 아직 젊은 나이에 어떻게 그럴 수가 있었느냐고 내가 물었더니, 그녀는 첫 결혼이 스무 살 때였다고 심드렁히 대답하면서 덤으로 마태복음 5장 32절을 읊었다.

"나는 너희에게 이르노니 누구든지 음행한 연고 없이 아내를 버리면 이는 저로 간음하게 함이요. 또 누구든지 버린 여자에게 장가드는 자도 간음함이니라. ……나는 음행한 연고 없이 세 명의 남편들로부터 버림받았어. 따라서 내 간음은 내 탓이 아니야, 알겠어? 알아들었냐고? 빌어먹을."

나는 마리아와 총 열두 차례 간음하였다. 그것들은 모두 그녀를 사귄 지 30일 이내에 이루어졌으며, 서른한 번째 날에 마리아는 이미 이승을 쏘다니는 헛것이 아니었다. 내가 그녀의 연옥에 페니스를 집어넣고 허리를 움직이면, 마리아는 꼭 처녀인 양 "어우, 야아. 어우, 야아. 아프단 말야" 그랬다. 또한 나는 그녀의 이런 목소리도 기억한다.

"괜찮아. 싸. 나, 자궁 드러냈어."

이럴 때면 나는, 진짜로 성모聖母라든가 예수를 졸졸 따라다니던 막달라 마리아와 섹스하는 착각에 빠져, 굉장히 흥분되곤 하였다. 더 이상은 참을 수 없었던 나는 결국, 그녀의 팬티와 브래지어를 훔치고 말았다. (내게는 마리아의 것 외에도 다른 여러 여자들의 속옷들이 참 많다. 고등학교를 중퇴한 즈음부터 꾸준히 모아왔던 보물들로서, 개중 나는, 독서실의 화장실 문을 안에서 걸어 잠그고 따먹었던 여중생의 팬티와 섬으로 팔려갈 늙다리 다방 레지에게 화대를 곱으로 주고 얻었던 슬립을 특별히 아낀다. 나는 지독하게 우울 해지면 으레 눈을 감고 그것들에다 일일이 코를 파묻는다. 아하. 피와 살냄새. 이 지구의 어디에서 무엇을 하고 있건 간에. 혹은 이미 천국 이나 지옥에서 노숙을 하고 있다 하더라도, 그 여자들은 신과 악마의 것이 아니라 영원한 나만의 것이다.)

다녀간 사람이라곤 나밖에 없는데 생긴 일이니, 영리한 마리아 가 눈치 못 챌 리 없었다.

"얘. 너…… 어, ……저번에 여기 왔다가, 내 팬티 가져갔니? 그러니? 그랬니?"

"……."

"맞아? ……어머머, 얘 말 못 하는 거 봐. 맞구나? 그럼 브래지 어 없어진 것도 너가 가져간 거니? 웅?"

"……."

"엄마야, 얘 좀 봐. 웬일이니. 너 변태야? 호호, 진짜 그래?"

5

나는 하늘나라에서 추방당한 나의 절름발이 천사를 바둑이라고 부르기로 결정하였다. 평소 개들과 별반 친하게 지내지 않았던 관 계로, 요즘 유행하는 개 이름들에는 뭐가 있는지 어두웠기 때문

218

이다.

그런데, 정작 문제는 그다음이었다. 바둑이는 내가 알지 못하는 제 원래의 이름을 고수하였던 것이다. 바둑아, 바둑아, 애타게 호명했지만 내 쪽은 아예 거들떠보지도 않았다.

궁리 끝에 하는 수 없이 나는, 바둑이의 과거에 들어맞을 가능성이 있을 법한 개 이름들(토토, 짱가, 레옹, 람보, 슈슈, 요롱이, 통키, 대한이, 까미, 처키, 뭉치, 칸, 왕별이, 두리, 다롱이, 도꾸)의 목록을 동물병원에 문의하여 작성한 뒤 그것들을 차례차례 써먹어 보았으나 결과는 마찬가지였다.

수의사의 감정에 따르면 바둑이는, 애초의 내 짐작과는 달리 순종이 아니었다. 티베트산 쉬즈와 어떤 개 사이의 튀기인 것 같다는 거였다. 하긴 갈색 털들 틈새로 잿빛 점박이가 종종 박혀 있는 게, 언젠가 텔레비전 속에서 어미젖을 빨아대던 새끼 하이에나와 닮은 구석이 있어 석연치 않기는 했더랬다.

바둑이는 종일 잠만 잤다. 드물게 깨어 있다 해도 일절 짖거나 까불대지 않았다. 무더운 여름 내내, 나는 그런 바둑이와 아무런 교감도 이룰 수 없었다.

6

한가로이 털스웨터를 뜨개질하던 나는 불현듯, 모가지가 단두대에 올려진 것같이 외로웠다. 나는 내가 자살하려는 것을 깨닫고는 겁이 났다.

바둑아, 바둑아.
바두가아.
바둑아.
바둑아 —

그러자, 일생 기도한 적 없는 내게 기적이 일어났다. 바둑이가 그 크고 검은 눈망울을 반짝이며 요술처럼 달려와 내게 안겼던 것이다. 나는 바둑이의 잘려나간 왼쪽 뒷발의 뭉툭한 뿌리를 매만지며, 창밖으로 불어가는 칼바람의 음정 없는 노래를 들었다. 나는 기쁨에 떨며 되뇌었다. 짐승의 영혼은 인간의 그것보다 얼마나 순결하고 아름다운가!

하지만 다음 날 아침, 나는 세탁기가 놓인 베란다 배수구 옆에서 바둑이를 찾아내었다. 엎드린 바둑이는, 마치 곤충이 말라 굳어 있는 느낌으로 숨 쉬지 않았다. 나는 어떡하든 살려볼 도리가 없을까 싶어, 급히 바둑이를 모포에 싸서 동물병원으로 뛰었다.

220

수의사는 바둑이가 무슨 특별한 병 때문에 그렇게 된 것이 아니라, 내가 지난여름 길거리에서 잡아왔을 때부터 이미, 시력보다는 후각과 청각으로 사물을 식별할 만큼 늙은 개였다는 소견을 내놓았다. 이른바 노환에 의한 자연사인 셈이었다. 또 수의사는 매주 수요일마다 애완견 장의업자가 들러 냉장고에 안치한 개들의 시체를 수거해간다는 말도 덧붙였다.

화장료 3만 원을 지불하고 핏기 없는 유령이 되어 집에 돌아온 나는, 꼬박 이틀을 벽과 함께 굶으며 슬퍼하였다. 바둑아, 바둑아, 부르면 당장이라도 바둑이가 뒤뚱뒤뚱 세 발로 다가와 반겨줄 것만 같았다. 그리고 아직 화요일 밤이라는 데에까지 생각이 미치게 되었다.

이제 막 두꺼운 유리문에 육중한 자물쇠를 채우려던 수의사는, 내 피폐해진 몰골에서 딱한 사정을 읽고, 차마 싫은 소릴 못 하겠다는 표정을 지었다.

나는 죽음보다 어둡게 식어버린 털뭉치를 양 볼에 번갈아 비비며 구슬피 울었다. 그것은 이내 보통의 울음을 넘어 통곡으로 치달았다. 이해심 많은 수의사는 소파에 앉아 담배를 피우며 내가 제풀에 꺾여 잠잠해지기를 기다려주었다.

이윽고 횡단보도 신호등에 기댄 내 침울한 등 뒤로 동물병원의 셔터가 내려졌을 때, 습기 없는 가을밤의 공기는 사뭇 괴괴하였다. 나는 북극성을 찾아보려 했지만 달빛이 너무 환했다. 수의

사는 잠시 내 어깨를 다독이더니, 얇은 발소리만으로 총총히 멀어져갔다. 나는 머리가 깨어질 듯 아팠다. 바둑이가, 내게 겨우 남아 있던 한 조각의 고귀한 것을 입에 물고 이 은하계의 건너편으로 날아가버린 것 같았다.

그때, 누가 내 어깨를 다시 건드렸다. 나는 고개를 돌렸다. 수의사가 서 있었다. 마리아였다.

7

돼지들은 자기들의 불행이 믿어지지 않는 것 같았다. 트럭이 커브를 돌거나 경사를 오를 때면, 돼지들은 문드러진 코와 입에서 진물을 질질 흘리면서 화물칸 쇠창살로 미끄러져 눌어붙었다. 돼지의 눈. 그것은 원망의 눈조차도 아니었다. 목숨을 지긋지긋해하는 눈이었다. 오로지 공포밖에는 없는 눈이었다. 그런 나약한 것들의 비참을 억지로 지켜보아야 한다는 것은 상상외로 괴로웠다. 마리아가 운전하는 엘란트라는, 수십 마리의 돼지 떼를 실은 트럭과 나란히 대관령을 넘어가고 있었다.

"야. 저 봐라. 죽으러 가나 보다. 쟤들. ……옛날 소백정들은, 잘 벼린 칼로 단번에 급소를 찔러서 소를 최대한 고통 없이 잡았어. 그뿐인가. 소들의 억울한 넋을 달래주기 위해 제사도 지내주고 굿도 벌이고 그랬지. ……요즘 인간들은 짐승들을 차마 입에 담을 수 없이 사악하게 다루고 끔찍한 방법으로 도살해. 아마 광우병이란 것도 그래서 생긴 걸 거야. 인간들을 향한 소들의 저주이자 복수라고. 영혼을 독점했다고 자부하는 사람들의 건방은 대체 근거가 뭐야? 왜, 중학교 생물 시간에 개구리 해부하잖아. 그거 미친 짓이야. 아이들 모두가 개구리 배를 면도칼로 갈라볼 필요가 어딨는데? 또 동물실험은 얼마나 골 때리구. 죄 없는 생명에게 몹쓸 병원균을 일부러 집어넣어서 앓게 하고 말이야. 아우슈비츠가 어쩌고저쩌고하면서 엄살떨 자격 없어, 우린. 내가 아는 큰스님은 이러시더라. 엽기적 살인이 많이 일어나고 있는 건, 그렇게 삭막하게 죽임을 당한 동물들이 사이코로 환생하기 때문이라는 거야."

"……."

"……."

우리 사이에 묘한 정적이 감돌았다. 누군가 이 세계의 뇌관인 빨간 풍선과 마주쳤을 때처럼.

"근데 왜 날 쳐다봐요?"

"뭐라구?"

"아녜요."

마리아와 나의 목적지 없는 여행은 다도해 해상 국립공원까지 이르렀다. 그곳은 안개의 군령軍令에 지배받고 있었다. 안개는 먼저 바다를 없앴고, 거기에 여러 심지를 박고 있는 거대한 다리를 없앴고, 그 위에 서 있는 마리아와 나의 가슴 아래를 없앴다.

"바다가 보이질 않으니 차라리 잘됐어. 웬 아줌마가 감기에 걸린 악어를 데리고 온 거야, 글쎄. 진짜 큰 악어를. 제아무리 수의사라지만 악어가 흔한 동물도 아니고, 나로선 처음인 거야. 무서워서 진료 못 하겠다고 했지. 그다음부터는 밀물이건 짠물이건 일단 물만 고여 있으면 무조건 거기에 악어가 숨어 있는 것 같애."

나는 검지 두 개로 입을 찢어, 하품하는 악어의 시늉을 내었다. 그녀는 양미간을 찡그리며 나를 외면하였다.

우리는 돌산대교를, 망망한 안개의 공중을 걸어서 건넜다. 마리아와 나는, 관광 유람선 선착장을 지나 돌산회타운에서 신선한 광어회에 소주를 마셨다.

"거문도와 백도를 구경하려면 서둘러야 돼."

"생선회를 너무 먹으면요, 미쳐요. 육회도 마찬가지구."

"뭐?"

"미친다고요. 생선회나 육회에는 기생충이 있을 수 있는데, 그게 몸속을 막 돌아다니다가 뇌에 달라붙으면 사람이 미쳐요."

"농담이지?"

"사촌 형 하나가 그래서 미쳤죠."

"그럼 넌 이거 먹지 마."

"싫어요."

224

그녀가 화장실에 갔을 때, 나는 버릇대로 그녀의 핸드백을 뒤졌다. 나는 거기서 관제엽서만 한 수첩을 꺼내어, 그녀가 가장 최근에 적어놓은 부분을 읽었다.

— 정말이지, 살고 싶다.

8

그녀는 개와 고양이가 인간에게 얼마나 과분한 벗인가에 대하여 길게 열변을 토했다. 그녀는 대학 진학 시 충분히 명문 의대에 합격할 수 있었으나 가족을 비롯한 주변의 강력한 반대를 무릅쓰고 굳이 수의학과에 진학했노라고 술회하였다. 그때는 무작정 동물들이 좋아서 그랬지만, 지금은 자신의 선택이 더할 나위 없이 탁월했다고 확신하며, 그것은 인간들보다는 그 밖의 동물들을 돌보는 것이 훨씬 보람 있는 일이기 때문이라고 말했다.

그녀는 내가 계속해서 찔끔거리자, 마사이족의 이야기를 들려주었다. 그들은 죽은 자를 반드시 그가 죽은 날 단 하루만 애도한다. 장례는 주로 시신을 야생동물의 먹이로 던져주는 방식으로 치러지는데, 그러면 그의 얼굴, 그의 말투, 그의 사람됨, 아무튼 이후론 그에 관해 아는 모든 것은 절대로 기억해서는 안 된다는 것이다.

"원장 선생님, 제가 바둑이를 잊을 수 있을까요?"

"어서 새로운 개를 입양해 키우세요. 사람은 사람으로 잊고, 개는 개로 잊는 거예요."

그녀는 말을 많이 하며 나를 위로해주었고, 나는 술을 마시며 기력을 회복했다.

"어렸을 때 삼중당에서 나왔던 『김찬삼의 세계 여행』을 읽고 다짐했죠. 여행가가 되기로요. 원래 해외여행은 매우 특별한 사람들, 용기 있는 사람들이 하는 거였는데, 요즘에는 아무나 맘만 먹으면 어마어마하게 먼 여행을 할 수 있게 되었어요. 여행에서 모험이 제거되자 지구는 오지奧地를 잃어버렸구요. 김찬삼 선생처럼, 이 나라에서 돌덩이를 주워다가 저 나라에서 황금으로 팔아먹는 행운 따윈 존재하지 않죠."

그녀는 내가 특급 군사기밀을 다루는 부대 출신이어서 외국에 못 나간다는, 그래서 여행가로서의 꿈을 포기할 수밖에 없었다는 것을, 내가 184센티미터에 59킬로그램밖에는 몸무게가 나가지 않는다는 사실보다 더 신기해하였다.

"청와대가요, 전쟁이 일어나면 밑으로 가라앉아요. 20미터 정도요."

"설마."

"정말입니다."

"……."

"뭘 적어요?"

"잊을까 봐. 메모광이에요."

"큰일 나요. 이리 줘요."

내 손끝에 걸려 그녀의 수첩이 테이블 바닥으로 떨어졌다. 재빨리 그것을 주워 훑어보니 페이지 페이지마다 낙서로 가득했다.

"내가 짐승이라는 것을 잊을 바엔, 차라리 나를 창조했다는 신을 잊겠다? 신 같은 거 믿습니까?"

"뭘 읽어요? 어서 돌려줘요."

"신을 믿습니까?"

"아까 얘기했잖아. 세례명을 쓴다고."

"아, 마리아."

"한때 성당엔 꽤 열심히 다녔지. 지금은 관뒀지만. 신이 있어서 내가 하는 모든 짓을 몰래카메라 보듯 지켜보고 있다고 생각하니까 영 맘이 불편해서. 돌려줘요, 그만."

"발목에 문신 새겨진 게 나비 맞습니까? 이거 주우면서 봤어요."

나는 수첩을 돌려줬다.

"유리창떠들썩팔랑나비."

"예?"

"두 번째 남편이 나비 연구가였어요. 그 사람이 새긴 거죠. 유리창이 들썩거릴 정도로 날갯짓이 강하대요."

"결혼을 두 번이나 했어요?"

"아니. 세 번. 다 실패. 지금은 독신."

"어떻게 그럴 수가 있죠? 아직 젊은 나이인데. 어느 틈에."

"첫 번째 결혼을 한 게 스무 살 때였어. 게다가 결혼은 하루에 열 번이라도 할 수가 있지. 이봐요."

"예."

"저는요, 70 개띠걸랑요. 보아하니 제가 훨씬 누난 거 같은데, 이젠 반말해도 괜찮지?"

9

"사는 데가 아파트 아닙니까?"

"맞아, 아파트. 바로 옆집에 껄렁껄렁한 애들이 출입해서 그래……. 어잉, 바래다주기 싫어서 그래?"

"아니요."

"희한한 군대를 나왔다니 싸움도 곧잘 하겠네."

자존심이 상한 나는, 마리아의 왼편 귓불을 살며시 잡아끌어 속삭였다.

"실은, 나, 사람도 여럿 죽여봤어요. 모두 깡마르고 사나운 인민군들이었죠. 북한만 특수부대나 간첩을 적지에 침투시키는 게 아닙니다."

왜 그랬는지, 마리아가 깔깔댔다. 기뻐서 그러는 건지, 못 믿어서 그러는 건지, 판단할 수가 없었다. 나는 상당히 찝찝했다.

아닌 게 아니라, 우리가 올라탄 엘리베이터의 문이 막 닫히려는 순간, 한 떼의 힙합 바지족들이 남녀 짝을 지어 몰려들었다. 그중 유일하게 야구 모자를 눌러쓴 녀석이 손도끼를 휘저으며, 밖에서부터 피우고 있던 담배를 여전히 꼬나물고 있는 까까머리와 장난질을 쳐댔다. 까까머리가 야구 모자에게 제 까까머리를 들이대며 말했다.

―까봐. 까봐. 그래, 어쭈. 까봐, 씹새야.

그때 야구 모자가, 그녀와 나의 어이없어하는 표정을 번갈아 흘겨보았다. 나는 야구 모자의 째진 눈깔을 똑똑히 새겨두었다.

5층에서는 우리만 내렸다.

"옆집에 드나든다는 불량배들이 쟤들 아니었어요?"

"가끔 옥상에 올라가더라구. 거기서 뭘 하는지는 모르지만. 술은 집에서 음악 크게 틀어놓고 마시는 것 같던데."

"신고 안 들어갑니까?"

"소용없어. 며칠 얌전하다가는 또 그래. 철거 직전의 임대 아파트라서 그런지 저런 분위기에 주민들이 무감각해. 아까 야구 모자 쓴 애 있지? 손도끼 가지고 놀던 애. 그놈이 날 노리고 있어. 강간하려는 것 같아. 이사 갈 곳을 알아보고 있어. 더는 못 견디겠어, 이런 데는. 나는 그런 남자들이 좋더라, 게이들."

"게이요?"

"왠지 순수하고 섬세해 보여. 아까 걔들은 무슨 짐승 같애."

"짐승 같다고요?"

"왜?"

"……."

"어머, 너 왜 그렇게 무섭게 쳐다보니?"

"아뇨. ……아뇨."

"……같이 있어줄래?"

"……."

"응?"

"……."

나는 말없이 고개를 저었다.

"아, 내가 미쳤지."

나는 혼자서 오래오래 걸었다. 그리고 술이 더 마시고 싶어, 당
장 눈에 띄는 포장마차로 들어갔다. 데친 오징어에 맥주를 주문
했다. 불과 반나절 남짓 동안 지나치게 많은 일이 벌어져서 그런
지, 매우 피곤하고 혼란스러웠다. 나는 그녀가 마음에 들었다. 지
붕 위로 올라가 기러기가 달을 스칠 때 트럼펫을 불고 싶은 심정
이었다. 아늑한 사과 벌레가 되고 싶었다.

"아줌마, 웬 가을에 파리가 이렇게 있어요?"

"아직 낮에는 덥잖아요."

"이게 다 뭐요?"

여기저기, 탱탱하게 맹물이 채워진 투명한 비닐장갑들이 매달려 있었다.

"그렇게 해놓으면 파리들이 내려앉지 않아요."

"사람 손인 줄 알고요?"

"그도 그렇고. 저 물손들이 빛을 반사해서 파리 눈에는 무지 크게 보인대요."

"어, 그러고 보니 진짜 빙빙 공중을 돌기만 하고 앉지는 않네."

"그렇다니까요."

"엄청 신기하네. 파리 허수아비네."

"예?"

"파리 허수아비라고요. 새가 아니라 파리를 쫓는 허수아비니까, 그냥 허수아비가 아니라 파리 허수아비지."

취할수록 이상스레, 야구 모자 그 새끼가 점점 더 미워졌다. 아무래도 억겁 전에 내게, 되게 큰 잘못을 저지른 경력이 있는 놈 같았다. 포장마차와 연결된, 슬레이트로 벽을 삼은 빈터는 거의 쓰레기장과 다름없었다. 파리가 창궐하는 이유는 따로 있었던 것이다. 나는 거기 복판에 서 있는 간이 변소로 들어가기가 싫어서, 그냥 고철과 목재들이 흩어진 수풀에 오줌을 갈겼다.

한데, 누군가의 안광이 어둠 속에서 서럽게 번들거렸다. 그가 애통해하고 있음을 나는 분명히 알 수 있었다.

아아, 그것은 인간이 아니라 개였다. 큰 개 한 마리가 녹슨 쇠 말뚝에 묶여 이슬도 피할 수 없는 그곳에 쭈그려 있었다. 나는 라이터 불을 켰다.

개는 병들어 있었고, 컹컹 짖는 게 아니라 뼈아픈 후회로 가득 찬 해소 기침 소리, 완전히 헛산 노인의 추한 탄식을 내뱉었다. 병든 개 대가리에는 더러운 부스럼이 잔뜩 돋아나 있었다. 오물통과 다름없는 개 밥그릇에는 썩은 빗물이 고여 징그러운 이끼가 잔뜩 끼어 있었다. 보나 마나 포장마차 주인이 길 잃은 개를 잡아두었다가 때가 이르면 팔아먹으려고 하는 거였다.

나는 그 비루먹은 개를 끌어안았다. 유성流星 같은 눈물 몇 방울을 떨어뜨리며 나는, 주체할 수 없는 증오의 뜨거운 중심을 삼켰다. 나는 편의점으로 달려가 스니커즈 초콜릿 열 개를 사 왔다. 녀석은 그것들을 순식간에, 비난할 수 없는 비굴함으로 먹어치웠다.

자리에 돌아온 나는, 안주와 술을 그대로 남겨둔 채 계산을 치렀다. 나는 포장마차 여주인을 죽여버리고 싶었다. 충분히 그렇게 할 수 있었지만, 나는 그 여자를, 간이 변소 옆에 매어두고 싶었기에, 관뒀다.

나는 이 어이없는 우주의 체계에 모욕을 느꼈다. 내 눈이 이상해서인지, 여기저기 걸린 물손들이 태산처럼 크게 보였다.

10

나는 온갖 도매상들이 다닥다닥 붙어 있는 을지로의 뒷골목을 활보한다. 마리아가 죽었다. 우리는 마사이족의 전통에 따라 죽은 자를 그가 죽은 단 하루만 애도해야 한다. 시체 따윈 뭇짐승들의 먹이로 초원에 내던져버리고, 지나간 사랑을 영원히 무시해야 한다. 그런데 못난 나는 어쩌다가 그녀를 벌써 사흘째 추모하고 있다. 아이러니다. 간절히 살고 싶어 하던 마리아는 괴롭게 죽어갔고, 매일 죽고 싶어 안달하는 나는 이렇게 살아서 살기가 등등하다.

곧 겨울로 접어들리라. 시린 목을 외투 깃으로 여미는 나는, 대여섯 발짝 앞에 놓인 둥근 그림자를 발견하고, 멈춰 선다. 이게 뭐지? 축구공? 검은 태양?

나는 고개를 든다.

빨간 풍선 하나가, 지상 3미터쯤 되는 높이의 허공에 삼엄하게 박혀 있다.

빨간 풍선은 나를 부끄러워하고, 나는 빨간 풍선이 끔찍하다.

……마리아, 저게 터지면…….

시간과 존재들이 일시에 활동을 정지하고, 저 빨간 풍선과 나만이 두근거리며 서로를 견제한다.

—내가 짐승이라는 것을 잊을 바엔, 차라리 나를 창조했다는 신을 잊겠다.

홀연, 빨간 풍선이 적막을 느리게 으깨며 움직이기 시작한다. 차츰 그 속도가 빨라진다. 나는 뒤쫓는다. 행인들과 부딪친다. 보도블록 바닥에 넘어져 무릎을 꿇는다. 빨간 풍선은 앙상한 플라타너스 위에 떠서 그런 나를 노려본다. 이가 갈리고 오한이 치민다.

빨간 풍선이, 쁘렝땅 백화점을 향해 솟아올라 날아간다.

그로부터 약 10분 후, 나는 내장재 가게에 진열되어 있는 누런 타일 더미와 자주색 변기들을 물끄러미 마주하고 있다. 졸리다. 자주색 변기들, 도시 사막의 자주색 변기들. 나는 그 세계의 아가리 속에 휘말려 삼켜져버릴 것 같다. 내 위벽이 온통 누런 타일들에 뒤덮인 듯하다.

오늘 새벽. 갑자기 집 전체가 흔들리는 소란에 놀라 잠에서 깨어났더랬다. 요동의 진원을 찾아 마루로 나아갔다. 파란빛이 물든 거실 방음창이, 뭔가 육중한 힘에 의해 퉁퉁— 가격당하고 있었다. 쩍쩍— 금이 가며 안으로 부풀어드는 중이었다. 수만 마리의 나비 떼였다. 유리창떠들썩팔랑나비. 나는 침대로 되돌아와 이불을 뒤집어쓰고는 매 맞은 개처럼 울었다. 바둑이가 그리웠다.

234

새삼 주위의 시선들을 면밀히 살핀 나는, 내장재 가게 옆에 있는 철물점으로 불쑥 들어간다. 나는 갈아 끼울 새 전기 톱날을 18만 2천 원에 구입한다. 마리아가 죽었다. 그녀는 나보다 여섯 살이나 많은 서른두 살이었고, 하얀 두 유방 사이에는 커피를 엎질러 생긴 얼룩 같은 점이 있었는데, 거기에 얼굴을 묻은 채 아무 생각도 하고 있지 않으면 왜 그렇게 슬펐는지 모르겠다.

끝내 못 변한 사람

이응준, 「그녀는 죽지 않았어」

현대소설을 읽는 게 고역일 때가 있다. 겉으로 드러난 얘기만 읽어서는 소설이 의미하는 바가 무엇인지 도통 알 수 없기 때문이다. 읽기는 크게 두 종류로 구분된다. 약한 읽기와 강한 읽기. 약한 읽기는 드러난 것을 드러난 대로 이해하면 되는 독해 방식이다. 미학적 관점보다 실천적 관점이 두드러지는 작품들이 약한 읽기를 요한다. 사실주의적 작품들이 대체로 여기에 해당한다. 강한 읽기는 드러나지 않은 것을 통해 작품의 의미를 파악하는 독해법이다. 구조를 통해 메시지를 읽거나 말하지 않은 것을 통해 말하고 싶은 것이 무엇인지 알아내는 식이다. 드러낸 것과 감춰진 것의 차이가 겉만 봐서는 짐작할 수 없는 사람의 속내와 닮았다. 그

236

만큼 알아보기 어렵고, 오해가 생기기도 쉽다.

　이렇게 구분된다고는 하지만 강한 읽기와 약한 읽기가 우열을 의미하는 것은 아니다. '무엇을 말하는가가 아니라 무엇을 말하지 않는가, 심지어는 무엇을 말할 수 없는가가 중요하다'며 강한 읽기에 '징후적 독해'란 이름을 덧붙인 알튀세르와 그 연구자들 같은 집단이 있는가 하면, 이를 자의적 해석과 망상적 독해라 비판하며 도리어 평평한 읽기를 표방하는 흐름도 있다. 어느 한쪽으로만 가능한 독서가 없듯 약한 읽기와 강한 읽기는 각각의 역할이 있다. 그러나 표현과 의미 사이의 어긋남에서 현대소설의 미학이 발생하는 만큼 약한 읽기에 익숙한 독자들에게 현대소설은 '어려운 소설'과 동의어일 수 있다. 그럴 때 쉽게 돌아서는 대신 이렇게 생각해봐도 좋겠다. 인간과 세계의 본질이 복잡성과 난해함에 있다면 '어려운 소설'이야말로 그러한 인간과 세계를 리얼하게 드러내기 위한 정확한 표현 방식이라고 말이다. 현대소설의 어려움은 현대, 현대인의 난해함과 동떨어져 있지 않다.

　「그녀는 죽지 않았어」는 강한 읽기를 요구하는 대표적인 현대소설이자 징후적 독해를 필요로 하는 전형적인 현대소설이다. 나도 이 소설을 여러 번 읽었다. 처음에는 사건의 개요를 파악하기 위해 남자의 행적을 뒤쫓는 데 집중했다. 그러나 사건의 개요가 잡히지 않고 부러 비워진 틈이 많다는 걸 확인했을 땐 남자와 여자의 관계 속에 내가 놓친 부분이 있는지 되짚는 쪽으로 방향을 틀었다. 원한도 분노도 없이, 더욱이 자신에게 슬플 만큼 진지한 애정을 줬던 사람을 죽인다는 것은 범죄와 병리로 다 설명되지 않는 의문을 남긴다. 그렇다 한들 문장과 문장 사이, 문단과 문단 사이를 헤집는 것이 무슨 명쾌한 답으로 가는 길은 아니었다. 그렇게 소설을 배회하다 눈여겨본 것이 이런 이미지들이었다. 그녀의 죽음, 한쪽 발을 다친 강아지와의 만남, 민방위 교육 현장에서 본 검은 태양(개기일식), 강아지의 죽음, 한 사람의 눈에만 보이는 빨간 풍선, 도살장으로 가는 동물들, 포장마차에서 파리를 쫓기 위해 매달아놓은 물손……. 이른바 죽음의 그림자들.

겉으로 드러난 이야기만 보면 이 소설은 한 남자가 엽기적인 사건을 일으켜 한 시절 자신에게 소중했던 여자를 비롯해 불특정 다수를 죽음에 이르게 한 범죄소설 같다. 그러나 막상 꼼꼼히 읽어보면 소설의 플롯은 사건의 연쇄에 의해 실마리가 풀려나가는 집중된 구조가 아니라 남자가 마주하는 죽음의 이미지들이 불연속적으로 등장했다 사라지며 혼돈을 증폭시키는 해체된 구조로 진행된다. 삶의 우연성과 혼돈을 재현하는 포스트모던 소설의 특징이다. 여기서 더 나아가, 그보다 깊은 심층에 이르면, 스스로가 짐승이라고 생각하며 빨간 풍선에 쫓기는 여자와 스스로가 어둠이라고 생각하며 검은 태양을 먹으려는 남자가 끝내 그 전생 같은 생각에서 벗어나지 못한 채 죄와 벌에 갇혀 윤회를 반복하는 불교적 세계관이 있다. 이때 이 소설은 삶과 죽음 사이를 떠도는 인간을 철학과 종교 사이 어느 지점에서 개념과 비유를 포함하되 개념에도 비유에도 기대지 않는 문학의 언어로 말한다. 그러므로 이 소설은 최소 3단의 불협화음으로 이루어진 작품이며, 표면의 사건들은 심층에 도달하기 위해 벗겨내야 하는 껍질임이 서서히 드러난다. 껍질부터 살펴보자.

아파트 한 동의 6분의 1이 사라져버린 가스폭발 사고가 발생한다. 32명이 사망하고 50여 명이 중경상을 입은 대형 참사다. 경찰은 본드에 절어 밤새 술판을 벌이던 불량 청소년들이 손도끼로 도시가스 호스를 자르고 잘린 호스에 담뱃불을 지져 일으킨 사건으로 잠정 결론 내린다. 세간에는 이렇게 정리되고 말지만 참사의 주범은 따로 있다. 스물여섯 살 무직 남성. 키 184센티미터에 몸무게는 59킬로그램. 외로운 늑대 같기도 하고 용서받을 수 없는 죄인 같기도 한 이 남자는 소설 속 한 구절을 빌려 설명하면 "심판 따위를 받기에는 지나치게 외롭고 개념이 모호한 생물"로서 흔히들 말하는 것처럼 사이코패스라 불려도 무방해 보인다. 남자는 왜 이렇게 참혹한 범죄를 저질렀을까. 그저 미치광이라서?

남자는 마리아가 거주하고 있는 아파트에 그녀를 데려다주러 왔다 스치듯 만난 적 있는 한 사람, 불량 청소년 무리 중 한 명이었던 "야구 모자의 째진 눈깔을 똑똑히 새겨"두었고, 그 야구 모자가 "아무래도 억겁 전에 내게, 되게 큰 잘못을 저지른 경력이 있는 놈 같았다"는 비합리적인 느낌에 사로잡혔다. 그게 전부다. 그런데 남자를 사로잡아 살인을 저지르게 한 그 느낌이 좀 묘하다. 남자의 현실은 현재에만 있는 것이 아니라 '억겁 년 전에도' 있다. 나아가 살인을 감행한 것으로 봐서 남자의 현실은 현재보다 억겁 년 전 과거에 더 깊이 닿아 있는 것 같다. 그런가 하면 별 의미 없는 타인의 눈빛에서 자신을 향한 묵은 공격성을 읽어내는데, 이는 남자가 병적인 피해망상에 사로잡혀 있다는 방증이기도 하다. 그럼 우리는 이 사건에 관해, 해괴한 현실감각과 자기만의 망상에 사로잡힌 괴물이 저지른 비극적인 사건이라고 결론 내리면 될까. 석연치 않다. 심연을 들여다보자.

남자가 늘 전생 같은 시간에만 매달려 사는 건 아니었다. 특히 사건을 저지르기 전―아파트에 데려다줬던 바로 그 여자―마리아와 맺었던 관계는 이 이야기를 불가해한 괴물의 범행으로 단정 짓기 힘들게 하는 다른 국면을 보여준다. 이 사고는 기분 나쁜 불량 청소년을 비롯해 그들과 무관한 아파트 주민들의 목숨만 앗아간 것이 아니다. 32명의 사망자 가운데에는 '나'와 만나고 있던 여자 마리아도 있었기 때문이다. 마리아는 남자가 반려견을 치료하기 위해 찾은 동물병원의 수의사다. 그들은 한 달 동안 만나며 열두 번 섹스한다. 남자가 파괴한 세상의 피해자 중에는 '나'와 만나고 있던 여자 '마리아'가 있고, 마리아의 사랑을 받고 있던 '나'도 있다. 그러므로 남자가 파괴한 세상의 피해자 중에는 남자 자신

240

도 있는 셈이다.

　유기견을 데려다 키우는 남자에게는 채워지지 않는 결핍이 있다. 타인으로부터의 애정이다. 인간 세상에서 겉돌기만 하는 남자는 유일하게 그의 개와는 마음이라 할 만한 것을 나누고, 그 인연으로 마리아와도 연결된다. 남자는 마리아를 사랑했을까. 어쩌면 그랬을 것이다. 그건 마리아도 마찬가지일 테고. 하지만 둘은 서로를 받아들이지 않는다. 사랑은 서로를 향해 주어진 문을 여는 것에서 시작된다. 그 문을 열면 상대방은 물론 그에게 비친 자신도 보인다. 남자는 그렇게 하지 않는다. 자신이 사랑받을 수 있는 사람이라는 것을 믿지 못하기 때문이다. 그는 차라리 자신을 사랑해주는 사람을 죽여 없앤다. 그로써 사랑받는 자신 역시 더는 세상에 존재하지 못하도록 제거한다. 그는 이제 타인도, 타인에 비친 자신도 보지 않을 수 있다. 대신 지독하게 외로운 늑대가 되어 영원히 그처럼 외로울 테지. "바람 불지 않는 허공을 서늘한 혼백처럼 돌아다니는" 빨간 풍선처럼 그는 영영 정처 없을 것이다.

　일견 이해할 수 없는 정신세계를 가진 남자의 범죄 아래에는 변화를 통해 구원받을 수 있는 기회를 그 누구도 아닌 스스로 날려버리는 자멸의 초상이 있다. "나는 그녀가 나를 사랑했다고는 믿을 수 없는 것과 같이, 내가 과연 그녀를 사랑했는지를 감히 말하지 못하겠다." 도입부에 나오는 이 문장이야말로 남자가 앓고 있는 병이 무엇인지 말해준다. 남자는 불행에 중독되었거나, 적어도 적응되었다. 사람은 행복만을 바라는 게 아니다. 진창에서 벗어날 수 있는 기회를 스스로 망쳐버리는 것 또한 인간의 속성이다. 인간이 지닌 심연의 어둠은 소설에서 "검은 태양"(개기일식)이라든가 "촛불 꺼지듯 확, 사라져버"리고 싶은 마음과 같이 소멸의 이미지로 변주되며 암시된다. 그가 지은 죄는 타인을 죽인 것이고 그가 받는 벌은 빨간 풍선에 갇히는 것이다. 그는 결국 빨간 풍선을 본다.

일찍이 빨간 풍선 타령을 했던 건 마리아였다. 빨간 풍선은 마리아에게 급소와도 같아서 그녀는 줄곧 풍선이 터지면 곧 자신도, 자신을 둘러싸고 있는 이 세상도 터져버릴 것 같은 느낌에 붙잡혀 살았다. 사건 발생 5일 뒤 잔해 더미 속에서 마리아의 시체가 발견된다. 함몰된 머리 따로, 발목의 나비 문신이 선명한 하반신 따로. 마리아의 발목에 새겨진 나비 문신이 내내 머릿속을 떠나지 않는다. 나비는 변화의 상징이다. 발목에 나비 문신을 한 마리아 역시 변화를 갈망했지만 끝내 변하지 못했다. 그녀를 쫓아다니던 빨간 풍선은 그녀의 죽음으로 인해 간신히 사라졌다. 그러나 그게 끝일까.

'그녀는 죽지 않았어'라고 말하는 이 소설의 제목은 의미심장하다. 남자와의 인연으로 생사가 달라진 마리아가 생전에 봤던 빨간 풍선을 이제 남자가 본다. 남자에게 그 풍선은 마리아와 구분되지 않는다. 마리아는 죽었지만 빨간 풍선처럼 떠다니며 남자의 급소가 된다. 그녀는 죽지 않은 것이다. 그럼으로써 남자는 또 하나의 전생에 갇힌다. "내가 짐승이라는 것을 잊을 바엔, 차라리 나를 창조했다는 신을 잊겠다." 메모광이었던 마리아가 그의 메모장에 적어둔 말이다. 이 문장은 마리아뿐만 아니라 남자에게도 해당된다. 두 사람은 자신의 오래된 어둠을 잊지 못했다. 그들 자신이 어둠의 끝을 지나 새롭게 시작된 존재일 수 있음을 믿지 못했다. 자신이 만든 세계에 갇혀 변화의 가능성을 믿지 못한 그림자라는 점에서 둘은 닮았다.

이 소설을 떠올리면 "바람 불지 않는 허공을 서늘한 혼백처럼 돌아다니는" 빨간 풍선이 먼저 생각난다. 마리아의 발목에 새겨진 문신도 이따금 떠오른다. 막막한 세상에서 다름 아닌 나 자신이 도저한 벽처럼 느껴질 때 주로 그렇다. 불연속적으로, 막을 틈도 없이. 인간이 스스로 인식하는 비극적 숙명과 그런 인간들이 함께하며 만드는 한층 더 뒤틀린 관계, 그리고 그들이 살아가는 무심하고 잔인한 세계를 한 편의 이야기로 보여주는 이 소설은 분명 복잡하고 난해한 소설이 맞다. 어렵고, 오해하기 쉽다. 동시에 가장 정확하고 명료하게 그 복잡성과 난해함을 표현한 소설인 것도 맞다. 강한 읽기가 더 좋은 읽기는 아니라 해도 강한 읽기로 인해 더 빨간 자극을 받는 건 사실인 것 같다. 요즘은 내 눈에도 가끔 그 빨간 풍선이 보인다. 내 눈에만 보이는 나의 급소.

댈러웨이의 창

박
성
원

박성원

1994년 『문학과사회』 가을호에 단편소설 「유서」를 발표하며 작품 활동을 시작했다. 지은 책으로 소설집 『이상異常 이상李箱 이상理想』 『나를 훔쳐라』 『우리는 달려간다』 『도시는 무엇으로 이루어지는가』 『하루』 『고백』 등이 있다.

창窓은 진실을 엿볼 수 있는 기회다.

만일 창이 없다면 사각의 벽 속에 갇혀 있는 진실을 어쩌 구해

낼 수 있단 말인가.

— 댈러웨이(사진작가)

내가 댈러웨이에 대해 알게 된 것은 2층으로 새로 이사 온 젊은

사내 때문이었다. 2층에는 그동안 내가 취미 생활을 하는 데 필

요했던 암실과 작업실이 있었다. 하지만 살림 살기에도 충분한 공

간을 취미 생활 때문에 놀리기에는 아까운 감도 없지 않았고 또

한 경제적인 문제도 걸려 있었기에 나는 세를 놓기로 했었다. 암

실과 작업실을 지하로 옮긴 나는 장판과 도배를 새로 했고, 세를 놓는다는 광고를 생활 정보지에 냈었다. 그리고 그 자리에 아주 간단한 이삿짐을 가진 한 사내가 들어왔다.

내가 살고 있는 집은 신도시가 내려다보이는 야산에 홀로 위치해 있었는데, 시내와 거리가 멀어서인지 방은 쉽게 나가지 않았다. 그러나 장마 같지도 않던 장마가 끝날 무렵 산 위에서 내려다보는 야경이 멋지다는 이유로 한 사내가 이사를 온 것이다. 언젠가 사내는 이 부근에 왔다가 서울로 가는 길을 잃고 이곳을 헤맸는데, 길을 찾기보다는 야경에 반해 동틀 무렵까지 앉아 있다가 갔다고 했다. 그래서 마음이 울적한 날에는 이곳을 자주 들렀고, 그러다가 우연히 광고를 보았다고 했다.

사내가 가계약을 하고 간 그날 나는 사내를 배웅하면서 야경을 다시 보았다. 하지만 사내가 감탄하는 야경을 찾을 수 없었다. 네온사인은 날을 잘 간 칼처럼 번뜩이긴 했지만 아래위로, 또는 좌우로 단조롭게 방전되고 있어 자유롭지 않아 보였다. 또 멀뚱하게 켜져 있는 가로등은 오징어잡이 배의 늘어선 전구처럼 하리망당하게 보일 뿐이었다. 많은 사람이 발광發光을 찬양하며 아치랑거리고 돌아다니고 있었다. 하지만 빛에 반사되어 허옇게 들뜬 얼굴때문에 그들은 사람이 아니라 꼭 유령 같았다. 뭉텅뭉텅 잘려나간 게시판의 광고지처럼 해진 옷을 입고, 어둠을 탈색시킨 강렬한 빛에 부유물처럼 떠다니는 그들의 모습은 반사물 이상 아무것도 아니었다.

사내의 이삿짐은 그가 몰고 다니는 사륜구동에 알맞게 들어가 있었다. 냉동칸과 냉장칸이 함께 있는 소형 냉장고를 같이 들어 준 것 말고는 힘쓸 만한 짐이라곤 없었다. 나는 사내의 여행용 가방(아마도 사내의 옷가지가 들어 있을 듯한)을 내려놓으면서, 하다 못해 텔레비전도 없는 이삿짐은 처음이라고 말했다. 그러자 사내 는 과장된 소리로 흥감스레 웃으면서 무언가를 꺼내 보였다. 그것 은 가느다란 긴 원통에 숨겨져 있었는데, 사내는 원통의 가운데 부분을 잡아당겼다. 그러자 꼭 지도가 펼쳐지는 것처럼, 백색의 전지가 펼쳐졌다.

"이건 일종의 스크린이에요. 저기 슬라이드기처럼 생긴 기계 있죠? 저것이 새로 나온 액정 빔인데, 방송은 물론 DVD까지 볼 수 있는 최신형이에요."

그러면서 사내는 무언가를 열심히 설명했지만 나는 손을 가로 저으며 그만두라고 했다. 암산이 빠른 주판 세대이니, 그런 설명 은 필요치 않다고 덧붙였다. 그러자 사내는 시퉁하게 웃으면서 손 바닥으로 자신의 머리를 툭 쳤다. 미처 몰라본 자신의 실수를 용 서하라는 식으로.

이삿짐을 모두 풀어놓은 사내의 방은 아주 넓어 보였다. 내가 사용하던 책상 위에 노트북과 최신형 스캐너가 놓인 것 말고는 마치 빈방 그대로인 듯했다. 사내는 책상 서랍을 세차게 열고 닫

앉는데, 그 모습은 꼭 불결한 무엇이 서랍 안에 있어 그것을 찾아 제거하려는 듯한 모습이었다. 순간 내 머릿속에는 작업실을 옮기면서 책상 정리를 하지 않았다는 생각이 들었다. 역시 사내는 나를 불렀다. 그러면서 사내가 내 손에 쥐여준 것은 네거필름 쪼가리와 필름을 건조할 때 걸어두기 위한 클립 몇 개와 수세 후 필름을 닦을 때 사용하는 스펀지, 그리고 필름을 현상할 때 감도를 높여주기 위해 사용하는 후지제 팬도루 한 통이었다.

"취미로 사진을 하시는 모양이죠?"

사내는 양손에 가득 담긴 잡다한 물건을 건네며 내게 말했다. 내가 어떻게 대답해야 할지 몰라 시들먹한 표정으로 사내의 손에 있던 물건을 집어 들었다. 그러자 사내는 다시 말을 이었다.

"저도 비슷한 일을 합니다. 저기 보이는 스캐너와 노트북으로 광고용 스틸을 편집하죠. 그래픽으로 색 보정하고, 노광과 콘트라스트 보정하고……. 사진을 해보셨으니 잘 아시겠네요. 하지만 가끔은 제 직업을 말하기가 부끄러워요. 컴퓨터로 작업한다는 게 원본 사진에 없는 사실을 덧붙이는 것이니까요. 진실을 외면하고 거짓을 만들어내는 게 제 직업이죠."

사내가 이사 온 그날 밤, 나는 새로 옮긴 지하 암실에서 밤늦도록 작업을 했다. 수제 프린터로 밀착구이를 하였고, 인화지 조각으로 테스트 프린트를 서너 번 하였다. 테스트 프린트를 서너 번까지 한 것은 10여 년 전에 실습할 때 이후로 처음이었다. 적절한 노광 시간을 알기 위해 보통 한 번 정도 하는 테스트를 서너 번이나 반복한 나는 암실을 그만 나와버렸다. 그리고 시적거리는 걸음으로 지하 계단을 올라온 나는 바람을 원했다. 그러나 내가 뜸지근하게 내뱉는 호흡 말고는 단 한 점의 바람도 없었다. 밤인데도 폭짝폭짝 찌는 열기에 속옷까지 땀에 절어 꿀적거렸다. 나는 바람이 불지 않는 골목길에서 손을 휘휘 저어 인위적인 바람을 두어 번 만들어냈다. 그러나 그런다고 해서 후줄근한 더위가 물러나고 또 맞바람이 불어오는 것은 아니었다.

그렇게 하릴없이 골목길을 흥뚱항뚱 오가고 있을 때, 골목길 아래에서 자동차의 하이빔이 빠른 속도로 올라왔다. 마치 갈라지고 쪼개진 땅 속에서 시뻘건 지구핵이 뿜어내는 빛처럼 홧홧 타오르던 하이빔은 언덕 위에 있던 나를 발견하고는 일순간 멈추었다. 나는 뒤로 물러날 틈도 없이 그 자리에 주저앉았고, 하이빔이 꺼지지도 않은 자동차 안에서 내린 누군가가 나를 일으켰다.

"어머, 죄송해요. 언덕이 높아서 미처 못 봤어요."

자동차에서 내린 사람은 젊은 여자였다. 그러나 얼굴은 볼 수 없었다. 그녀의 자동차가 던진 강렬한 하이빔 때문에 눈앞에는 형체를 알 수 없는 빛들이 둥둥 떠다녔던 것이다. 그녀는 내 엉덩이를 손바닥으로 치면서 먼지를 털어주었다. 나는 괜찮다고 말하며 그녀의 손을 제지했지만 그녀는 내 엉덩이를 한사코 건드렸다.

"가만있어봐요. 그쪽은 댁의 손이 안 닿는단 말이에요."

나는 바르작거리며 그녀의 손에서 막 벗어났지만 그녀는 못내 아쉬운 듯했다. 그때 2층에서 여인을 부르는 사내의 목소리가 들렸다. 나와 여인은 동시에 올려다봤고, 어렴풋이 새로 이사 온 사내가 손을 흔드는 것이 보였다.

그녀가 자동차의 시동을 끄는 소리가 들렸고 2층으로 향하는 철제문 여닫는 소리가 들렸다. 나는 하이빔이 던진 후유증에 한동안 빛과 어둠을 구분할 수 없었다. 빙초산을 너무 섞은 인화지가 기포를 발산하며 타들어가는 것처럼 사물이 온통 점점이 번뜩였다가 사그라졌다. 그러나 그 와중에도 소리는 멀쩡하게 들렸다. 굽 높은 구두로 계단을 밟는 소리가 동굴 속에서 울리는 공명처럼 전해져왔다. 눈이 어느 정도 정상으로 돌아왔을 때 이미 그녀는 사내와 문 앞에서 부둥켜안고 있었다. 그러고는 몇 번의 입맞춤을 나눈 뒤 문 안의 사각 공간으로 사라져버렸다.

나는 엄지와 검지로 눈을 지압한 뒤 그녀와 사내가 사라진 2층의 암갈색 벽돌을 응시했다. 내가 총총히 사라진 그들의 행방을 좇으며 끝까지 시선을 거두지 못한 것은 이상하게도 외로움을 느꼈기 때문이었다. 그들이 사라져버린 암갈색의 벽돌이 나에게 묘한 단절감을 전해주었고, 골목길에 아직도 혼자 남아 있다는 사실은 나에게 진한 외로움을 불러일으켰다. 하이빔에 잠시 눈이 멀어 나를 일으켜주던 여인의 모습을 제대로 보지 못한 것이 우울했고, 하다못해 집주인으로서 누굴 찾아왔는지 물어보지 못한 것도 쓸쓸했다. 왜 그런지는 알 수 없었다. 낡아서 이제는 초점도 제대로 맞추지 못하는 확대기와 폐독극물처럼 방치된 정착액과 현상액 병들이 대신 눈앞을 오갔다.

나는 그들이 있을 사각 공간의 벽을 한동안 쳐다보았다. 그러다가 내 시선이 다시 고정된 곳은 창문이었다. 이전에 내가 암실로 사용할 때 설치한 흡혈귀의 망토 같던 두꺼운 커튼은 보이지 않았다. 아마 도배를 하면서 일꾼들이 치웠을 것이다. 그러나 커튼이 없어서인지 창은 창다웠다. 언젠가 나는 2층 작업실을 올려다본 적이 있는데 그때는 도시 어느 것이 창이고 또 어느 것이 벽인지 분간할 수 없었다. 두껍게 창을 가린 커튼 때문에 암갈색의 벽돌이나 창은 매한가지였다. 그러나 커튼을 뗀 창은, 특히 불이 환하게 비치고 있는 창은, 마치 숨구멍을 틔워주는 듯했다. 나는 그때 암갈색의 벽돌 사이에서 시원하게 빛을 내뿜고 있는 창을 보면서, 창이란 게 사진기의 뷰파인더와 비슷한 것이라고 생각을 했다. 만일 창이 없다면 벽돌의 사각 속에 갇힌 실제의 모습을 어떻게 볼 수 있을까.

어쨌든 그날 나는 외로움 속에서 한동안 창을 올려다보고 있었는데, 그때 창을 통해 그들의 그림자가 보였다. 한 그림자는 다른 그림자의 머리카락을 만지고 있었고, 이어 다른 그림자는 옷을 벗고 있었다. 신체적 특징이 그림자를 통해 한껏 드러났기 때문에 나는 옷을 벗고 있는 그림자가 내 엉덩이를 털어주던 여인임을 알 수 있었다.

나는 다음 날도, 또 그다음 날도 작업을 제대로 하지 못했다. 몇 개는 인화를 해보았지만 그것은 증명사진 수준의 한계를 벗어나지 못하고 있었다. 필터를 이용해서 찍은 사진이나 아니면 고감도 필름을 사용해서 찍은 굵은 입자의 흑백사진을 몇 개 건졌지만 새로운 것은 전혀 없었다. 현상액을 고온으로 처리해 사진 입자를 거칠게도 만들어보았고, 여러 종류의 인화지로 노광 시간을 조정하기도 했고, 네거필름을 합성시켜 몽타주 포토를 만들어도 보았지만 소용이 없었다. 이미 유행마저 지난 구식 기법에서 벗어나지 못하고 있을 뿐만 아니라, 더군다나 피사체에서도 아무런 의미를 구하지 못할 것 같았다.

자극이 필요해. 아, 나에겐 새로운 자극이 필요해, 하고 중얼거렸지만 그것은 뜻 모를 소리에 지나지 않았다.

하릴없이 골목길을 서성이는 시간이 늘어갔고, 또 그때마다 2층에 달린 창을 바라보는 횟수도 늘었다. 그날 밤 이후 내게는 좋지 못한 버릇이 생겼다. 그것은 사내가 사는 2층의 불 켜진 창을 몇 시간이고 지켜보는 것이었다. 특히 제대로 얼굴을 보지 못한 사내의 여자친구가 온 밤이면 더욱 그러했다. 혹시 사내가 창문을 세차게 열고는, 어둠 속에서 숨죽이며 지켜보고 있는 나를 보면 어찌하나 하는 두려움도 가끔씩 들었다. 하지만 그런 두려움이 클수록 나는 창이 보이는 어둠 속에서 벗어날 수가 없었다.

사내가 이사 온 지 사흘이 지난 주말 밤에는 사내가 직접 지하 암실로 내려왔었다. 사내는 집들이를 하려고 하는데 나도 참석했으면 한다고 말했다. 친구들이 모두 사진과 관련된 일을 하니 서로 좋은 이야기를 나눌 수 있을 거라는 말도 덧붙였다. 그러면서 사내는 내 작업실을 둘러보며 새근발딱거렸다. 손가락을 오므린 채, 수전증에라도 걸린 사람처럼 덜덜 떨며 허공에 대고 감탄사를 내뿜기도 했고, 바람 빠진 풍선처럼 나달대며 뛰어다니기도 했다.

"세상에…… 여긴 완전히 박물관이군요."

그러면서 사내는 과장된 몸짓으로 보는 용구마다 만지며 괴성을 질렀다.

"이 확대기는 반세기는 넘은 것 같아요. 오우, 이 이젤 좀 봐. 사진은 이렇게 해야 제맛인데. 그런데 감각적인 영상만을 좋아하는 요즘 인간들의 입맛에 맞추려고 컴퓨터로 모조리 조작하니…… 하긴, 사진 일을 한다는 나 또한 그러고 있으니……."

그러면서 사내는 잊었다는 듯이 내 손을 잡고 올라갔다.

집들이에 온 사내의 친구는 모두 여섯이었다. 여자가 세 명이었는데, 그중에서 누가 사내의 여자친구인지 찾을 수는 없었다. 집들이에 오가는 통상적인 말들이 지나가고, 여느 술자리에서처럼 야지랑스런 음담패설이 오갔다. 빈 술병이 비닐봉지 하나를 꼭 채웠을 무렵 사내의 친구 중 한 명이 해죽이 웃으면서 가방에서 뭔가를 꺼냈다.

"드디어 구했지. 댈러웨이의 〈미지의 창〉. 병식이는 이 사진을 구하러 미국까지 직접 간다고 했는데, 글쎄 이놈의 사진이 어떤 아마추어 사진 동호회의 사이트에 떡하니 있더라니까."

그러면서 친구는 닝글닝글한 웃음으로 건방을 떨었다. 하지만 그 사진을 본 사내의 친구들은 먹이를 받아먹는 동물원의 사슴처럼, 눈알을 뙤록 뜨고는 눈썹을 씀벅거렸다. 그리고는 마치 비밀 교시를 수령하는 신자들처럼 아주 공손하게 사진을 돌려보았다.

"야, 역시 댈러웨이야. 그냥 봐서는 도저히 모르겠는걸. 일단 스캐너로 긁어 확대해야겠는데……."

2층에 사는 사내는 말은 그렇게 했지만 장대비를 맞은 풀포기처럼 풀 죽은 모습을 잠깐 비쳤다. 그 모습은 극히 짧은 순간에 나타났다가 이내 사라졌지만 무척 의외였다. 다른 친구들은 긴장하긴 했지만 자신의 차례가 어서 돌아오기를 바라는, 약간의 호기심과 흥분이 감도는 밝은 얼굴이었다. 그러나 2층의 사내는 밝게 말하면서도 분명 물에서 갓 건져낸 취나물처럼 척척한 모습을 감추지 못하고 있었다. 이어 사진을 건넨 친구가 사내의 표정을 보지 못했는지 실쭉한 웃음을 지으며 말했다.

"아서라, 이미 내가 다 해봤다. 그게 그리 쉽게 찾아질 것 같으면 괜히 백만 불이겠냐?"

"하긴, 이미 1년이 넘도록 파악하지 못했는데, 우리가 그걸 찾을 수 있겠어? 난 댈러웨이 때문에 사진을 그만뒀잖아. 이젠 더이상 댈러웨이에 대해선 듣고 싶지도 않아."

사내의 옆에서 가량가량히 미소를 보이며 술을 한 모금 적시던 여인이 말했다. 그러자 저마다 고개를 숙이며 여인의 말에 동의했다.

"댈러웨이는 더 이상 넘을 수 없는 완벽을 찍은 사람이야. 그 사람 이상의 사진을 찍는다는 것은 무리야. 댈러웨이 때문에 사진 그만둔 작가들 많지, 아마?"

빨랑거리며 오가던 술잔이 금세 수그러들었고, 살똥스럽게 오가던 대화는 더 이상 이어지지 않았다. 가끔씩 안주를 집는 시적거리는 젓가락질이 오갈 뿐이었고, 집들이가 아닌 초상집에 온 사람들처럼 하리타분하게 술잔만 응시할 뿐이었다.

집들이가 있은 다음 날, 나는 2층에 사는 사내를 찾았다. 사내는 모니터로 전날 보았던 댈러웨이의 사진을 보고 있었다.

"도대체 저 창 안에 무엇이 있단 말인지……."

사내는 마우스를 거의 던지다시피 내려놓으며 말끝을 흐렸다. 그리고 한 손으로 흘러내린 머리카락을 쓸어 올리며 나를 돌아다보았다. 나는 사내에게 댈러웨이가 누군지를 물었다. 그러자 사내는 아스러질 듯 몸을 감싸며 믿어지지 않는다는 표정으로 되물었다.

"댈러웨이는…… 얼마 전에 죽은 사진작가로, 죽으면서 유명해진······ 아니 정말 댈러웨이를 모른단 말이에요?"

그렇게 시작한 사내의 말은 내게 충격적으로 다가왔다.

사실 댈러웨이의 사진을 처음 본 사람은 그가 왜 그렇게 유명한 사진작가인지 알지 못한다. 댈러웨이의 사진은 그림으로 치면 정물화와 인물화 같다. 정물화처럼 식탁 위에 있는 쟁반과 병, 그리고 과일을 찍은 사진이라든지, 인물화나 자화상처럼 사람의 두상을 찍은 사진이 대부분인데, 도저히 예술사진이라고 볼 수 없는 사진들뿐이다. 더군다나 식탁 위에 놓여 있는 피사체들의 구도도 평범하기 그지없었고 또한 인물 사진도 특별한 표정이나 위인을 찍은 사진은 없다. 오히려 댈러웨이가 찍은 인물 사진은 이력서 귀퉁이에 붙어 있는 증명사진보다 더욱 형편없어 보인다. 그래서 댈러웨이는 생전에 사진전 한번 열지 못한 무명의 작가였다. 댈러웨이의 사진이 유명해진 것은 그가 죽기 바로 전, 한 아마추어 사진작가에 의해서였다. 매우 눈이 나쁜 그는 사진을 관찰할 때면 언제나 확대경을 가지고 관찰했는데, 어느 날 역시 확대경을 들고 한 사진을 관찰하고 있었다. 그러다가 그 사진 속에 있는 피사체에서 어떤 모습이 반사되고 또 비쳐지는 것을 발견했다. 그것이 댈러웨이 사진에 대한 첫 발견이었다.

가령 정물화 같은 〈식탁 위의 세상〉이라는 사진을 보면 어느 한가한 농가의 식탁을 그대로 찍은 듯하다. 아직도 뜨거운 김이 소락소락 올라오는 수프라든지, 막 베어 먹은 듯한 빵과 노랗게 잘

익은 감자를 보면 누군가의 식사 도중에 잠시 양해를 구하고 찍은 것처럼 보인다. 그래서 몇 컷의 사진 찍기가 끝나면 이내 자리에 다시 앉아 빵을 수프에 찍어 먹을 것 같은.

하지만 식탁 위에 놓여 있는 스푼을 자세히 보면 무언가 희미하게 보인다. 그것을 확대하면 그 안에는 한 군인이 농부를 총으로 살해하는 모습이 담겨 있다. 댈러웨이는 그 사진을 유고 내전 당시에 실제로 찍었는데, 그는 그 순간에도 슬라브족 민간인을 학살하는 정부군의 사진을 직접 찍기보다 반사되는 물체에 담아서 사진을 찍었다. 그래서 사진을 보는 사람에게 두 번 다시 식탁의 주인공은 돌아오지 않을 것이며, 또 막연히 평화롭고 한가롭게만 보이던 어느 농가의 식탁은 사실 죽음의 만찬과 같다는 공포감을 주게 만든다. 그의 사진은 대부분 그런 것이다. 사진 자체보다는 스푼이나 병, 그리고 안경이나 눈동자처럼 사진 속에서 반사되는 또 다른 눈을 통해서 찍는다. 그래서 댈러웨이의 사진은 평범해 보이지만 고도의 기술과 주제 의식이 들어간 최고의 걸작이다. 댈러웨이의 사진을 볼 때면 가장 먼저 작품 전체를 보고 다음에는 항상 반사되는 물체를 찾아야 한다. 그것도 마치 숨겨져 있는 듯한 반사체를. 가령 안경알이라든지, 유리라든지 아니면 스푼 같은. 댈러웨이는 그렇게 간접적으로 그리고 의미를 찾으려는 사람에게만 말하는 것이다.

댈러웨이의 사진 중에서도 〈미지의 창〉(이 제목은 댈러웨이 자신이 붙인 것은 아니다. 댈러웨이는 이 사진을 자신이 죽는 날까지 발표하지 않았는데, 댈러웨이가 죽던 날 그의 침대 머리맡에서 발견되었다. 그런데 이전까지의 댈러웨이 작품과는 달리 창이라는 반사체에 보이는 물체가 너무나 희미해 제대로 볼 수 없다)은 아직까지 해독되지 않은 유일한 사진이다. 댈러웨이의 다른 사진들과 마찬가지로 피사체인 창 속에는 무엇인가 보인다. 그러나 너무도 흐려서 정확히 알 수가 없다. 아니 그것이 창 속에 있는 것인지, 아니면 창에 비친 것인지도 아직 밝혀지지 않았다. 그래서 필름 회사인 아그파와 댈러웨이가 활동하던 나라의 사진작가 협회에서는 창 속에 있는 모습을 정확히 해독하는 사람에게 백만 달러의 상금을 내걸기도 했다.

사내는 댈러웨이의 사진 책이 있으면 이해하기 쉬울 거라고 말했다. 그러나 댈러웨이는 자신의 작품을 한 장씩만 현상한 뒤 네거 필름까지 모두 태운다고 했다. 대량 생산과 대량 복제를 무척이나 혐오했던 댈러웨이의 사진은 그래서 전시된 작품 말고는 볼 수가 없으며, 고인의 뜻을 따라 사진집도 아직 나오지 않았다고 했다.

이야기를 마친 사내는 댈러웨이에 대해 아는 이야기를 다했다는 식으로 손을 소들소들 흔들어댔다. 그러고는 나에게도 복사한 댈러웨이의 〈미지의 창〉을 한 장 주었다.

"프린터로 카피한 것이라 해도 댈러웨이의 작품이라고 하니 잘 보관하세요."

사내는 휘파람을 불면서 다시 스캐너에 정중하게 사진을 올려
놓았다. 하지만 없는 사실도 완벽하게 만들어낸다는 그의 컴퓨터
도 〈미지의 창〉을 분석하지는 못했다. 확대를 하면 할수록 입자
가 커지는 바람에 그것은 먹장구름 같은 회색의 괴물에 불과했다.

사내는 나에게 이 사진을 해독하려면 백만 달러어치가 넘는 장
비가 필요하겠다고 시시껄렁하게 웃으면서 말했다.

"아 참, 그리고 댈러웨이는 이런 말을 했어요. 워낙 말도 아낀
사람이라서 아마 그가 죽을 때까지 한 몇 마디 안 되는 말 중의
하나일 거예요. '창은 진실을 엿볼 수 있는 기회다. 만일 창이 없
다면 사각의 벽 속에 갇혀 있는 진실을 어찌 구해낼 수 있단 말
인가. 나는 그 창을 사진기에 있는 뷰파인더를 통해서 본다.' 어때
요, 멋있지 않아요?"

사내는 다시 허공에 대고 팔을 가볍게 흔든 뒤 모니터에 집중
했다.

내가 사내에게서 복사한 사진을 가지고 온 것은 상금보다도 신
선한 자극이 필요했기 때문이었다. 나는 사내가 이사 온 후로 단
한 컷의 사진도 제대로 현상하지 못하고 있었다. 스멀스멀 오염되
듯 인화되는 인화지를 보면서 대체 이것들이 무슨 소용이 있을까
하는 생각들뿐이었다. 그리고 그런 생각들은 사진에 찍힌 피사체
나 동선을 보면서도 마찬가지였다. 도무지 어떤 의미도 찾아지지
않는 것들뿐이었다. 댈러웨이는 뷰파인더라는 창을 통해 사각의

벽 속에 있는 진실을 엿본다고 했는데, 내가 찍은 사진은 온통 거
짓투성이였다. 찍으려는 의도는 고사하고 당시의 상황도 제대로
담겨 있지 않았다. 진실이나 실제의 모습은 차라리 뷰파인더 밖
에 있던, 내가 찍으려고 마음먹던 그 순간뿐이었다.

나는 자극을 위해서라도 댈러웨이의 사진을 해독하고 싶었다.
그래서 댈러웨이에 대한 연구를 시작한 것이었는데, 한 가지 이상
한 점은 내가 만난 모든 사람이 알고 있는 댈러웨이에 대한 지식
이 사내로부터 들었던 이야기와 똑같다는 점이었다.

예전에 다녔던 사진 아카데미의 원우 수첩을 꺼내서 같이 수
업을 받았던 동료들에게 물어도 마찬가지였고, 사진 여행을 같
이했던 사람들에게 물어도 마찬가지였다. 모두가 "댈러웨이? 후
우…… 대단한 사람이었지. 얼마 전에 죽은 사진작가……"로 시
작해서 댈러웨이 사진의 특징에 대해 말했고, 댈러웨이 때문에
더 이상 사진을 찍는다는 게 별 의미가 없다는 말을 하였다. 그러
고는 전화를 끊을 때쯤이면 마침 생각이 났다는 식으로 댈러웨이
가 했던 유명한 말을 들려주는 것이었다.

나는 댈러웨이의 작품 사진을 수배했지만 그것을 구하기란 더
욱 어려웠다. 댈러웨이의 사진을 보려면 댈러웨이의 생가로 가서
보는 수밖에 없다고 말했다. 그중에는 사진을 직접 보기 위해 돈
을 모으는 사람도 몇 명 있었다. 하지만 사진 전시장의 장소에 대
해선 의견이 분분했다. 댈러웨이의 사진이 생가에만 있는지, 아니

면 뉴욕에 있는 아트센터에 있는지, 런던에 있는 테이트 갤러리에 있는지 저마다 달랐다. 그 문제에 대해서 2층에 사는 사내는 충분히 그럴 수 있다고 말했다.

"겉멋. 겉멋 있잖아요. 그게 다 댈러웨이가 죽고 나서 유명해지니까 사람들이 겉멋이 들어서 그런다니까요. 댈러웨이에 대해 한마디라도 더 하면 자신이 똑똑한 줄 알고 말입니다. 참으로 웃기는 일이지요. 제 주위에도 그런 인간들 많아요. 댈러웨이가 이랬니 저랬니…… 하면서 말입니다. 댈러웨이의 사진을 특별한 장소에서 보고 왔다는 말은 모두 거짓일 거예요. 제가 알기로 댈러웨이의 사진은 특별한 전시장이 아닌 불특정 장소에서 전시된대요. 그것도 우리 주위에서 흔히 볼 수 있는 곳에 말입니다. 사진 기법이 그렇듯이 사진 전시 또한 아주 평범한 장소에 있죠. 그러나 특별히 숨겨져 있는 것이 아닌데도 사람들은 쉽게 찾지 못하죠. 그런 식으로 전시를 하는 이유는 허위의식에 길들여진 인간들을 혐오하기 때문이래요. 만일 광고나 설명을 듣고 전시장을 찾는다면 누구나 감탄을 하면서 댈러웨이의 진가를 알아보겠지만, 댈러웨이는 그런 식으로 자신의 작품이 알려지길 원치 않았나 봐요. 의미를 찾으려는 사람에게만 답을 보여주는 자신의 사진처럼, 각자 스스로 진실과 허위를 가려내라는 마지막 메시지인 것 같아요. 제가 하는 말이 모두 진실입니다. 믿거나 말거나지만……."

그런 문제들은 실상 중요하지 않았다. 하지만 댈러웨이의 작품 사진을 상상하는 것만으로도 내게는 너무나 충격이었다.

"댈러웨이 사진 중에 한 사내가 그냥 웃고 있는 표정을 찍은 게 있어요. 그냥 함박웃음 같은 그런 표정으로 말이에요. 그런데 그 사내의 눈동자를 확대해서 자세히 보면 한 산모가 막 출산하는 모습이 있어요. 아마 사내의 아내겠죠. 그 모습을 보고 나서 사내의 웃는 모습을 다시 보면 소름이 쫙 돋죠. 그리고 사내의 웃음이 평범한 웃음이 아니라 얼마나 많은 감정을 담고 있는지도 새삼 느끼게 되고 말입니다. 그리고 또 다른 사진 중에는 〈야경〉이라는 제목의 작품이 있어요. 그 사진은 낮은 언덕 같은 야산에서 도시의 밤 풍경을 찍은 것인데, 역시 네온사인이나 가로등을 자세히 보면 뭔가가 보이죠……."

그렇군요. 그렇군요……. 사내의 이야기가 이어지는 동안 나는 잘 훈련된 강아지처럼 고개만 까닥일 뿐이었다.

그 후로 내 눈에는 오직 댈러웨이의 사진만이 드레드레 흔들리며 떠올려질 뿐이었다. 침대에 누워 창도 없는 휑한 벽을 쳐다볼 때도 그랬고 꿈속에서도 마찬가지였다.

아, 사진은 흑백이었을까, 컬러였을까. 렌즈는 광각이었을까, 망원이었을까. 필름의 감도는 무엇이고 또 피사체의 구도는 어떤 것이었을까. 요란한 컴퓨터의 도움이 없어도, 몽타주 같은 후반 작업이 없어도 그런 사진을 찍을 수 있다니. 댈러웨이, 그는 어떻게 그런 생각을 할 수 있었을까.

댈러웨이의 사진을 상상하면 상상할수록 숨이 막혔다. 취미로 찍는 사진이었지만 나 또한 사진을 더 이상 찍고 싶지 않았다. 아니 더 이상 다른 사진들을 찍어봤자 소용이 없을 것 같았다. 순수 사진 기술로서 찍을 수 있는 극한이었기에, 새로운 사진 찍기란 더 이상은 불가능한 것 같았다.

나는 더욱 심한 외로움을 느꼈다. 특히 창도 없는 지하 암실에서 작업을 할 때면 더욱 그러했다. 직장 동료들이나 친구들에게 댈러웨이에 대한 이야기를 해주었지만 그들의 반응은 시통했다. 돈도 되지 않는 그딴 이야기로 괴로워하는 나를 오히려 이해하지 못하겠다는 대답이 대부분이었다.

"한 남자가 웃고 있는데, 웃고 있는 남자의 눈에 온통 빨간색으로 전 종목 상한가를 기록한 주식 전광판이 보이는 그런 사진은 없냐?"

동료는 물비누처럼 툽툽한 침이 흐르는 입술을 씰긋거리며 말했다. 그러고는 자신이 한 말에 스스로 웃음을 참지 못하고 맥주잔을 안고 쓰러졌다.

왜 그랬을까. 이유는 알 수 없었지만 나는 동료의 해반닥거리는 눈에서 순간적으로 그녀의 모습이 감실감실 피어오르는 것을 보았다. 그러나 너무나 순간적이어서 그녀가 2층 사내의 여자친구라는 걸 직감만 할 뿐 생김새를 자세히 떠올릴 수 없었다. 그러나 생김새 따위는 어찌 되어도 상관없었다. 나는 다만 그 여인이,

2층에 달린 창으로 비친 그 여인이, 댈러웨이에 대해서 아무런 사실도 몰랐으면 좋겠다고 생각할 뿐이었다. 그래서 내가 생각하는 댈러웨이를 그녀에게 들려주고, 그녀로부터 위안을 받고 싶을 뿐이었다.

그러나 그 여인을 제대로 만난 적은 없었다. 그 후에도 여인은 2층에 사는 사내를 자주 찾아왔지만 나와 마주친 적은 한 번도 없었다. 내가 퇴근해서 오르막을 한참 오를 때면 그녀의 차가 하이빔을 뿜으며 교차하듯 내려갔다. 또 출근하기 위해 잔달음질 치며 내려가면, 그녀의 차는 산길을 오르는 힘겨운 경운기처럼 그르렁거리며 올라왔다. 가끔 작업을 한다고 지하실에 있다가 나오면 그녀의 차만 있을 뿐 그녀는 없었다. 내가 그녀의 존재를 확인할 수 있는 길은 오직 2층에 난 창을 통해서뿐이었다.

댈러웨이 열풍은 여름 내내 이어졌다. 댈러웨이의 기법을 이용한 방송과 영화가 선보였고, 하다못해 폭주족의 오토바이에도 댈러웨이의 이름이 스티커로 나붙었다. 언젠가 핀잔을 주었던 동료들도 여직원들과 술자리를 가질 때면 으레 댈러웨이에 관한 이야기로 말을 시작했다. 내가 사내를 가끔씩 찾아가 댈러웨이 열풍에 대해 이야기를 하면 사내는 밝게 웃으면서도 우울한 표정을 짓곤 했다.

"이런…… 아깝다. 내가 먼저 써먹는 건데……."

말은 그렇게 하면서도 사내의 모습에는 순간적으로 깊은 슬픔이 느껴졌다.

사내는 더 이상 댈러웨이 사진을 해독하지 않았다. 대신 원본 사진에 없는 영상을 입히는 자신의 직업에 충실했고, 그래픽이나 몰핑 기법으로 자신이 합성시킨 사진을 보고 며칠씩 깔깔대며 웃는 것이었다. 나 또한 주말이면 사진기를 들고 나가 필름을 두어 통 소비하고 왔지만 갈수록 느껴지는 것은 무력감뿐이었다. 창도 없는 벽에선 외로움이 쏟아졌고, 나는 다른 댈러웨이 중독자들처럼, 그저 망연히 사진기를 멀리서 바라볼 뿐이었다.

사내는 그런 나를 보고 슬프다고 했다. 그러면서 나를 위로한답시고 알 수 없는 말들만 늘어놓았다.

"세상은 어차피 허위에 중독되어 있어요. 그것도 거대한 거짓에 말입니다. 그 거대한 거짓은 빈틈없이 잘 물려 돌아가는 바퀴와 같아 일부분이라도 마모되거나 닳아서 나달거리면 전체가 정지할지도 모르죠. 그래서 누구도 거짓이란 걸 알지만 적당히 감추는 것이 미덕이 되었고, 이제는 거짓이 진실인지, 아니면 진실이 거짓인지 그 누구도 알 수 없게 되었어요. 댈러웨이? 까짓것, 잊으세요. 어차피 댈러웨이가 상품화된 마당에 진정한 댈러웨이 정신은 죽었잖아요? 당신이 진정으로 댈러웨이를 아낀다면 차라리 그를 잊는 게 위하는 길일 겁니다."

나는 알 수 없다는 표정으로 사내를 한동안 쳐다보았다. 그러자 사내는 자신의 노트북 화면을 보여주면서 말을 이었다. 화면에는 천사 날개를 단 원숭이가 사과를 맛있게 먹으면서 웃고 있었다.

"이 장면을 봐요. 실제는…… 우리가 살고 있는 진짜 현실 세계는 차라리 이런 모습이에요."

내가 황학동을 찾은 것은 며칠 전이었다.

나는 사내의 말대로 댈러웨이를 잊기로 했다. 아니 잊어야만 한다는 강박관념에 사로잡혀 있었다. 사내의 말이 완전하게 이해되지는 않았지만, 댈러웨이라는 영문 이름이 박힌 티셔츠를 단복처럼 입고 다니는 사람들을 보면서 막연하게 잊어야겠다는 생각이 들었다. 애정이 증오로 치닫고, 또 그리움이 혐오로 쉽게 바뀔 수 있다는 것을 나는 그때서야 알았다. 댈러웨이라는 이름만 들어도 이상하게 구토가 속을 우비고 올라왔고, 댈러웨이 사진을 응용한 광고를 보면 가눌 수 없는 분노가 치밀어 올랐다.

해독할 수도 없는 댈러웨이의 사진은 언젠가 재활용 종이와 함께 수거되어갔고, 지하 암실에 있던 암실 용품과 기자재를 처분할 날만 차일피일 미루고 있었다. 내 엉덩이를 털어주던 여인의 얼굴이 더 이상 그립지도 않았고, 알 수 없던 외로움도 첫 몽정의 기억처럼 순식간에 사라졌다.

그리고 며칠 전에는 갑자기 불어닥친 집중호우 때문에 어쩔 수 없이 지하실을 정리했어야 했다. 그러나 중고 물건만 전문으로 취급한다던 황학동의 수많은 가게 어디에서도 내가 가지고 있던 기자재를 받아주는 데는 없었다. 돈을 받지 않을 테니 그저 맡아만 달라고 해도 씰기죽거리며 입술만 내밀 뿐이었다. 그러면서 손짓으로 가게 안을 가리켰는데, 햇빛이 잦아들지 않는 어둠 속에는 내가 가지고 온 기자재와 똑같은 것들이 여럿 있었다.

나는 기자재들을 다시 차에 싣고 집으로 가려다 예전에 내가 다녔던 사진 아카데미에 기증하려고 퇴계로로 방향을 틀었다. 강사진과 직원들이 대부분 바뀌어서 나를 알아보는 사람은 거의 없었다. 하지만 기자재를 기증하고자 한다는 내 말에 그들은 의자를 내주며 커피까지 뽑아주었다. 그러면서 원장 선생이 강의를 마치고 곧 나올 테니 인사라도 받고 가라고 했다. 나는 커피를 건네는 여직원에게 몇 시쯤 되었냐고 물었다. 여직원이 몇 시라고 대답을 했지만 나는 듣지 않았다. 몇 신지 물어본 것은 약속이 있는 사람처럼 보이려는 의도였기 때문에 그녀가 밝힌 시간은 들리지도 않았다. 나는 늦었다는 표정만 대충 지으며 나가려고 했지만 여직원은 그럴 수 없다며 지나치게 호들갑을 떨었다. 사실 약속이 있는 것도 아니었고, 특별히 어디로 가려는 곳도 없었다. 그러나 원장의 인사를 받기 위해 커피를 마시며 앉아 있기에는 조금 쑥스러운 점이 없지 않았다. 마치 특별한 날이면 학용품과 옷가지를 들고 고아원을 방문한 정치인과 비슷한 꼴이라는 생각이 들어서였다.

나는 그만 자리를 털고 일어나려다 문득 벽에 걸려 있는 사진 때문에 멈출 수밖에 없었다. 내가 앉아 있던 방의 벽에는 일정한 간격을 두고 같은 크기의 사진이 한가득 붙어 있었다. 아마도 사진을 배웠던 원생들의 졸업 작품을 걸어둔 것 같았는데, 거기에 댈러웨이의 작품이라고 들은 사진이 붙어 있었다. 언젠가 사내에게서 들은 〈야경〉이라는 작품이었다. 사내가 설명한 것과 똑같았다. 확대경이나 돋보기가 없어 확인할 순 없었지만 네온사인과 가로등에는 사내가 설명한 것 같은 모습이 희미하게나마 담겨 있었다. 더욱 놀란 것은 사진 아래에 있는 이름 때문이었다. 16기라는 기수와 함께 명조체로 인쇄되어 있는 이름은 계약서를 쓸 때 보았던 사내의 이름이었고, 또한 근 1년 가까이 내가 사내를 부를 때 사용했던 이름이었다.

"아이구, 반갑습니다. 들어오면서 미스 김한테 이야기 들었습니다. 그래, 암실 용품을 기증하시겠다구요."

원장이 다시 커피를 주문했지만 나는 사양했다. 대신 원장에게 혹시 댈러웨이에 대해 잘 아느냐고 물어보았다. 원장은 겸연쩍은 듯이 너털웃음을 지어 보였고, 미스 김이라는 여직원이 커피를 갖다주자 말을 꺼냈다.

"벌써 몇 주째 댈러웨이의 사진에 대해 특강을 하고 있습니다만…… 지금도 댈러웨이에 대해 토론을 하고 나오는 길이죠. 허 참…… 부끄럽습니다만, 사실 저도 댈러웨이에 대해 작년인가 재작년인가쯤에 한 수강생으로부터 처음 듣고 알게 되었어요. A.F.I.까지 유학을 다녀왔어도 처음 듣는 이름이었죠. 저는 당시에 댈러웨이에 대해 처음 들었지만 모른다고 할 수는 없었어요. 그래서 질문한 수강생에게 댈러웨이에 대해 어떻게 생각하느냐고 오히려 되물어보았지요. 그러면 혹시 댈러웨이가 누구였는지 생각이 날까 해서요. 그랬더니 수강생이 댈러웨이에 대해 설명하더군요. 사실 저도 그때 처음 알았어요. 그 뒤로 저도 댈러웨이에 대해 연구를 했고, 비단 저뿐만 아니라 강사들과 수강생 모두 댈러웨이 증후군에 빠졌어요. 댈러웨이 증후군이라 이름 붙일 만하죠. 더군다나 얼마 전에 죽었다고 하니, 아마 그에 대한 연구는 이제부터가 본격적이겠지요?"

그러면서 원장은 커피로 목을 축였다. 내가 혹시 댈러웨이의 사진을 구했냐고 물었지만 원장은 고개를 저었다.

"어디 그 사진을 쉽게 구할 수 있겠어요? 미국에 있는 동료에게까지 구해달라고 했지만 그 친구도 사진을 구하는 것만은 손들겠다는군요. 그래서 다음 달에는 저희 아카데미에서 댈러웨이 사진 기행을 떠나지요. 그런데 준비를 하다 보니 걸리는 게 너무 많아요. 도대체 댈러웨이가 어느 나라 사람이었는지 아무도 모른다는 거예요. 워낙 비밀에 가려진 사람이라 구라파다, 호주다, 미국이다…… 여러 설만 난무하니까……. 댈러웨이 사진을 직접 보았다는 사람을 수소문해서 물어보았지만, 이 사람들이 끝까지 어디서 봤는지 말하지 않는 거예요. 나 참, 더러워서…… 자기들만 지식을 독점하겠다는 건지, 뭔지…… 원……. 댈러웨이 증후군이 대단하긴 대단합니다. 댈러웨이 강좌를 개설한 후 실기나 실습을 배우러 오는 사람들보다 댈러웨이에 관한 토론 수업을 하는 사람이 대부분이에요. ××광고 보셨죠? 댈러웨이 기법으로 촬영한……."

당시에 댈러웨이에 대해 처음으로 질문했던 수강생이 누구였는지 물었지만 원장은 이름을 기억해내지 못했다. 나는 대신에 16기생들의 사진집이 있으면 한 권 줄 수 없냐고 물었고, 원장은 흔쾌히 한 권을 캐비닛에서 꺼내주었다. 나는 사진집을 받으면서 원장에게 혹시 작년이나 재작년 졸업생들 중에서 댈러웨이 사진을 흉내 내 찍은 사람이 있냐고 물어보았다. 원장은 단호하게 고개를 저으며 말했다.

"댈러웨이가 국내에 알려진 게 불과 얼마 전인데……. 그리고 제 딴엔 작가주의 정신을 가진 학생들인데 모두가 뻔하게 아는 댈러웨이 기법을 따라 해서 뭐 하겠어요? 광고나 영화면 몰라도……."

그날 나는 2층 창이 보이는 어둠 속에 앉아서 사내를 지켜보았다. 그리고 아카데미에서 가져온 사진집을 펼쳤다. 책 안에 숨겨진 지폐를 찾는 것처럼 빠른 동작으로 책장을 넘기던 나는 어느 한 사진에서 시선을 멈추었다. 사내의 이름이 또박 박혀 있었고 또한 사내의 증명사진이 아래편에 붙어 있었다. 그리고 사내의 증명사진 위에는 사내의 작품 사진 한 장이 있었는데, 그것 역시 댈러웨이 작품으로 알려진 사진이었다. 한 사내가 평범하게 웃고 있는 인물 사진이었고, 사진 속 남자의 눈동자를 자세히 보면 뭔가가 분명 비치고 있었다.

"가끔은 제 직업을 말하기가 부끄러워요. 진실을 외면하고 거짓을 만들어내는 게 제 직업이죠."

순간 사내가 이사 온 날 내게 했던 말이 떠올랐다. 그리고 사내가 집들이 때 댈러웨이 사진을 보면서 왜 그렇게 풀 죽은 표정을 지었는지 그때야 알 것 같았다.

사내의 그림자가 오가는 2층의 창이 마치 사내가 말하는 컴퓨터 같았다. 없는 사실을 실제처럼 만들어낸다는 커다란 컴퓨터.

창으로 사내의 그림자가 오가는 것이 보였다. 하지만 사내가 창으로 비칠 때 외에는 사내의 모습이 암갈색의 벽에 가려 있어 사내의 흔적을 확인할 수 없었다. 그래서 창으로 비친 그림자가 사내라고 단정할 그 무엇도 내겐 없었다. 어쩌면 지금 비친 그림자는 사내가 아니라 사내의 여자친구일지도 모른다. 아니, 어쩌면 사내의 여자친구는 창으로 볼 수 없는 암갈색의 벽돌 뒤에 숨어서 웃고 있는지, 아니면 울고 있는지도 모른다. 아니, 어쩌면 사내의 여인이 방 안에 아예 없는지도 모른다. 아니다, 어쩌면 창으로 비친 그림자는 사내가 아니라 다른 사람일지도 모른다. 도둑일 수도 있고 아니면 사내의 남자친구일 수도 있다. 아니, 아니, 어쩌면 창으로 보이는 그림자는 안에 있는 것이 아니라 밖에서 만든 그림자일 수도 있다. 그러니까 아예 창문 안에는 애초부터 아무것도 없는지도 모른다.

창을 통해서 사각의 벽 속에 있는 실제를 엿볼 수 있다고 했지만 그것은 실제가 아닌 그림자일 뿐이다. 바로 빛이 만들어낸 그림자.

진실이 창을 향해 스스로 움직이지 않는 한, 우리는 그림자를 보고 생각할 수밖에 없다. 실제는 아직도 사각의 벽 안에 웅크리고 있는데 말이다. 결국 창은 진실을 보여주지 않는다. 실제는 사각의 벽 속에 온전히 있을 뿐이고, 창은 다만 진실을 향한 허망한 갈망일 뿐이다.

나는 어지러웠다. 지구의 위성이 되어 지구 주위를 공전하는 것처럼 내 몸이 허공에서 돌고 있는 것 같았다. 사내는 왜 댈러웨이라는 거짓의 인물을 만들었을까. 사내는 왜 자신의 사진 기술을 이름도 괴괴한 댈러웨이라는 가상 인물의 기술이라고 말했을까. 나는 아무것도 알 수 없을 것 같았다. 그러나 어쩌란 말인가. 세상은 거짓을 진실로 알고 있고, 그것만이 우리가 알 수 있는 실제인 것을.

사내는 이사 올 때와 마찬가지로 아주 간단한 짐만을 가지고 내려왔다. 계약 기간이었던 1년을 채우지 못하고 떠나서 미안하다고 말했다. 나는 떠나는 사내에게 악수를 건넸고, 사내는 유쾌한 표정으로 악수를 받았다.

사내의 자동차가 컴퍼스처럼 선회하였고 이어 언덕을 내려갔다. 순식간에 사내의 자동차는 보이지 않았지만 격발음 같은 디젤 소리는 골목을 떠나지 않았다. 나는 사내에게 댈러웨이에 관한 이야기를 정말 지어낸 것인지 물어보지 않은 것을 후회하였다. 하지만 후회하는 마음은 마술사가 숨기는 토끼처럼 이내 사라졌다. 나는 사내가 떠난 2층을 올려다보았지만 불이 꺼져 있어 그림자조차 볼 수 없었다. 대신 저 아래에는 사내가 멋지다던 도시의 불빛만이 어둠을 탈색시킨 채, 한가로이 감실거리고 있었다.

그렇게 사내는, 아직도 똘똘 뭉쳐 거짓을 믿는 도시로 홀홀히 사라져갔다.

변화를 악용하는 사람

박성원, 「댈러웨이의 창」

SNS에서 '박혜진 평론가가 추천한 책이어서 읽었다'는 게시물을 만날 때가 있다. 그런 문장으로 시작하는 글을 보면 일단 뇌가 멈춘다. 그런 다음 거의 반사적으로 그 게시물을 건너뛴다. 하지만 아예 안 볼 수 있을 만큼 무심한 성격은 못 돼서 다시 그 '현장'을 찾는다. 만족스러운 독서였다는 결론을 향해가는 글이면 당연히 안도한다. 생각보다 별로였다는 글을 봐도 안심이다. 반면 지금까지도 생각만 하면 간담이 서늘해지는 글이 있다. '박혜진 평론가랑 제가 같은 책을 읽은 건지 모르겠다'는 내용이었다. 평론가에게 이 말은 극단의 평가일 수 있다. 저는 보지 못한 걸 평론가는 봤군요. 대단해요! 이 경우라면 마음 편히 자도 된다. 하지만 다음과 같은 의미라면 직업적 위기의식 속에서 밤새 뒤척일 수밖에 없다. 도대체 작품 어디에서 그런 걸 볼 수 있죠? 과한 듯.

내가 그 글을 지금까지도 기억하고 있는 건 아무래도 후자일 것 같다는 예감 때문이다. 나쁜 예감은 틀리지 않는 법. 이런 고민은 어디에도 털어놓은 적 없지만, 사실 나는 늘 그와 같은 염려 속에서 읽고 쓴다. 내 해석에 자신이 없다는 말은 아니지만 내 논리와 평가가 남들 보기에도 충분히 타당한지에 대해서는 늘 불안이 있다는 소리다. 소위 작가주의 성향이 짙은 작품일수록 그렇다. 작가가 보여주는 것을 읽는 것이 아니라 작가가 보여주지 않는 것을 찾아내 읽어야 하는 작품들, 요컨대 현대 예술들 말이다. 그런 작품의 가치를 평가할 때 필연적으로 의미를 '생산'해내야 하는 부분이 있다. 독창적 해석은 독자적 해석을 전제하지만 독자적 해석이 늘 독창적 해석이 되는 건 아니다. 둘 사이의 경계는 자주 모호하다. 내가 말하고 싶은 것을 읽기 위해 작품을 '사유화'했던 경험이 내게도 있다.

현대 예술은 어렵다는 생각은 편견이 아니다. 작품의 가치가 기술적, 방법론적 차원에서 축적되어온 기준에 얼마나 부합하는지에 따라 작품성이 평가되는 것이 아니라 돌발적이고 예외적인 조건, 기획 의도 같은 맥락으로 인해 작품성을 획득할 수 있기 때문이다. 예외는 그 자체로 폭발적 힘을 내지만 다른 작품에도 적용되는 기준이 되기엔 보편성이 떨어진 데가 있다. 동시에 근거로 기능했던 '객관적' 기준은 촌스럽고 시대착오적인 유물이 되어 간다. 현대성의 맥락이 담보하는 새로운 차원의 미학을 인정한다 하더라도, 난해하다는 말 속에는 여전히 의미심장한 의심의 눈길이 남아 있다. '평론가들이 말하는 그 의미를 나는 전혀 못 봤다' 는 사실은 문학적, 예술적 훈련을 통해 인식할 수 있는 역사적 차원이 존재함을 환기시키는 것 이외, 예술적 가치가 특정인이 만들어낸 허위의 결과일 수도 있다는 것을 배제하기 힘들다는 불편한 진실도 있는 것이다.

취미이긴 하지만 제법 진지하게, 암실도 있고 따로 작업실도 두고 사진을 찍는 사람이 있다. "암산이 빠른 주판 세대"답게 그는 요즘 시대에는 선호되지 않는 옛날 방식으로 사진 찍기를 고수한다. 그의 작업실에는 아직도 네거필름 쪼가리, 필름을 건조할 때 걸어두기 위한 클립, 수세 후 필름을 닦을 때 사용하는 스펀지, 필름을 현상할 때 사용하는 팬도루 같은 것들이 있다. 애지중지하며 돌봤을 작업실을 2층에서 지하로 옮기는 데에는 세를 받기 위한 경제적 이유도 있겠지만, 그가 사진을 향해 품고 있던 마음이 다소나마 위축된 측면도 있을 것이다. 이렇게 필름으로 사진 찍는 사람들은 이제 거의 없는 데다, 찍은 것들마저 대체로 마음에 안 들게 된 지 오래다. 사진을 찍으려던 그 순간에 있었던 진실은 언제나 사진에 담길 수 있을까. 취미라고는 하지만 이런 좌절감에 남자는 자신의 작업실을 잘 보이지 않는 지하로 옮겼는지도 모른다.

남자는 그가 작업실로 쓰던 2층에 세입자를 들인다. 공교롭게도 세입자 역시 사진을 직업으로 삼는 사람이다. 다만 그의 사진 찍기는 남자의 방식과는 많이 다르다. 컴퓨터로 작업하는 사진가인 그는 자신의 작업 방식에 대한 자조적인 태도를 굳이 숨기지도 않는다. 농담인 듯 진담인 듯 "컴퓨터로 작업한다는 게 원본 사진에 없는 사실을 덧붙이는 것"에 불과하다며, "진실을 외면하고 거짓을 만들어내는 게" 자기 직업이라는 식의 얘기도 아무렇지 않게 할 만큼. 남자에게는 2층 남자의 작업 방식도 그렇지만, 그가 들려주는 '댈러웨이'라는 사진작가 이야기야말로 흥미롭다. 남자로서는 듣도 보도 못한 존재인 댈러웨이는 소위 사진가들의 사진가로 통한다. 현대 사진 분야에서 전설로 추앙받는 인물이자 현역 사진가들에게 좌절감을 심어주는 천상계의 존재. 한마디로 지금 가장 핫한 넘사벽.

언뜻 보기에 평범하기 짝이 없는 인물화나 정물화를 찍었고 인물화 같은 경우에는 증명사진보다 더 형편없어 보여 생전에는 사진전 한번 열지 못한 무명의 작가였던 그가 유명해진 건 죽기 전 한 아마추어가 그의 사진에 담긴 비밀을 읽어내면서다. 평소 시력이 좋지 않아 확대경으로 사진을 보던 아마추어 사진가가 댈러웨이가 찍은 평범한 농가 사진을 보다 스푼에 반사된 이미지를 찾아낸 것이다. 그 이미지는 한 군인이 농부를 총으로 살해하는 모습이었다. 이후 댈러웨이의 사진을 볼 때는 항상 반사되는 물체를 찾아야 한다는 게 그의 작품을 읽는 독법으로 알려지면서 "댈러웨이의 사진은 평범해 보이지만 고도의 기술과 주제 의식이 들어간 최고의 걸작"이라는 게 정설이 된다. 변변찮은 전시 한번 못 해봤던 무명 작가가 한순간 사진 예술계의 슈퍼스타로 등극한 것이다.

그러나 반전이 일어난다. 댈러웨이에 대해 공부하던 남자는 뭔가 이상한 점을 발견한다. 그가 만나는 사람들의 입에서 나오는 댈러웨이에 관한 얘기가 죄다 2층 남자가 한 이야기와 똑같았던 것이다. 같은 현상을 보고 말할 때조차 사람들은 자기 방식으로 '다르게' 표현한다. 차이는 거짓의 증거이기보다 진실의 증거일 때가 더 많고, 동일성은 진실보다 거짓의 알리바이일 때가 더 많다. 댈러웨이는 싹 다 거짓말이었다. 그건 차라리 2층 남자의 '작품'이었다. 그는 댈러웨이라는 가상의 인물과 그의 작품이 의미를 가질 수 있는 맥락을 설계해 진짜 같은 가짜를 만들었다. 반사체가 숨겨진 그 사진들도 컴퓨터 합성으로 만든 가짜였음은 물론이다. 자신의 일을 냉소적으로 말하던 남자에겐 직업의식이 없는 게 아니라 오히려 과했던 거였다. 2층 남자는 왜 이런 스산하고 침울한 일에 열을 올렸을까. 그가 원하는 건 사진이었을까, 사진에 대한 의미를 독점하는 것이었을까.

그러나 2층 남자가 댈러웨이 세계관의 최초 생산자라면, 그 이야기에 동조하고 유포하며 재생산한 것은 다름 아닌 그 분야의 전문가들이다. 자신이 모르는 사진가에 대한 얘기를 들었을 때, 모른다는 사실을 드러내고 주체적으로 판단하려는 사람보다 아는 척하며 대세 혹은 유행에 힘을 실어줌으로써 같은 편에 서기를 선택하는 사람들이 대부분이었던 것이다. 댈러웨이는 모두가 "똘똘 뭉쳐 거짓을 믿는 도시"에서 모두가 힘을 합쳐 탄생시킨 결과물이었다. 작품 그 자체보다 작품에 대한 의미를 소비함으로써 만족감을 느끼는 사람들의 허영과 허위를 시대적 변화에 따른 부작용으로써 날카롭게 포착하고 있는 이 소설은 2000년에 출간된 소설집 『나를 훔쳐라』에 수록되어 있다. 출간 당시인 세기말보다 지금 더 핍진하게 현실을 반영한다는 평가는 나 혼자만의 해석이 아닐 것이다.

이 소설은 디지털이라는 새로운 감각의 세계가 지배하는 '간접성'이 '직접성'을 대체하면서 가져올 수 있는 '가짜 세상'을 경고한다. 필름 사진을 찍던 '나'는 자신이 속했던 세계의 미학과는 전혀 다른 차원의 미학의 토대 위에 존재하는 댈러웨이적 예술 앞에서 외로움과 무력감을 느낀다. 남자는 간섭성의 세계에서 만들어지는 경험을 해독하지 못하지만 거기 휩쓸린다. 가령 남자는 소설이 전개되는 내내 2층 남자의 집에 오는 여자와 한 번도 직접 얼굴을 마주하지 못한다. '창'을 통해 보는 간접적인 모습은 그에게 어떤 미학적 자극과 확신도 주지 않는다. 남자가 시대의 변화를 따라가지 못해 낙오된 사람이라면 2층 남자는 시대의 변화를 이용해 현실을 왜곡하는 사기꾼이다. 그러나 그 사기가 이 시대를 반응하게 만드는 스토리텔링이라면, 그의 사기가 예술이 아닐 이유도 없을 것이다.

외관상 「댈러웨이의 창」은 이 책에 수록된 작품 중 가장 평범하다. 유별나게 비정상적인 사람은 등장하지 않기 때문이다. 그럼에도 내게는 이 소설을 읽는 시간이 가장 그로테스크한 악몽 같았다. 가짜를 진짜로 만드는 데 일조하는 사람들, 진실이 아니라 진실을 닮은 것으로도 충분히 만족하는 사람들이라는 징후적 표현들이 반박할 수 없는 사실이 됐기 때문이다. 진짜인지 가짜인지 구분하는 것에 관심 있는 사람은 지상에서 지하로 이사했다는 사실이 현재 우리의 주소가 어디인지 알려준다. 어떤 사람이 아니라 그들이 살아가는 어떤 시대가 사이코적이다. 나 역시 모종의 허위에 부역하고 있을지 모른다는 불안 때문이었을까. 읽는 내내 입맛이 썼다.

나는 평범한 사람이다. 학창 시절에는 소문난 모범생이었고 지금은 착실한 직장인이다. MBTI도 자타공인 ISTJ(내향적, 감각적, 이성적, 계획적)다. 이렇게 평범한 내가 보기에 지금 세상은 평범하지 않은 사람들로 가득하다. 이 책에 등장하는 주인공들처럼 엄청나게 이상하고 믿을 수 없게 수상한 사람이 너무 많은 것이다. 일일이 열거하자면 끝도 없겠지만 그중에서도 일곱 명의 사례만 간추려보겠다.

김이태 단편소설 「식성」의 언니는 버튼만 눌리면 돌변한다. 단아하고 얌전한 이미지에 어울리지 않게 고기만 보면 눈빛이 달라져 흡사 짐승 같던 언니가 뜬금없이 출가를 선언한다. 고기는 냄새도 못 맡겠다는 것이다. 갑자기? 갑자기! 성격만큼 바뀌기 힘든 게 식성이라는데 어떻게 한 인간의 식성이 이토록 극단적으로, 그것도 단번에 바뀔 수 있는지 모를 일이다.

「식성」의 언니가 놀랍도록 쉽게 변하는 사람이라면 송경아 단편소설 「정열」의 주인공은 도대체가 변화를 모르는 사람이다. 한마디로 그는 최악의 남자친구다. '나쁜 남자'의 인기를 증명하듯 연애는 곧잘 하지만 죄다 영혼 없는 만남의 반복이다. 남자는 타인에게 반응하는 것 자체가 너무 귀찮을 뿐 아니라 내심 그런 게 다 쓸데없는 일이라고 생각한다. 매사 나른하고 시큰둥한, 그래서 늘 옆에 있는 사람을 소외시키는 이 남자에게는 무심함을 빙자한 자기애, 이른바 나르시시스트적 성향이 다분하다.

어떤 사람은 쉽게 반응하고 어떤 사람은 아무 반응도 안 한다. 드물긴 해도 종종 우리 삶에 출현하는 유형의 사람들이다. 반면 자기만의 세계에 갇혀 현실과 불화하는 사람들도 있다. 그들은 눈에 잘 띄지 않는다. 안성호 단편소설 「나비」의 주인공은 나비 떼를 먹고 기도가 막혀 죽음에 이른다. 그의 죽음이 사고이기보다 사건에 더 가까운 건 그가 나비를 먹은 까닭이 심상치 않기 때문이다. 교도소 망루에서 재소자들을 감시하던 병사였던 남자는 자기 앞을 지나간 어느 재소자가 나비를 흡입하는 장면을 본다. 그날 이후 남자의 머릿속에는 혼자만 아는 세계가 집을 짓는다. 그 세계에서 그는 현실과 다른 존재가 된다.

「나비」의 주인공이 그랬던 것처럼 이응준 단편소설 「그녀는 죽지 않았어」의 남자도 결국 스스로를 망가뜨린다. 오랜 시간 터널에 갇혀 있던 사람이 드디어 빛을 본다고 하자. 모두 다 그 남자가 빛을 따라 밖으로 나올 거라고 생각하겠지만 글쎄, 그렇지 않을 수도 있다. 빛을 기다려 왔으면서도 그것이 빛임을 믿지 못하거나, 설사 그것이 빛임을 안다 해도 빛을 따라가도 될지 믿지 못한다. 그 사람은 다시 터널 속으로 들어간다. 이제 어둠은 그의 습성이 된다. 사람은 어둠에도, 불행에도, 어쩌면 지옥에도 길들여질 수 있다.

한편 타인을 향해 발산되는 기이함은 눈에 안 띌 수가 없다. 우리가 그들을 만나는 곳은 사건 사고 현장이 아니라 병원이다. 채영주 단편소설 「상자 속으로 사라진 사나이」에는 직장 동료를 장롱 속에 넣고 자물쇠로 잠가버리는 바람에 정신병원에 온 남자가 나온다. 그는 '변화'를 혐오(실은 두려워)한다. 세상이 바뀌는 데 적응하지 못할 뿐만 아니라 그런 변화를 인정할 수 없다. 불안할 때마다 그는 장롱이나 침대 밑에 들어간다. 그곳에 있으면 고향에 있는 것처럼 아늑하다고 느끼며.

세상의 변화를 회피하는 것만큼 자신의 변화를 회피하는 것도 재앙이 된다. 이평재 단편소설 「마녀물고기」의 남자는 자기 욕망을 회피하고 또 회피하며 계속 도망치기만 한다. 그는 자신에게 허락되지 않은 성적 욕망을 탐닉한다. 그 욕망을 다시 충족할 수 있다면 범죄도 불사할 지경이다. 그러나 그 욕망의 출처와 책임의 귀소는 전부 회피한다. 자신이 미치지 않았다고 생각하는 남자는 그의 말처럼 아직은 미치지 않았을 수도 있다. 그러나 끊임없이 욕망의 대리자를 찾고 희생양을 앞세우는 한 결국엔 미치고 말 것이며 이미 그러한지도 모른다.

이상한 사람의 배후에는 이상한 사람들이 있고, 이상한 사람들의 배후에는 이상한 시대가 있다. 「댈러웨이의 창」은 필름 시대가 가고 디지털 시대가 본격화하는 변화의 길목에서 새로움이라는 미심쩍은 이름으로 쏟아지던 기만의 풍경을 보여준다. 조작을 만들어내는 사람과 그러한 세력이 이득을 얻을 수 있도록 기꺼이 공범이 되어주는 무분별한 군중 가운데 더 죄질이 나쁜 건 어느 쪽일까. 박성원 단편소설 「댈러웨이의 창」은 진실을 흉내 내고 모사하기 좋은 환경, 그런 조건을 악용하는 사람, 나태하고 타락한 군중 등 허위의 세 축이 현대사회를 운행시키는 엔진임을 보여준다.

이들은 당신 곁에 있는 사람일 수도 있고 한두 번쯤 들어본 적 있되 실제로 만나본 적은 없는 사람일 수도 있다. 완전히 낯선 사람일 수도 있지만 왜인지 익숙한 사람일 수도 있다. 물론 당신 자신일 수도 있고. 단, 이들을 바라볼 때 주의할 것이 있다. 그들이 누구든 현실의 누군가와 얼마나 비슷하든 이들은 결코 '사람'이 아니라는 것이다. 우리가 이 인물을 바라보는 태도와 관련해서는 스토리텔링의 대가 로버트 맥키의 말을 참고할 필요가 있다.

"캐릭터는 사람이 아니다.
밀로의 비너스, 휘슬러의 어머니, 스윗 조지아 브라운이
여자가 아니듯 캐릭터는 인간이 아니다.
캐릭터는 예술작품이다.
감정과 의미를 전달하는 인간성의 의미심장한 은유이고,
작가의 마음에서 태어나
스토리의 품 안에 안전하게 안겨서
영원한 삶을 살아갈 운명이다."

—로버트 맥키, 『로버트 맥키의 캐릭터』(민음인, 2023), 9쪽.

이 책은 이상한 인물들이 등장하는 소설들의 모음집이다. 각각의 소설에는 저마다의 방식으로 기괴한 인물이 등장한다. 심인성 기원에서 촉발된 이상행동을 보이는 경우도 있고 정도가 심각해 환자로 명명된 사람도 있으며 타인에게 폭력을 가하는 범죄자도 있다. 특이하고 이상한 행동을 하는 사람을 가리켜 흔히 '사이코'라 부른다. 그들은 통상적인 이해의 범주 바깥에서 알 수 없는 행동으로 주변 사람들과 불화하거나 세상과 어긋난다. 사이코로 통칭되는 소설 속 인물들은 복잡하고 이해할 수 없는 인간성에 대

한 저마다의 은유인바. 내가 이 책에서 만난 사람들은 그저 이상한 사람에만 그치지 않는다. 그들의 이상함 속에서 내가 먼저 읽은 것은 낯설지 않은 내 모습이었다.

거듭 말하지만 나는 알아주는 모범생이었다. 규정을 지키는 게 제일 쉬웠다. 두발이나 복장을 검사할 때마다 항상 모범 사례로 차출되었다. 학교에서만 그랬겠나. 옷이나 신발을 사러 가면 무슨 임무를 부여받은 사람처럼 무특징한 것들만 찾았다. 그 무렵 매장에서 제일 많이 들은 말이 요즘 학생 같지 않단 얘기였다. 오랫동안 이런 성향이 평범함에 대한 근거라고 믿어왔다. 그런데 이 소설들을 읽자 잊고 지냈던 기억이 역류했다. 교복을 입기 전, 초등학생일 때 나는 안경 하나도 평범한 걸 착용하지 않던 튀는 애였다. 유행하는 옷은 다 입어야 했고 지금에서야 '패션'으로 인정되는 옷들도 과감하게 시도했더랬다. 그런 내 유난스러움이 거슬렸던지 소위 일진 선배들이 나를 집요하게 괴롭혔다. 나는 패션에 관해서는 과감했지만 괴롭힘 앞에서는 맥을 못 췄다.

돌이켜보건대 지나치게 몰개성적이었던 내 스타일은 단지 취향처럼 포장됐을 뿐 사실은 눈에 띄지 않기 위한 방어복이 아니었을까 하는 생각이 든다. 더는 괴롭힐 사람이 없지만 여전히 개성 때문에 먹잇감이 됐던 시절에 각인된 두려움이 그 후로도 계속 남아 평범함에 대한 과도한 추구로 덧난 게 아닐까. 그건 평범함이 아니라 강박에 가까웠고, 강박보다는 위장에 더 가까웠으리라. 요컨대 이상한 사람 안에 평범한 사람이 있고, 평범한 사람 안에 이상한 사람이 있다. 그 둘은 종종 구분되지 않는다. 특별히 이상한 인물들이 등장하는 일곱 편의 소설은 인간이란 어떤 존재인가, 더욱이 현대인이란 어떤 존재인가에 관해 여전히 유효하고 지금 더 절박한 질문을 던진다.

책이 나올 수 있도록 작품 수록을 허락해준 일곱 분의 소설가에게 감사드린다. 선악의 구분 너머 인간의 불가해한 어둠을 이야기하고 있고, 말끔한 표면 아래에 병든 심연을 숨기고 있으며, 표현된 것과 의미하는 것 사이의 미학적 거리를 통해 말하지 않는 것으로도 말하는 이 소설들은 주제와 형식 면에서 모두 현대소설의 전범典範이라 할 만하다. 이 소설들은 나에게 현대소설이 무엇인지 가르쳐주었고 현대인, 나아가 인간이 지닌 모순과 나약함에 대한 중요한 힌트를 주었다. 아무렇지 않은 표정으로 다 같이 병들어 있는 세상에 우리는 살고 있다. 나도 평범한 사람은 아니다.

작품 출처

「정열」_송경아 『엘리베이터』, 문학동네, 1998

「식성」_김이태 『궤도를 이탈한 별』, 민음사, 1997

「나비」_안성호 『때론 아내의 방에 나와 닮은 도둑이 든다』, 랜덤하우스중앙, 2005

「마녀물고기」_이평재 『마녀물고기』, 문학동네, 2001

「상자 속으로 사라진 사나이」_채영주 『새벽 2시 파라다이스 카페』, 문학과지성사, 개정판 2022(『연인에게 생긴 일』, 초판 1997)

「그녀는 죽지 않았어」_이응준 『무정한 짐승의 연애』, 은행나무, 개정판 2021(초판 2004)

「댈러웨이의 창」_박성원 『나를 훔쳐라』, 문학과지성사, 2000

퍼니 사이코 픽션

초판 1쇄 발행 2025년 4월 3일
초판 2쇄 발행 2025년 5월 13일

지은이 송경아 김이태 안성호 이평재 채영주 이응준 박성원
엮은이 박혜진

편집 조은혜
디자인 데일리루틴
표지 그림 기묘Kimyo
마케팅 한민지, 신동익
제작 ㈜공간코퍼레이션

펴낸이 윤성훈 **펴낸곳** 클레이하우스㈜
출판등록 2021년 2월 2일 제2021-000015호
주소 경기도 파주시 회동길 363-21, 2층
전화 070-4285-4925 **팩스** 070-7966-4925 **이메일** clayhouse@clayhouse.kr

ISBN 979-11-93235-53-9 (03810)

클레이하우스㈜가 더 나은 책을 펴낼 수 있도록 의견을 남겨주시거나 오타를 신고해주세요.
QR코드에 접속해 독자 설문에 참여해주신 분께 추첨을 통해 선물을 드리겠습니다.